Für immer

Stefan Steinmetz

ISBN: 9781696827669

Korrektorat: Doris Eichhorn-Zeller

Homepage des Autors:

www.stefans-geschichten.de

PROLOG:

Im Jahr 2002:

Vorne an der Tafel erläuterte die Leitende Schwarz die Grundlagen der Fischzucht in kleinen Weiheranlagen auf dem Lande. Die Klasse lauschte interessiert.

Luise schaute zum Fenster hinaus. Sie folgte dem Unterricht nur mit halbem Ohr. Die Sonne war herausgekommen. Ihre schräg stehenden Strahlen drangen durch die hohen Fenster in den Klassenraum und ließen feine Staubteilchen in der Luft in tausend Farben erglühen.

Vor ihr saßen Dagny und Brinja. Dagnys nachtschwarzes Haar glänzte in der Sonne. Die beiden Mädchen trugen das Gleiche wie Luise: eine graubraun melierte, dünne Strickweste über einer einfachen weißen Baumwollbluse, einen knielangen grauen Rock, wadenlange Strümpfe und einfache dunkle Schuhe. Die Anstaltskleidung von Haus Webenheim war einheitlich und in gedeckten Farben gehalten.

Allzu Buntes war in Haus Webenheim verpönt. Auch in der Freizeit trugen die Kinder Kleidung in gedeckten Pastelltönen. Aber die Sonne ließ selbst die grauen Röcke und Westen der Mädchen leuchten.

Luise freute sich. Es hatte drei Wochen durchgehend geregnet und erst gestern hatte der Regen aufgehört. Die Wiesen um Haus Webenheim hatten in der Sonne gedampft, als sie endlich durch die Wolken brach.

Vielleicht würden sie nachher im Freien turnen statt in der Halle. Luise war gerne draußen. Im Freien war es viel schöner als im Innern von Gebäuden, auch wenn es nur innerhalb der Grenzen von Haus Webenheim war. Aber die Mauer war weit weg und sie umspannte die gesamte Talsenke, in der das Internat lag. Innerhalb der Mauer gab es eine kleine Welt für sich mit Wiesen, Wegen, Hecken, Wäldchen und Alleen.

Da waren die Hausgärten, in denen die Kinder unter Anleitung der Leitenden ihre eigene Nahrung anbauten, etwas, auf das sie mächtig stolz waren. Da waren die Fischteiche und natürlich der kleine See, der zur Schule gehörte.

Haus Webenheim war nicht autark, aber man tat einiges, um sich selbst zu versorgen, und die Kinder halfen eifrig mit. Landwirtschaft war eines der wichtigsten Unterrichtsfächer an der Schule. Alle Nordländerkinder lernten, wie man im Garten und auf kleinen Ackerflächen die eigene Nahrung erzeugte.

Viele gingen als Erwachsene auf die Farmen, die die Internate mit Nahrung versorgten und mit dem Verkauf der erzeugten Produkte Geld hereinbrachten.

Luise fragte sich, wann sie dieses Jahr auf große Wanderung gehen würden. Die Ferien standen unmittelbar bevor. Lange konnte es nicht mehr dauern.

Die große Wanderung war das Schönste, was sie sich vorstellen konnte. Sicher, sie machten häufig mit ihren Leitenden Tagesausflüge in die Umgebung. Es war nicht so, dass sie auf dem Gelände von Haus Webenheim eingesperrt waren.

Aber die große Wanderung in den Ferien war einfach das Beste.

Dann wanderten sie tagelang durch Feld und Flur zu einem anderen Internat und blieben dort für zwei Wochen.

Luise fragte sich, wohin sie dieses Jahr wandern würden. Im Jahr zuvor, als sie acht Jahre alt geworden war, waren sie vier Tage lang nach Haus Wackenheim gewandert, einem Internat, das mitten in einem großen Wald lag.

Draußen vor der Tür wurden Geräusche laut. Luise horchte auf. Nanu? Was war da los? Kam etwa schon eine Delegation von einem anderen Internat an? Waren die Kinder aus Haus Limbach gekommen?

Die Tür wurde geöffnet. Die Direktorin von Haus Webenheim, die oberste Leiterin Wagner, trat ein, gefolgt von einem Mann, den Luise schon einige Male gesehen hatte. Dieser Mann war manchmal dabei, wenn ein Kind abgeholt wurde.

Die Kinder standen auf und riefen im Chor: „Guten Morgen, oberste Leiterin Wagner."

„Guten Morgen, Kinder", erwiderte die Direktorin. Sie schaute sich im Klassenraum um: „Luise?"

„Ja, oberste Leiterin?", sagte Luise.

Die Direktorin lächelte ihr zu: „Komm bitte mit, Luise. Du wirst abgeholt. Es eilt. Lass deine Schulsachen zurück. Sie werden dir mit deinen Kleidern und deinen Habseligkeiten nachgesandt."

Luise rutschte das Herz in die Hose. Einen Moment konnte sie sich nicht rühren. Es traf sie wie ein Schock.

Sie wurde abgeholt.

Ihr wurde kalt.

Nein!, dachte sie. Bitte nicht! Nicht jetzt! Wir gehen doch bald auf die große Wanderung! Ich will meine Freunde nicht verlieren!

„Luise!", rief die oberste Leitende. Ihre Stimme nahm einen Tick an Schärfe an. „Komm, Kind!"

Luise setzte sich in Bewegung. Ihr war mulmig, aber sie folgte. Ein Kind sollte folgsam sein. Das war oberste Pflicht.

Die Schüler hatten sich alle zu ihr umgedreht. Luise sah Brinja und Dagny, Jan und Gertrud, Julian und Diemut. Die Kinder schauten sie mit großen Augen an.

Luise wurde das Herz schwer.

„Auf Wiedersehen", sagte sie. Ihre Stimme war leise und nahm einen klagenden Ton an. Sie klang wie der Wehlaut eines verletzten Tieres. „Macht's gut." Sie hob die Hand zu einem letzten Gruß.

„Mach's gut", sagten ihre Freunde. „Servus, Luise." Sie klangen traurig.

Auch Luise war traurig.

Sie würde nicht zurückkehren. Die Kinder, die abgeholt wurden, kehrten nie zurück.

Schweren Herzens folgte sie der Direktorin und dem fremden Mann nach draußen. Vor dem Hauptportal wartete ein Auto. Es brachte sie zum Landeplatz.

Dort stand ein Helikopter startbereit. Seine Triebwerke heulten. Vorne in der gläsernen Kanzel saßen zwei Piloten.

Ich will nicht, dachte Luise, aber sie stieg brav in den Hubschrauber ein. Ich will nicht fort!

Kaum saßen sie, die Direktorin und der fremde Mann auf ihren Sitzen, setzte sich der riesige Rotor des Helikopters in Drehbewegung. Donnernd peitschte er die Luft. Draußen wirbelte Gras auf.

Dann stieg der Heli auf. Der Boden kippte unter Luise weg und sie hoben sich in die Luft.

Sie presste das Gesicht ans Fenster und warf einen letzten Blick hinaus. Sie nahm alles in sich auf. Sie würde Haus Webenheim nicht wiedersehen.

Das große Schul- und Wohngebäude aus roten Ziegeln und grauem Sandstein stand inmitten von Wiesen und Gärten in einer weiten, flachen Talsenke, umgeben von einer hohen Mauer aus Ziegelsteinen. Luise erhaschte einen Blick auf die funkelnden Fischteiche neben den ausgedehnten Hausgärten. Sie sah die gepflasterten Wege, die durch Wiesen und Wäldchen führten, die Allee zum Haupttor in der Mauer, das Turnfeld.

Ganz hinten fuhr einer der Gärtner auf einem Rasentraktor über die Wiese und mähte das sprießende Gras. Luise glaubte für einen Moment den Geruch von frisch gemähtem Gras wahrzunehmen.

Dann war der Helikopter über dem Wald und strebte eilends in die Ferne. Felder und Wiesen flogen unter Luise vorbei. Sie kamen über Dörfer und eine größere Stadt und sie überquerten eine Eisenbahnlinie. Luise kannte sich nicht mehr aus.

Sie wandte sich vom Fenster ab. Still und in sich gekehrt saß sie da. Ihr war mulmig zumute. Wo brachte man sie hin? Sie hatte keine Ahnung. Sie wusste nur, dass sie auserwählt war, wie all die Kinder, die man vor ihr abgeholt hatte. Sie würde in ein anderes Internat kommen, auf eine Schule für Kinder mit besonderer Begabung.

Fort.

Man brachte sie fort.

Sie würde nie wieder Kontakt mit ihren Freunden haben. Kinder, die abgeholt wurden, schrieben keine Briefe nach Haus Webenheim. Warum das so war, wusste niemand, aber abgeholte Kinder meldeten sich nie mehr.

Das war eben so.

Ob sie Kinder wiedertreffen würde, die vor ihr abgeholt worden waren?

Vielleicht Andreas oder Beatrix? Es wäre ungemein tröstlich, Bekannte in der Fremde zu haben. Das würde Luise den Anfang erleichtern.

Sie wollte gerade die oberste Leitende danach fragen, als sich der Helikopter in eine Kurve neigte und zur Erde flog. Luise sah etliche Gebäude unter sich. Das war aber eine sehr große Schule! Sie zählte die großen Häuser. Es waren fast zwanzig Stück.

Der Heli setzte mit einem sanften Ruck auf einem Hubschrauberlandeplatz am Rande der Gebäudeansammlung auf. Ein Auto wartete auf sie.

Es brachte sie von dem heulenden Hubschrauber fort zu einem der Häuser.

Luise hockte still auf der Rückbank neben der Direktorin. Sie schaute hinaus und suchte nach Kindern. Sie sah keine. Nur einige Erwachsene liefen auf den Bürgersteigen. Sie sah einen jungen Mann, der an Krücken ging, und jemand, der aussah wie ein Krankenpfleger, schob eine Frau im Rollstuhl vor sich her.

Was ist denn das für eine komische Schule?, fragte sich Luise. Hier sind ja gar keine Kinder!

Sie wagte nicht, die Leitende zu fragen. Das war ungehörig. Kinder hatten still zu sein und zu folgen. Sie würde schon noch sehen, wo sie hingekommen war.

Soll ich ab jetzt in einem dieser Häuser leben?

Luise betrachtete die Häuser. Sie waren aus Ziegelsteinen errichtet, aber sie waren cremeweiß angestrichen. Luise gefiel die Farbe nicht. Sie sah aus wie schmutziger Schnee.

Das Auto fuhr an einer Gruppe Erwachsener vorbei. Ein Mann saß in einem Rollstuhl und eine Frau, deren linkes Bein eingegipst war, ging an Krücken.

Die sind ja alle krank, überlegte Luise. Ist das hier ein Krankenhaus?

Dann sah sie ein Kind. Es war ein Mädchen in ihrem Alter. Es trug komische cremeweiße Kleidung wie die anderen Leute auch, die sie gesehen hatte, und es hatte einen Kopfverband.

Das ist doch keine Schule!, dachte Luise.

Das Auto hielt vor einem der Häuser. Die Direktorin und der fremde Mann stiegen aus. Luise folgte den beiden, ohne dass man sie auffordern musste.

Drinnen gingen sie durch einen langen Flur. Auf der linken Seite stand ein Bett mit Rädern unten dran. Es war ein Krankenhausbett.

Ich bin in einem Krankenhaus, dachte Luise verwundert. Was mache ich hier? Das ist keine Schule für begabte Kinder!

Der fremde Mann öffnete eine Tür und hieß sie und die Direktorin eintreten.

„Setz dich, Luise", sagte er freundlich. „Da auf dem Tisch findest du ein paar Comic-Hefte. Du musst nicht lange auf die Untersuchung warten." Mit der Direktorin verschwand er durch eine Tür an der Seite des kleinen Raumes.

Luise setzte sich an den Tisch.

Untersuchung? Warum werde ich untersucht?

Dann verstand sie. Bevor sie in die neue Schule kam, würde man sie einer Untersuchung unterziehen. Ähnlich wie in Haus Webenheim, wo Dr. Wolf die Kinder regelmäßig untersuchte.

Luise atmete auf. Diese seltsame Klinik hatte ihr Angst gemacht.

Sie musste ein kleines Lachen unterdrücken. Wie dumm sie gewesen war. Sie sollte doch nur eingehend durchgecheckt werden, bevor sie auf die neue Schule kam.

Hinter sich hörte sie ein Klicken. Sie drehte sich um. Die Tür, hinter der die oberste Leiterin Wagner und der fremde Mann verschwunden waren, hatte sich einen Spalt weit geöffnet. Luise hörte, wie jemand ihren Namen nannte. Sie merkte auf.

Es war unhöflich, zu lauschen, aber sie horchte trotzdem.

„Ist das das Datenblatt?", fragte eine fremde Männerstimme.

„Ja, Herr Doktor", antwortete die Direktorin. „Luise Gerber, neun Jahre alt. Ihr Rechner hat sie ausgewählt."

Luise hörte einen zustimmenden Grunzlaut. „Ja, die Blutgruppe stimmt und das andere auch. Ihre Eckdaten sind korrekt."

Der fremde Mann brummte und sagte gelegentlich ein paar Worte. Luise hörte „Okklusion". Der Arzt sagte etwas von Organquetschung.

Und dann sagte er noch etwas ganz anderes.

Luise glaubte sich verhört zu haben. Sie stand auf und machte zwei Schritte auf die Tür zu. Sie lauschte dem fremden Arzt. Sie hörte zu, wie er mit ihrer Direktorin sprach, und ihr wurde eisig kalt.

Blankes Entsetzen packte sie, als sie den Worten des fremden Mannes lauschte.

Nein!, dachte sie. Das kann nicht sein! Das kann doch nicht sein! Ich soll doch auf eine besondere Schule kommen! Eine Schule für begabte Kinder!

Luise spürte, wie sich ihr ganzer Körper mit einer Gänsehaut überzog. Sie begann zu zittern. Sie hatte Angst. Sie hatte Angst wie noch nie zuvor in ihrem Leben. Alles in ihr verkrampfte sich, als sie dem Arzt zuhörte.

Die Angst war wie ein riesiges, unsichtbares Raubtier, das seine scharfen Klauen in Luises Herz schlug. Sie hatte solche Angst, dass sie anfing mit dem Kopf zu wackeln.

„Es könnte natürlich zur endgültigen Finalisierung kommen", hörte sie den fremden Mann sagen. „In einem solchen Fall … das passiert gelegentlich. Aber ich denke, Intensivpflege könnte …"

Luise hörte nicht länger zu. Sie machte einen Schritt zurück. Dann noch einen. Und noch einen. Sie ging rückwärts wie ein Krebs, Schritt für Schritt, bis sie mit dem Rücken gegen eine Wand stieß.

Weg! Sie musste weg von hier! Auf der Stelle!

Ich muss fortlaufen! Ich muss …

Die Tür flog auf. Die Direktorin stand dort mit einem Mann in einem weißen Ärztekittel.

„Hallo, Luise", sagte der Arzt. Er klang freundlich und nett.

Aber Luise wusste es besser. Sie hatte jedes Wort gehört, das er gesagt hatte. Sie drückte sich an die Wand, als wollte sie hindurchschlüpfen. Ein Wimmern brach aus ihrer Kehle.

Der Arzt winkte ihr: „Komm, Mädchen. Wir werden eine Untersuchung machen. Es ist nicht schlimm. Wir möchten dich nur durchchecken. Das ist alles."

Nur durchchecken?!? Ich habe alles gehört!

Luise drückte sich gegen die Wand.

Die dürfen das nicht! Das dürfen die doch nicht! Das kann doch nicht sein! Unmöglich!

„Bitte!“, würgte sie hervor. „Bitte nicht!“ Ihr Kopf wackelte ganz schlimm und sie begann mit den Zähnen zu klappern. „Bitte tun Sie das nicht!“

„Aber was ist denn?“, fragte der fremde Doktor. Noch immer tat er freundlich. „Warum hast du denn solche Angst, Luise? Dir passiert nichts.“

„Luise!“, schnarrte die Direktorin. Ihre Stimme nahm einen ungnädigen Ton an. „Was soll das? Auf der Stelle kommst du hierher!“

„N-Nein!“, sagte Luise. Sie zitterte unkontrolliert. Sie hatte grauenhafte Angst. Ihr Gesichtsfeld engte sich ein. Bunte Schleier tanzten vor ihren Augen. Sie fing an zu winseln. „Tun Sie das nicht! Bitte nicht! Bi-Bitte!“

Eine Frau in Krankenschwesterntracht mit einem Klemmbrett erschien neben dem Arzt.

„Ich glaube, die Tür stand offen“, sagte sie. „Das Schloss ist nicht in Ordnung. Manchmal springt sie auf. Ich habe das bereits mehrfach gemeldet, aber es wird einfach nicht repariert.“

„Was?“ Für einen Moment wirkte der Arzt erschrocken. Dann wütend: „Warum wird so etwas nicht umgehend gerichtet?!?“

Dann wandte er sich an Luise: „Komm, Mädchen. Es ist alles in Ordnung. Wir machen nur eine harmlose Untersuchung.“

„Nein!“, brach es aus Luise hervor. „Sie wollen mir etwas antun! Ich habe es gehört! Ich habe alles gehört!“

Die Eingangstür ging auf. Jemand kam vom Gang aus herein. Ein Mann im Ärztekittel.

Luise wich vor ihm zurück. An die Wand gepresst, machte sie Schritt um Schritt zurück. Sie konnte nirgendwo hin. Panik stieg in ihr auf. Sie musste auf der Stelle weg. Aber wohin? Beide Türen des Raumes waren unerreichbar für sie. Die Erwachsenen standen im Wege.

Das Fenster!

Sie löste sich von der Wand und stürzte zu dem großen Fenster.

Jemand packte sie von hinten. Starke Arme umschlangen sie.

Luise schrie auf. Sie strampelte verzweifelt.

„Mach schon!“, bellte der Mann, der sie gepackt hatte. „Her mit der verdammten Spritze!“

„Nein! Nein!“, kreischte Luise. Sie heulte wie ein Tier in einer Falle. „Nein! Bitte nicht! Bitte tun Sie das nicht! Bi-Bitte!“

Sie spürte einen Piks am rechten Oberarm.

Plötzlich wurde ihr Körper schlaff. Sie konnte sich nicht mehr bewegen.

„Nein!“, wollte sie schreien. Aber sie brachte keinen Laut mehr heraus. Ihr wurde schlecht vor Angst. Ihre Panik steigerte sich ins Unermessliche. „Bitte …“

Dann wurde ihr schwarz vor Augen und sie versank im totalen Nichts.

*

Sie wanderten froh gelaunt durch sommergelbe Felder, durch die weite Natur Norddeutschlands. Julian fühlte, wie sich sein Herz weitete. Immer ging es ihm so, wenn sie durch die Natur streiften, und am schönsten war die große Wanderung in den Sommerferien. Für den neunjährigen Jungen war es das Größte überhaupt.

Neben ihm ging Diemut. Sie sang ein Lied über den Sommer und die Erntezeit. Julian hörte das Mädchen gerne singen. Diemut hatte eine wunderbare Stimme. Natürlich kam sie nicht gegen Gertrud an, aber Gertrud war eine absolute Ausnahme. Gertruds Stimme war wie flüssiges Silber. Wenn Gertrud sang, hielten die Kaninchen auf den Wiesen mit Fressen inne und lauschten mit hochgestellten Löffeln.

Julians Füße fühlten sich heiß an. Er trug derbe Wanderschuhe mit halb hohem Schaft und dicke Socken aus einem Wolle- und Baumwollgemisch. Er wäre gerne barfuß in Sandalen gelaufen wie Diemut neben ihm, aber im Jahr zuvor hatte er sich genau deswegen die Fersen wund gelaufen, und das hatte ihm einen missbilligenden Blick der Leitenden Schwarz eingetragen.

Kinder hatten auf ihre Gesundheit zu achten und alles zu tun, um Krankheiten und Verletzungen zu vermeiden.

Drum trug er die klobigen Wanderschuhe und die dicken Socken. Letztere konnte man bei Wärme herunterrollen auf den Schaft, der den Knöchel umschloss, und wenn es kalt wurde, zog man sie einfach hoch über die Wade.

Die Kinder von Haus Webenheim durften aus ihrem Kleiderfundus selbst aussuchen, was sie tragen wollten. Sie konnten die Farben selbst auswählen und miteinander kombinieren. Gerade diese kleinen Freiheiten machten das Leben schön, fand Julian.

Eine Hand fasste nach seiner: „Träumst du, Junian?“

Er schaute zur Seite. Diemut lächelte ihn an. Junian. Er musste grinsen. Das war ihre neueste Marotte. Sie veränderte das Juli in seinem Vornamen Julian und gab ihm scherzend die unterschiedlichsten Monatsnamen. Mal war er Julian, dann Junian, dann Aprilian oder Oktoberian.

Diemut musste immer lachen, wenn sie diese Namen benutzte. Er hörte sie gerne lachen, seine liebe graue Maus Diemut.

Diemut trug wie üblich alles Grau in Grau. Ihr Rock war dunkelgrau und die leichte Weste, die sie über der Bluse trug, hellgrau. Hätte sie eine Kappe getragen, wäre auch die grau gewesen und wenn sie Strümpfe angehabt hätte, dann sicher die grauen.

Das einzig Farbige an Diemut war das dünne, aus Wollfaden geflochtene Freundschaftsbändchen an ihrem rechten Handgelenk. Es war blutrot. Julian hatte es ihr zum siebten Geburtstag geschenkt.

Er selbst trug gerne unterschiedliche Farben. Seine kurze Hose war aus graubraunem Tweed, das Hemd aus naturfarbenem Leinen und seine Weste dunkelgrün.

Der Feldweg führte an Feldern mit reifendem Weizen entlang auf einen Wald zu.

Von vorne hörten sie die Stimme der Leitenden Schwarz: „Wir kommen zu einem Waldrand, Kinder. Was ist zu tun?“

„Creme gegen Mücken- und Bremsenstiche auftragen, Leitende“, antworteten die Kinder im Chor. „Besonders Bremsen sind an Waldrändern häufig.“

„Cremt ihr euch ein?“, hakte die Leitende nach.

„Nein“, rief Eva und schüttelte ihren roten Schopf. „Wir haben uns vor zwei Stunden eingerieben und der Schutz hält vier Stunden an.“

Julian grinste Diemut an. Gleich würde die Schwarz nach den „drehenden Teilen“ fragen. Immer wenn die Leitende das tat, musste er sich große Mühe geben, nicht lauthals loszuprusten.

Schon kam es von vorne: „Sind auch die drehenden Teile eingecremt?“

„Ja, Leitende“, riefen sie im Chor. Julian prustete. Als die Schwarz den Kopf wandte, tat er rasch so, als müsse er niesen. Er schaute zu Boden und versuchte sich zu beherrschen. Unter dem „Einfetten der drehenden Teile“ verstand die Leitende Schwarz das Eincremen im Schritt, damit man sich beim Wandern nicht wund lief. Wenn die Unterwäsche im Schritt rieb, konnte man sich einen Wolf laufen.

„Der Wolf“, deklamierte die Schwarz gerne laut. „Der böse Wolf! Der gehört ins Märchen von Rotkäppchen oder in das mit den sieben Geißlein, aber nicht in unsere Unterbekleidung, Kinder. Also schmiert die drehenden Teile, sonst kommt der Dr. Wolf und schimpft euch aus.“

Dr. Wolf war der Arzt, der regelmäßig nach Haus Webenheim kam und die Kinder untersuchte und Erkältungen und kleine Wehwehchen heilte.

Ausgerechnet Gertrud mit der wunderschönen Singstimme wollte später auch mal „ein Wolf werden“ und nicht etwa Opernsängerin.

„Ich will ein Doktor werden wie Dr. Wolf“, sagte sie immer. „Dann fahre ich in meinem eigenen Auto von Internat zu Internat, mache die Kinder gesund und sehe viel von der Welt. Ich kann im Auto oder im Zug durch ganz Nordland fahren und singen kann ich unterwegs, so viel ich will.“

Gertrud war ebenfalls fest mit einem Jungen befreundet. Sie ging neben dem dunkelblonden Jan. Die beiden hielten Händchen. Julian sah einen feuerroten Pickel in Jans linker Kniekehle. Der Junge hatte sich einen Mückenstich eingefangen trotz der Insektencreme.

Tu Fenistil drauf, Jan, dachte er. Sonst kriegst du Ärger mit der Leitenden.

Gesundheit war das oberste Gut und die Kinder hatten es zu hüten. Ein Kind musste alles tun, um gesund zu bleiben. Gleichzeitig hatte ein anständiges Kind folgsam zu sein und zu tun, was man ihm sagte. So verlangte es der Oberste Leitende, der Präsident von Nordland.

Jedes Jahr hielt der Präsident im Fernsehen eine Rede zu den Kindern der Nation. „Gehorsam und Folgsamkeit sind oberste Kindespflicht", sprach er dann mit seiner festen, dunklen Stimme. „Ein Kind ist folgsam und lernt fleißig. Ein Kind achtet darauf, gesund zu bleiben, und es arbeitet für die Gemeinschaft."

In jedem Klassenraum von Haus Webenheim hing ein Schild über der Tafel. „Der Oberste Leitende, der Präsident, hält seine schützende Hand über Dich", stand darauf. Dem Obersten Leitenden musste man unbedingt gehorchen. Er führte Nordland und sorgte dafür, dass es dem Volk gut ging.

Nach dem Zweiten Weltkrieg, einem furchtbaren Krieg, in dem sich alle Völker der Erde bekämpft hatten, hatte der Vater des Präsidenten mithilfe der sowjetischen Bruderrepublik in Norddeutschland das Nordland gegründet. Er führte das Volk aus Not und Elend zu Eigenständigkeit und Freiheit, während der Süden in Elend und Unterwerfung versank. Südland diente sich den Feinden an und unterwarf sich ihnen.

Seitdem trennte die Große Mauer Deutschland in einen Norden und einen Süden.

Eines Tages würde der Oberste Leitende dieses Bauwerk der Schande einreißen und die verlorenen Brüder und Schwestern aus dem Süden heimholen und ihnen Leben und Freiheit wiedergeben. Solange mussten ihm alle folgen und ihr Bestes geben für die Nation.

Julian stupste Diemut an. Als sie zu ihm herschaute, machte er mit dem Kopf eine Geste in Richtung Jan.

„Jan?", sagte er so leise, dass die Leitende ihn nicht hören konnte: „Mein Guter, ich glaube, du hast einen Stich."

„Bffft!", machte Diemut neben ihm. Kichernd klammerte sie sich an seine Hand. „Jan hat einen Stich!"

Jan drehte sich im Gehen um: „Häääh? Wo denn?“

„Mensch, merkst du gar nix?“, zischte Julian. „Linke Kniekehle. Tu Salbe drauf, bevor die Leitende dich schimpft.“

Gertrud ließ sich einen Schritt zurückfallen: „Tatsächlich. Mitten in die Kniekehle gestochen. Merkst du das nicht, Jan?“ Sie holte eine kleine Tube aus ihrer Tasche und trug mitten im Laufen von der durchsichtigen Salbe auf den Mückenstich auf. „Der Jan hat eine Haut wie ein Elefant“, sagte sie zu Julian und Diemut.

Sie steckte die Tube weg und hakte sich bei Jan unter. Dann stimmte sie ein Lied an.

Julian lauschte hingerissen. Wenn Gertrud sang, machte es einem das Herz weich.

Gertrud hing in Jans Arm und schmetterte das Lied der Nordlandjugend in den warmen Sommertag hinaus.

Jan und Gertrud waren ein Pärchen, genau wie Julian und Diemut. Solche innigen Kinderfreundschaften kamen gelegentlich vor und die Leitenden untersagten sie nicht. Aber die anderen Kinder konnten in einem solchen Fall eine echte Pest sein. Schlossen sich ein Mädchen und ein Junge irgendwann zusammen, wurden sie von den übrigen Kindern lauthals bespöttelt.

„Oooh, zwei Verliiiebte!“, säuselten sie. „Amooore! Amour! Liebeliebelei! Eideidei!“

Das war schwer auszuhalten, aber wenn die beiden Kinder eine Weile zusammengehalten hatten, hörte der Spott irgendwann auf. Stattdessen war eine Klasse, in der es ein Pärchen gab, sogar ein wenig stolz darauf. Ein Liebespaar gehörte einfach in jede Jahrgangsstufe. Das fand man schick.

Julian und Diemut hatten mit fünf Jahren zusammengefunden. Es hatte sich einfach so ergeben. Sie hatten häufig miteinander gespielt und waren einander immer stärker auf die Pelle gerückt, bis sie quasi aneinander klebten.

Julian schaute Diemut an, Diemut mit den dunkelblonden Haaren und den hellgrünen Augen, die ihr das Aussehen einer kleinen Fee verliehen. Honigfarbene Sprenkel leuchteten im Grün ihrer Augen. Er war zufrieden und froh, mit einem Mädchen so eng befreundet zu sein. Sie waren immer zusammen und sie kannten keine Geheimnisse voreinander. Sie sprachen über alles, was ihnen auf dem Herzen lag, und jeder kannte den anderen in- und auswendig. Es war schön, einen Menschen für sich zu haben.

Nur manchmal schlich sich die Angst in Julians Herz, wenn er daran dachte, dass man Diemut eines Tages abholen könnte oder ihn selbst.

Es kam selten vor, dass Kinder abgeholt wurden, aber sie erlebten es immer wieder. Auch in den anderen Internaten passierte das gelegentlich. Eines schönen Tages fuhr ein Auto vor und holte ein Kind ab. Das kam dann in eine andere Schule und man hörte nie wieder etwas von ihm.

Julian musste an Luise denken. Sie war mit ihnen eng befreundet gewesen. Wie sehr hatte Luise sich auf die große Wanderung im Sommer gefreut und dann hatte man sie eine Woche vorher abgeholt. Ob sie in ihrer neuen Schule auch eine große Sommerwanderung machen durfte?

Jedenfalls war es schade, dass Luischen nicht dabei war. Sie war ein echter Spaßvogel und brachte die anderen Kinder oft zum Lachen. Und jetzt war sie weg.

Vorne stockte die Zweierreihe der Wanderkinder. Julian spähte nach vorn. Am Waldrand stand ein Schild: „Hirschquelle“. Aha, Wasser fassen war angesagt.

Schon legte die Leitende Schwarz los: „Kinder, kommt heran. Erfrischt euch an der Quelle. Wascht euch die Hände und die erhitzten Gesichter. Kühlt euch ab. Trinkt frisches Wasser und füllt eure Wasserflaschen auf. Es ist wichtig, auf einer Wanderung regelmäßig zu trinken, damit eure Körper nicht dehydrieren. Trinken ist wichtig für die Gesundheit.“

*

<u>Auszug aus den Empfehlungen zur Aufzucht der neuen Menschenkinder:</u>

Es ist unbedingt darauf zu achten, dass die Zöglinge möglichst viel an der frischen Luft sind. Nichts ist schädlicher für den heranwachsenden Organismus als Stubenhockerei in muffiger Luft. Hinaus ins Freie mit den Kindern!

Wann immer möglich, soll im Freien geturnt werden und auch bei Regen oder Schnee sind Aktivitäten draußen vorzusehen. Man kann auch bei Regen Wanderungen abhalten. Dies wirkt abhärtend auf den kindlichen Körper. Wann immer sich die Möglichkeit bietet, soll es hinaus in die Natur gehen, und wenn es nur die Natur unmittelbar bei den Internaten ist.

Die naturnahe Aufzucht hat sich als die beste erwiesen. Naturnah und in kleinen Aufzieh-Einheiten, die nicht über den Besatz einer Dorfschule hinausgehen. Die familiäre Atmosphäre der kleinen Landinternate sorgt für die seelische Gesundheit der Kinder.

Ebenso wichtig ist sinnvolle Beschäftigung. Unsere Menschenkinder sollen sich als nützliche Glieder der Gesellschaft fühlen. Jedes Kind braucht das Gefühl, dass man es wahrnimmt und dass es wichtig ist. Dies macht die Seele stark und gesund und nur der Körper, in dem eine gesunde Seele wohnt, kann gesund sein. Dazu gehören auch Zufriedenheit und das Gefühl der Geborgenheit.

Bei aller nötigen Strenge der Leitenden, die diese Menschenkinder führen müssen, soll man den Kindern auch freundliche Zuneigung schenken, wo immer es geht. Unnötige Härte ist zu vermeiden.

Kranke Kinder nützen niemandem etwas. Die Gesundheit der Kinder ist das Wichtigste überhaupt.

Der oberste Leitsatz lautet daher: So streng wie nötig, so leger wie möglich.

*

Die Wanderung dauerte an. Es ging durch Feld und Flur und durch kleine Dörfer im platten Land. Unterwegs machten sie Besichtigungen. Überall gab es alte Kirchen und Schlösser und in so manchem Ort ein interessantes Museum.

Unterwegs machten sie an Frittenbuden Station und an Eiscafés. Einmal fuhren sie ein Stück weit mit der Eisenbahn. Sie stiegen in einen dunkelblauen Elektrotriebwagen und fuhren schnell wie der Wind über Land.

Hinter dem Bahnhof, an dem sie ausstiegen, kamen sie an einer Schafherde vorbei. Der Schäfer, ein braun gebrannter Mann in den Fünfzigern, hütete gut und gerne dreihundert Tiere nur mithilfe von zwei Hunden. Gleich beschlossen einige der Kinder, später einmal Schäfer zu werden.

Diemut und Julian liefen mit ihren Freunden über sandige Feldwege und über Kopfsteinpflaster in den Dörfern. Sie winkten Autofahrern auf der Landstraße zu und als sie an einen klaren Bach kamen, durften sie die Schuhe ausziehen und barfuß durchs sandige Bachbett stapfen.

Übernachtet wurde in Jugendherbergen oder Scheunen von Landwirten. Es war ein herrliches, freies Leben. Am liebsten wäre es Diemut gewesen, wenn sie für immer so hätte leben dürfen.

Manchmal dachte sie an Luise.

Mit ihren neun Jahren konnte sich Diemut nicht recht vorstellen, was mit ihrer Freundin geschehen war, aber sie fand es nicht schön, dass Kinder abgeholt wurden. Was sie überhaupt nicht verstand, war die Eile, in der man Luise fortgebracht hatte. Warum diese komische Hetze?

Die meisten Kinder hatten Zeit, in Ruhe ihre kleinen Habseligkeiten zusammenzupacken und sich von ihren Freunden zu verabschieden, aber manchmal ging es hopplahopp. Diemut kapierte es nicht. Warum musste das so sein?

Die Leitenden hatten auf diese Frage keine Antwort. Wenn die Kinder nachfragten, hieß es: Das werdet ihr eines Tages erfahren. Wenn ihr alt genug seid, werden wir es euch erklären. Warum erklärte man es ihnen nicht schon heute?

*

Am Nachmittag des vierten Tages kamen sie in Haus Gehringen an. Das Internat lag inmitten einer tellerflachen Grasebene direkt bei einem Hügel. Auf diesem Hügel thronte eine imposante Burgruine aus dem Mittelalter.

Das Wichtigste an Haus Gehringen waren die Ponys. Die Gehringer Kinder lernten von klein auf reiten und im Jahr zuvor hatten auch die Webenheimer

Zöglinge reiten gelernt, als sie zu Besuch waren.

Als die Webenheimer Kinder ankamen, ging es in Haus Gehringen zu wie in einem Bienenstock. Alte Freundschaften wurden erneuert und die Neuankömmlinge zogen mit viel Radau in ein lang gezogenes Zimmer direkt unterm Dach. Dort hatten die Gehringer einfache Strohmatratzen ausgelegt.

Diemut liebte es, auf einer Strohmatratze zu liegen. Es roch so gut nach Sommer, fand sie.

*

Gleich am ersten Tag machten sie einen kleinen Ausritt in die nähere Umgebung und abends stiegen sie den Hügel hinauf zur Burgruine. Im Innern des Burghofes zündeten sie ein Feuer an und brieten Würstchen und Stockbrot.

Die Kinder spielten auf ihren Blechflöten und Mundharmonikas und sie sangen Lieder am Lagerfeuer.

Diemut saß neben Julian, der im Moment Augustian hieß, weil es August war, und lehnte sich an ihn. Sie fühlte sich unbeschreiblich wohl. Sie liebte die Sommerausflüge. Wenn es nach ihr gegangen wäre, wären sie das ganze Jahr lang auf Achse gewesen, selbst im Winter.

Sie sah Jan und Gertrud einträchtig nebeneinandersitzen. Gertrud lauschte den Liedern am Lagerfeuer mit halb gesenkten Lidern.

Julian holte seine Mundharmonika hervor und spielte ein kleines Liedchen. Es klang fröhlich und wehmütig zugleich.

„Was ist das für ein Lied?“, fragte Diemut. „Das kenne ich nicht.“

Julian lächelte ihr spitzbübisch zu: „Das kannst du nicht kennen. Ich habe es erst unterwegs auf der Wanderung erfunden.“

„Du hast dir ein Lied selber ausgedacht?“, fragte sie ungläubig.

Julian nickte.

„Wie heißt es?“, wollte Diemut wissen.

„Ich nenne es das Freiheitslied“, antwortete der Junge.

Als er das sagte, geschah etwas Merkwürdiges. Der Kopf der Leitenden Schwarz ruckte herum und sie schaute Julian an wie ein hungriger Raubvogel. Diemut erschrak. Wie die Leitende aussah! Warum schaute die so böse?

Julian redete weiter: „Es heißt so, weil es die Freiheit im Draußen wiedergibt. Wenn ich es spiele, spüre ich die Freiheit, die ich fühle, wenn wir draußen in der Natur wandern oder an der frischen Luft spielen."

Diemut sah, wie die Leitende sich entspannte.

Während Julian das kleine Liedchen noch einmal spielte, schaute Diemut die Leitende an. Die setzte nicht noch einmal ihr Raubvogelgesicht auf. Wieso hatte sie so komisch reagiert, als Julian von Freiheit sprach? Diemut verstand es nicht.

Sie blieben bis in die Nacht hinein auf der Burg. Erst gegen Mitternacht legten sie sich in Haus Gehringen auf ihre Strohmatratzen und obwohl sie sehr aufgeregt waren, schliefen sie gleich ein.

*

Beim Frühstück saß Diemut still und in sich gekehrt da. Julian brachte ihr ein Schüsselchen Haferflocken mit Milch und Zucker und stellte es vor sie hin.

„Wie schaust du denn aus?", fragte er und guckte sie besorgt an. Er fasste über den Tisch nach ihrer Hand: „Hast du wieder geträumt? Von den Totmachern?"

Diemut nickte stumm.

„Du Armes", sagte Julian leise. Er schaute sie voller Mitgefühl an.

Diemut tat sein Mitgefühl gut. Julian wusste, wie schlimm ihre Albträume waren. Der ewig gleiche scheußliche Traum suchte sie nur selten heim, aber wenn, dann wachte sie voller Angst auf und sie hätte schreien können, so schrecklich war ihr zumute. Im Traum ging es um etwas Unsichtbares und Unfassbares. Sie war immer zu Hause in Haus Webenheim und zusammen mit den anderen Kindern. Dann kamen die Totmacher. Diemut konnte sich nach dem Aufwachen nie erinnern, wie sie ausgesehen hatten, aber sie empfand im Traum Todesangst. Die Totmacher drangen in die Schule ein und sie fingen an, eins nach dem anderen alle Kinder totzumachen. Sie schlugen die Kinder mit Knüppeln zusammen, sie schossen mit Gewehren und manchmal hatten sie schreckliche Monstertiere dabei, die die Kinder bissen. Nicht ein einziges Kind ließen die Totmacher am Leben. Immer war Diemut eins der letzten Kinder, die auf grauenvolle Weise ermordet wurden. Genau in dem Moment, als man sie umbrachte, erwachte sie zitternd vor Furcht.

Julian streichelte ihre Hand: „Nachher gehen wir ins Hallenbad. Bestimmt vergisst du den ekligen Traum bald."

Diemut schaute ihren Freund an. Julian war lieb. Sie war froh, ihn zu haben. Seine Gegenwart war tröstlich für sie.

Er schaute sie eine Weile stumm an. Dann fragte er: „Es ist wegen Luise, nicht?"

Diemut war baff. Julian hatte recht. Im Traum hatte sie miterlebt, wie man Luise getötet hatte. Sie erinnerte sich nicht genau, aber das Mädchen war anscheinend zu Tode geprügelt worden und zum Schluss hatte ein grauenhaftes Monster Luises Bauch mit langen, scharfen Klauen aufgerissen. Es hatte seine Schnauze in Luises Eingeweide getaucht und gefressen und sich dann knurrend Diemut zugewandt.

In dem Moment war sie aufgewacht.

*

Julian behielt recht. Bald nach dem Frühstück vergaß Diemut ihren ekligen Albtraum. Sie tobte mit den anderen Kindern im Hallenbad und danach machten sie einen Ausritt auf den Ponys von Haus Gehringen.

Nachmittags gab es Kuchen und Kakao. Sie saßen hinter der Schule unter den Bäumen und aßen mit gutem Appetit.

Eine Leitende kam mit einer Schar Kleinkinder vorbei. Diemut sah ein kleines Mädchen von fünf Jahren mit einer Puppe im Arm. Beim Anblick der Puppe wurde sie schmerzlich an ihre Freundin Luise erinnert.

In Haus Webenheim stellten sie solche Puppen selbst her. Das war Teil der

Selbstversorgung des Internats. Sie machten Puppen und Stofftiere, und die wurden im ganzen Land verkauft und brachten Geld für Haus Webenheim ein.

Die Kinder gaben weiche Tonmasse in eine Form und dann wurden die Köpfe, Hände und Füße der Puppen in einem Ofen gebrannt, bis sie hart wie Porzellan waren. Die Köpfe bekamen wunderschöne Glasaugen und wurden anschließend von Hand bemalt und an Körpern aus Stoff befestigt. Die Puppenkörper füllten die Kinder mit Kunststoffgranulat aus.

Auch die Puppenkleider nähten sie selbst - aus Stoffresten, die von draußen in die Schule gebracht wurden. Alte Hemden und Blusen verwandelten sich in Hemdchen und Röcke für die Puppen.

Ganz zum Schluss stickten die Kinder von Haus Webenheim dann jedes für sich ihre Geheimzeichen auf die Puppenkörper. Immer warteten sie ab, bis die Leitende unaufmerksam war oder den Raum verließ, in dem die Kinder arbeiteten.

Diemut erinnerte sich, als sei es erst gestern gewesen, wie Luise ihnen ein Zeichen gemacht hatte, als die Leitende Schwarz den Raum verließ. Brinja war aufgestanden und hatte sich an die Tür gestellt. Durch einen Spalt hatte sie auf den Flur hinausgespitzt und Luise zugewunken.

Die hatte mit flinken Stichen ihr Geheimzeichen auf den Rücken der Puppe gestickt, an der sie arbeitete: ein kleines Gesicht mit einem breiten Grinsemund und einem Zwinkerauge.

Diemut spürte einen Stich im Herzen. Wo Luise wohl war? Ging es ihr gut in der neuen Schule? Oder fühlte sie sich einsam unter den fremden Kindern dort? Dachte sie manchmal an Diemut und Julian und ihre Freunde aus Haus Webenheim? Oder hatte sie all ihre Freunde vergessen, weil sie neue Freunde gefunden hatte? Niemand wusste eine Antwort. Es kamen nie Briefe oder sonstige Nachrichten von den Kindern, die man abgeholt hatte.

Diemut verstand es nicht.

Warum durften sie nicht erfahren, wo man die Kinder hinbrachte und wie es ihnen dort ging?

So viele Fragen gab es, auf die man ihnen keine Antwort gab.

Ihr werdet alles erfahren, wenn die Zeit gekommen ist, sagte man ihnen, wenn sie nachhakten und wenn sie dann keine Ruhe gaben, wurden die Leitenden unwirsch.

*

Abends lag Diemut auf ihrer Strohmatratze und dachte über diese Fragen nach.

Wieso leben wir in Haus Webenheim? Warum sind wir nicht bei unseren Eltern? Haben wir vielleicht gar keine Eltern?

Sie wusste es nicht. Seit sie sich erinnern konnte, lebte sie mit den anderen Kindern im Internat.

Warum habe ich keine Eltern wie die Kinder im Fernsehen?, fragte sie sich. Warum habe ich keine Mama, die mich abends zu Bett bringt, mich zudeckt und mir eine kleine Geschichte erzählt? Die mir einen Gutenachtkuss gibt?

Diemuts Herz zog sich schmerzlich zusammen. Warum musste sie ohne Eltern leben? Sie verstand es nicht. Manchmal fühlte sie sich schrecklich allein und verlassen. Dann hätte sie auf der Stelle losweinen können.

Sie streckte die Hand aus. Julians Matratze lag direkt neben ihrer eigenen. Als er ihre Hand unter seiner Decke spürte, ergriff er sie und drückte sie.

So getröstet, schlief Diemut ein.

*

Am dritten Tag hielt ein Leitender von Haus Gehringen einer gemischten Gruppe von Gehringern und Webenheimern einen Vortrag über das alte Griechenland.

„Aus dem antiken Griechenland stammt der olympische Gedanke“, erzählte er. „Im antiken Griechenland erkannte man den Wert von Leibesertüchtigungen. In einem gesunden Körper wohnt ein gesunder Geist.“

Dann erzählte der Leitende noch von Sparta, jenem griechischen Staat, in dem die Kinder bereits mit sieben Jahren den Eltern fortgenommen wurden. Sie wurden in staatlichen Einrichtungen erzogen und zu Soldaten ausgebildet. Die Soldaten Spartas waren die besten von ganz Griechenland.

Später saßen ein paar Kinder zusammen hinter den Stallungen. Sie hatten die Ponys gefüttert und gestriegelt und hatten eine Stunde frei.

„Wisst ihr was?“, fragte Dagny. „Ich glaube, wir sind wie die Kinder Spartas.“

Diemut merkte auf: „Wie meinst du das?“

„So wie ich es sage“, erwiderte Dagny. „Wir wachsen in staatlicher Obhut auf und werden zu Soldaten ausgebildet. Der Oberste Leitende, unser Präsident, spricht doch ständig davon, dass uns der Süden bedroht. Irgendwann kommt ein Krieg und wir werden dann Soldaten sein, die für Nordland kämpfen. Deshalb machen wir so viele Leibesübungen. Wir turnen jeden Tag und wir gehen viel wandern. Soldaten müssen weit marschieren können, ohne müde zu werden.“

„Und ihre drehenden Teile eincremen“, warf Jan dazwischen.

Sie kicherten.

„Ohne Quatsch jetzt“, sagte Dagny. „Die Leitenden erzählen uns doch ständig, dass wir die neuen Menschen sind und dass Kinder von Haus Webenheim etwas Besonderes sind. Sie sagen, dass wir für eine spezielle Aufgabe vorbereitet werden. Ich sage euch: Wir sollen später mal Soldaten werden.“

„Deswegen musste man uns aber doch nicht unseren Eltern wegnehmen“, hielt Gertrud dagegen. „Außerdem sind wir schon immer in Haus Webenheim gewesen und nicht erst mit sieben hingekommen wie die Kinder Spartas.“

„Dann fängt die Ausbildung zum Soldaten eben in Nordland schon früher an als in Sparta“, sagte Dagny.

„Und die Kinder, die abgeholt werden?“, fragte Jan. „Wie erklärst du das?“ Er schaute Dagny herausfordernd an. „Dazu fällt dir nichts ein, was?“

Dagny biss sich auf die Unterlippe. Dann lächelte sie triumphierend: „Die kommen in besondere Ausbildungslager, weil sie bessere Soldaten sind.“

„Quatsch“, rief Diemut. „Luise war klein und dünn. Die und ein besonders kräftiger Soldat? Nie im Leben! Sie konnte ja kaum auf einen Baum klettern.“

Sie schauten alle auf Dagny und warteten.

„Vielleicht ist Luise besonders schlau", sagte das Mädchen. „Man braucht schlaue Anführer bei den Soldaten. Das hatten wir doch im Schulunterricht. Die nennt man General und die denken sich die Schlachtpläne aus. Ohne guten Schlachtplan verliert man den Krieg."

Julian mischte sich ein: „Ich glaube, es ist ganz anders." Er blickte sie der Reihe nach an: „Unsere Eltern sind tot. Sie sind gestorben, als wir noch ganz klein waren. An einer unheilbaren Krankheit. Deshalb leben wir im Internat. Es gibt Krankheiten, die man nicht heilen kann. Das wissen wir."

„Und die Kinder, die abgeholt werden?", fragte Dagny leise.

Julian schaute das Mädchen schweigend an, so lange, bis Dagny nervös wurde: „Sag schon, Julian!"

„Kommst du nicht von selbst drauf?", fragte der Junge. Er blickte in die Runde: „Dr. Wolf! Der untersucht uns ständig. Er nimmt uns regelmäßig Blut ab." Julian senkte die Stimme, als habe er Angst, jemand könnte mithören, was er dann sagte: „Die Kinder, die abgeholt werden, haben die gleiche Krankheit wie ihre Eltern. Man bringt sie fort in eine Spezialklinik, wo man alles für sie tut, um ihnen das Sterben zu erleichtern. Sie sollen nicht vor den Augen von uns anderen Kindern sterben. Deshalb kommen auch nie Briefe von den abgeholten Kindern. Tote Kinder können keine Briefe schreiben."

Ringsum starrten sich die Kinder mit großen Augen an. Angst überkam sie. Sie fühlten, dass Julian die Wahrheit gesagt hatte. Genauso musste es sein.

Dagny begann zu weinen.

*

Gegen Ende der Sommerferien, sie waren längst wieder in Haus Webenheim, wurde Werner abgeholt. Man teilte es ihm früh genug mit. Der Junge hatte Zeit, seine Siebensachen zu packen und sich von allen Freunden zu verabschieden.

Als es Zeit wurde und draußen das Auto vorfuhr, das Werner mitnehmen sollte, standen die Kinder um ihn herum. Einige hatten ihm Kleinigkeiten aus ihrem persönlichen Besitz geschenkt, einen Farbstift vielleicht oder ein kleines Büchlein mit Bildergeschichten, ein Taschenmesser oder ein Vergrößerungsglas.

Werner schaute seine Freunde an. In seinen Augen stand eine leise Furcht. Er war dabei gewesen, als sie in den Ferien hinter den Stallungen von Haus Gehringen über die unheilbare Krankheit gesprochen hatten, die ihnen die Eltern geraubt hatte.

Würde er nun zum Sterben in eine Klinik gebracht?

Die Direktorin erschien mit dem fremden Mann, der auch dabei gewesen war, als sie Luise abholten: „Komm, Werner. Es ist Zeit. Wir müssen los. Verabschiede dich."

Und so nahmen sie voneinander Abschied.

„Mach's gut, Sportsfreund", sagten die Kinder.

„Macht's gut", antwortete Werner.

„Servus, Werner."

Dann fuhren sie mit dem Jungen weg.

Die Kinder sahen ihn nie wieder.

*

Drei Wochen später holten sie Sarah ab.

Hinterher standen Diemut und Julian draußen an der Mauer, die das Gelände von Haus Webenheim umgab. Sie schauten zum Haupttor hinaus. Von dort aus führte die Straße hinaus in die Welt. Dorthin war Sarah gebracht worden.

„Hoffentlich holt man uns nicht ab", sagte Diemut leise. Sie hielt sich an Julians Hand fest: „Ich will nicht, dass man dich fortholt oder mich. Ohne dich will ich nicht sein."

Er legte einen Arm um sie und drückte sie: „Das wird nicht passieren, Diemut. Wir bleiben zusammen. Du weißt doch, dass Pärchen auch gemeinsam ins Arbeitsleben geschickt werden. Wenn sie dich abholen kommen, dann gehe ich mit dir. Nichts kann uns trennen. Wir bleiben für immer zusammen."

Diemut kuschelte sich an ihn: „Ja, Julian. Wir bleiben zusammen. Für immer."

*

Im Jahr 2008:

Sie tobten im See hinterm Internat. Es war Juni und heiß wie lange nicht. Die Schüler von Haus Webenheim verbrachten mehr Zeit im Wasser als in den Unterrichtsräumen.

Die Leitenden bestärkten die Zöglinge darin, denn nach wie vor galt: Leibesertüchtigung geht allem anderen vor. Es brauchte Bewegung, um Körper und Geist gesund zu erhalten.

Nach einer halben Ewigkeit kamen sie aus dem Wasser. Sie trockneten sich ab und setzten sich in den Schatten eines Baumes. Ihre Haut hatte noch nicht genug Gelegenheit gehabt, eine schützende Sonnenbräune zu entwickeln. Der Mai war kalt und regnerisch gewesen.

Diemut schaute Julian an, der schon lange nicht mehr Junian oder Oktoberian hieß. Sie betrachtete mit Wohlgefallen den Körper des Jungen. Mit zwölf war Julian ein dünner, schlaksiger Kerl gewesen, aber nun mit fünfzehn war er drahtig und muskulös und der Anblick seines halb nackten Körpers löste gewisse Gefühle in Diemut aus.

Noch ein Jahr würden sie in Haus Webenheim zubringen, dann hieß es: Hinaus in die Welt.

Diemut wünschte sich sehnlichst, dass sie zusammen mit Julian auf eine der Farmen kommen würde, die die Internate mit Nahrung versorgten. Sie hatte absolut keine Lust, als Fabrikarbeiterin in einer großen Stadt zu landen.

Die Farmen dienten zusammen mit den von den Kindern versorgten Hausgärten der Ernährung der Internate, die übers ganze Land verstreut lagen. Und die Jungarbeiter draußen gaben einen Teil ihrer Löhnung ab, damit die Schulen bestehen konnten. Alle hielten zusammen.

Was die Farmen an Überschuss produzierten, wurde abgeholt und auf den Wochenmärkten verkauft. Das Geld kam ebenfalls den Internaten zugute.

Viele ehemalige Zöglinge aus den Internaten vermachten sogar ihr bescheidenes Vermögen der Organisation, die die Internate betrieb. Alle Kinder der Internate waren eine große Gemeinschaft und sie würden später einmal der großen Volksgemeinschaft von Nordland dienen.

Diemut unterdrückte ein Seufzen. Das klang alles schön und gut, aber sie hatte auch persönliche Träume. Sie wollte auf eine der Farmen, das war das Mindeste. Sie wollte in der Natur leben und arbeiten. Sie wollte Getreide anbauen und Gemüse ziehen und sich um die Tiere kümmern.

Aber manchmal träumte sie von einer eigenen kleinen Farm, auf der sie mit Julian zusammenleben konnte.

Im Moment sah es leider nicht gut aus, was die Farmen betraf. Immer mehr Jugendliche, die die Internate verließen, landeten in den Fabriken, die der Aufrüstung dienten. Sie schufteten in Munitionsfabriken, sie bauten in Fabriken Gewehre und Panzerfahrzeuge oder Kanonen.

Mit dem Süden wurde es immer schlimmer. Der Oberste Leitende befürchtete das Schlimmste.

„Wir müssen bereit sein", hatte er erst einen Monat zuvor öffentlich gesagt. „Wir müssen uns vorbereiten. Wenn es zum Krieg kommen sollte, müssen wir gerüstet sein. Nordland muss sich verteidigen können."

Seltsam war allerdings, dass kein Internatsabgänger als Freiwilliger beim Militär angenommen wurde. Es war den Internatszöglingen nicht gestattet, Soldaten zu werden.

„Ihr seid besondere Menschenkinder und eure Aufgabe wird eine andere sein", hatte die Direktorin in einer Ansprache gesagt. „Jeder soll seine Aufgabe erfüllen, wo man ihn hinstellt. Ihr werdet nicht als Soldaten kämpfen. Eurer Kampf wird an einer anderen Front gekämpft werden."

Wie üblich hatte die Rede der oberen Leiterin mehr Fragen aufgeworfen als beantwortet.

Diemut verzog das Gesicht. Allmählich kotzte sie diese dämliche

Geheimniskrämerei an. Warum redeten die Leute keinen Klartext? Warum wurden sie und ihre Kameraden wie dumme kleine Kinder behandelt?! Es machte sie wütend.

*

Abends hielt der Oberste Leitende, der Präsident von Nordland, im Fernsehen eine Ansprache ans Volk.

„Wieder hat uns der Süden gedroht", sprach er mit seiner tiefen, volltönenden Stimme. „Gedroht!" Er hob die Hand: „Lassen Sie sich das gesagt sein, meine Damen und Herren aus Südland! Wir im Norden werden uns diese unverschämten Provokationen nicht ewig gefallen lassen! Einmal muss damit Schluss sein! Glauben Sie nur ja nicht, Nordland hätte keine tapferen Soldaten und keine modernen Waffen! Ich fordere Sie hiermit auf, in Zukunft diese Provokationen bleiben zu lassen!"

„Säbelgerassel", sagte Jan gelangweilt. „Die Sprüche bekommen wir seit Jahren zu hören."

„Aber seit sechs Monaten häufen sich diese Reden", hielt Gertrud dagegen.

„Säbelgerassel", wiederholte Jan. „Der Präsident sagt den Südlern, wo es langgeht, sonst nichts. Die sind doch viel zu feige, uns anzugreifen. Der Oberste Leitende weist sie in ihre Schranken."

Diemut fühlte sich unbehaglich. Sie fand, dass Gertrud recht hatte. Seit einem halben Jahr wurde das Säbelgerassel lauter. Sie hatte mit Julian darüber gesprochen, und der hatte ihr zugestimmt. Aber mit einem Krieg rechnete er nicht.

„Das wäre doch absoluter Wahnsinn", hatte er gesagt. „Das können die nicht wagen. Zu viel steht auf dem Spiel. In einem Krieg würden beide Seiten verlieren. Die reißen doch nur die Klappe auf, sonst nichts."

Diemut hoffte inständig, dass Julians Annahme richtig war.

Doch die Aufrüstung wurde vehement vorangetrieben. Das bemerkte sie sogar als Fünfzehnjährige. Man rüstete doch nicht auf, wenn man keinen Krieg führen wollte. Oder?

Der Süden drohte Nordland. Der Süden provozierte. Mussten sie nicht alle nötigen Vorkehrungen treffen, um den Feind abzuwehren, wenn er beschloss, Nordland zu überfallen?

Nach der Rede des Präsidenten kam eine Dokumentation über die Leistungen des Nordens und seine Überlegenheit gegenüber dem Süden.

Der Sprecher pries die herausragende Stellung, die Nordland bei der Entwicklung der Gentechnik einnahm. Nordland war dem Süden Deutschlands und auch dem Rest des westlichen Europa haushoch überlegen, was den Einsatz der Gentechnik betraf.

Nordland hatte eine Tomate entwickelt, die auch bei Temperaturen unter null wuchs. Nordland hatte einige Jahre zuvor das erste gentechnisch hergestellte Insulin auf den Markt gebracht. Nordland entwickelte neue Tier- und Pflanzenrassen, die auf wenig fruchtbarem Land beste Leistungen erbrachten.

Man sah Aufnahmen von Kühen und Schweinen, die auf freien Weiden herumliefen.

„Diese Tiere entwickeln innerhalb kürzester Zeit einen ganz hervorragenden Fleischansatz", erklärte der Sprecher.

Das Bild wechselte. Nun sah man Tiere in einer Mastfabrik. Schweine waren zu Tausenden zusammengepfercht. Puten und Hähnchen standen sich in engen Gehegen gegenseitig auf den Füßen. Man sah Aufnahmen von kranken Tieren, die die sogenannte Turbomast in den Tierfabriken nicht lebend überstanden.

„So macht es der Süden", schnarrte die Stimme des Kommentators. „Sie ziehen ihre Tiere in Fabriken auf. Davon werden sie krank und das Fleisch hat eine schlechte Qualität. Von diesem Fleisch werden die Menschen krank. Es werden Unmengen an Medikamenten in dieser tierquälerischen Mast verwendet. Das hat Nebenwirkungen auf Mensch und Tier und auf die Umwelt. Nordland kann das besser."

Schnitt auf eine Ziegenherde, die auf freiem Grasland weidete.

„Die Milch dieser Ziegen ist nahrhaft und gesund", sagte der Sprecher. „Ebenso das Fleisch, und das ohne jegliche Nebenwirkungen. Nordland verwendet keine Medikamente in der Tierfütterung. Bei uns gibt es keine Legebatterien und Mastfabriken, in denen Tausende Tiere bis zur Schlachtreife gequält werden."

Diemut schaute die Aufnahmen voller Abscheu an: Hühner, dicht zusammengedrängt in engen kleinen Käfigen, Schweine in überfüllten Gehegen, Kühe in genickhohen Haltern. Die sahen in ihrem Leben keinen einzigen Sonnenstrahl und sie fraßen keine Handvoll richtiges Gras von einer Weide.

Nein, so wollte Diemut ihre Tiere auf der Farm nicht halten. Die Tiere sollten mit Anstand und Respekt behandelt werden und wenn ihre Zeit gekommen war, sollten sie ohne Angst in den Tod gehen. Wenn man ein Kaninchen mit einem Bolzenschussapparat betäubte, bekam das Tier überhaupt nicht mit, was mit ihm geschah. In Nordland gab es keine großen Schlachtfabriken, in denen verängstigte Tiere gewaltsam in den Tod getrieben wurden.

*

Am nächsten Tag hatten sie vormittags Geschichte. Die Leitende Schwarz erklärte gerade, wie der Vater des jetzigen Präsidenten mithilfe der sowjetischen Brudermacht das freie Nordland gegründet hatte.

Es klopfte an der Tür.

„Herein", rief die Leitende Schwarz.

Der Leitende Bircher schaute ins Klassenzimmer: „Diemut? Komm bitte!"

Diemut stand auf. Mit einem Mal wurden ihr die Knie weich wie Butter. Verzweifelt schaute sie auf Julian hinunter. Er schaute sie aus aufgerissenen Augen an.

Ich werde abgeholt!, dachte Diemut. Sie holen mich ab! Oh, bitte nicht! Bitte-bitte nicht!

Diemut schluckte hart. Sie wollte nach ihren Schulsachen greifen.

„Lass das liegen, Mädchen", rief der Leitende Bircher. „Komm auf der Stelle mit. Es eilt."

Diemut fühlte, sie sich ihr Magen zusammenzog. Verzweiflung stieg in ihr auf. Sie schaute zu Julian hin. Er schaute sie mit großen Augen an. Er dachte das Gleiche wie sie: Sie wurde abgeholt.

Diemut wollte sich von ihm verabschieden, da meldete sich die ungeduldige Stimme Birchers: „Nun komm aber, Diemut! Was soll das Getrödel?!?“ Die Stimme des Leitenden nahm eine ungewohnte Schärfe an: „Jetzt aber!“

Diemut ging zu dem Mann und folgte ihm hinaus.

In der Tür drehte sie sich noch einmal um und schaute ihre Kameraden an. Sie warf Julian einen letzten Blick zu. Dann wandte sie sich ab und lief hinter Bircher her.

Sie bringen mich fort, dachte sie. Ich darf nicht mit auf die diesjährige Sommerwanderung. Ich darf überhaupt nichts mehr. Ich werde Julian nie wiedersehen!

Schwarze Verzweiflung legte sich über sie.

Der Leitende brachte sie zu dem Raum, in dem Dr. Wolf praktizierte, wenn er sich in Haus Webenheim aufhielt. Der Doktor stand im Zimmer, als Diemut eintrat. Bircher schloss die Tür hinter ihr und verzog sich.

Dr. Wolf drohte spielerisch mit dem Zeigefinger: „Aha! Da ist ja unsere Ausreißerin! Letztes Mal habe ich dich nicht vorgefunden. Du warst mit Frau Schwarz im Dorf, hat man mir gesagt.“

„Wir haben Wolle für den Handarbeitsunterricht gekauft“, sagte Diemut lahm. Was interessierte das noch? Warum fragte der Arzt nach solch belanglosen Dingen?

Dr. Wolf blickte sie an, die Stirn gerunzelt: „Was schaust du so merkwürdig drein, Mädchen?“

„Weil … ich …“ Diemut machte eine vage Geste mit der Hand: „Ich … ich werde doch abgeholt, oder?“

„Abgeholt?“ Dr. Wolf schaute verdutzt drein. Dann ging ihm ein Licht auf. „Aber nein!“, rief er und lachte. „Ich muss bloß überprüfen, ob du deine Lektion von letztens gelernt hast, als es um das Abtasten der Brust ging. Als ihr

Krebsvorsorgeunterricht hattet. Die anderen Mädchen aus deiner Klasse haben mir gezeigt, dass sie es können." Wolf verdrehte die Augen: „Einige stellten sich sehr ungeschickt an. Manchmal frage ich mich, was die im Unterricht machen. Träumen die vor sich hin, anstatt zuzuhören? Dieser Unterricht ist wichtig!"

Diemut wurden die Knie weich. Vor Erleichterung wurde ihr ganz flau im Magen. Sie wurde nicht abgeholt. Dr. Wolf wollte bloß prüfen, ob sie im Unterricht aufgepasst hatte.

Beim Obersten Leitenden! Ich bin gerettet! Danke, liebes Schicksal! Ich werde nicht abgeholt.

Dr. Wolf wedelte mit der Hand: „Nun mach mal deinen Oberkörper frei, Mädchen, und lass mich sehen, ob du im Unterricht besser aufgepasst hast als deine Kameradinnen. Na los! Zier dich nicht unnötig. Ich habe dich schon nackt gesehen, als du noch nicht richtig sprechen konntest."

Ich darf bleiben, dachte Diemut, als sie ihre Bluse auszog. Ich darf mit Julian zusammenbleiben. Mit meinem Julian.

Mit einem Mal wurde ihr klar, sie sehr sie an dem Jungen hing, wie wichtig Julian für sie war. Er war die wichtigste Person in ihrem Leben. Ohne Julian konnte sie nicht sein.

Sie zeigte dem Arzt, wie sie ihre Brüste nach Knoten abtastete. Dr. Wolf schaute interessiert zu.

„Hervorragend", lobte er. „Du machst es richtig, Diemut." Er lächelte sie an: „Du warst schon immer ein praktisch veranlagtes Mädchen. Was möchtest du später einmal machen? Hast du bestimmte Vorstellungen und Wünsche?"

„Ich möchte mit Julian auf einer Farm arbeiten", antwortete Diemut. Sie zog sich wieder an.

„Julian", sagte Wolf lächelnd. „Julian und Diemut. Diemut und Julian. Die berühmte Sandkastenliebe von Haus Webenheim. He! Schau nicht so! Ich spotte nicht. Das ist völlig normal. Das kommt öfter vor, als du vielleicht denkst. Es ist gar nicht so selten und es ist vollkommen normal, wenn zwei Kinder sich so innig verbinden; genauso, wie es normal ist, wenn sie es nicht tun.

Soll ich dir ein Geheimnis verraten? Meine Frau und ich haben das auch erlebt.

Mit vier Jahren fing es an. In der Pubertät ging es auseinander, aber mit einundzwanzig trafen wir wieder zusammen und seitdem kann uns nichts trennen. Eine Sandkastenliebe hält oft ein Leben lang." Dr. Wolf lächelte freundlich.

Diemut lächelte zurück. Sie fühlte sich unendlich erleichtert. Sie musste nicht fort. Sie verlor Julian nicht.

*

Diemut kam zu ihrer Klasse zurück, als die Pause anfing.

„Diemut!" Julian stürzte auf sie zu. Entgegen seiner sonstigen Zurückhaltung fiel er ihr um den Hals und umarmte sie stürmisch. Er drückte sie so fest an sich, dass sie kaum noch Luft bekam. Sie presste sich an den Jungen. Sie schmiegte sich so eng an ihn, als wollte sie in ihn hineinkriechen.

Zum ersten Mal seit Langem umarmten sie einander. Sie hatten es in den letzten drei Jahren kaum noch getan. Eine seltsame Scheu hatte sich zwischen sie gelegt und sie hatten einander nicht mehr so häufig berührt wie als Kinder. Nur eine Gewohnheit hatte Julian beibehalten: Wenn sie ihm etwas vorlas, legte er sich auf den Rücken und legte den Kopf auf ihre Oberschenkel.

„Julian!", flüsterte sie und drängte sich an den Jungen. „Ich dachte, ich muss fort."

„Das dachte ich auch", wisperte er in ihr Ohr. Dann küsste er sie auf die Wange. „Mir ist das Herz in die Hose gerutscht. Was war denn?"

Diemut erzählte von der harmlosen Prüfung bei Dr. Wolf.

„Dem Obersten Leitenden sei Dank", sagte Julian. Er schaute Diemut tief in die Augen: „Wenn ich dich verloren hätte, Diemut, ich glaube, das hätte ich nicht aushalten können. Ich …" Röte stieg ihm in die Wangen: „Ich mag dich, Diemut. Ich mag dich so sehr. Schon immer. Ich will immer mit dir zusammen sein. Ich will dich nicht verlieren."

Sie kuschelte sich in seine Arme. Es war ihr egal, dass die anderen um sie herumstanden und alles beobachteten. „Ich will mit dir zusammen sein, Julian. Für immer."

*

In der Stunde nach der Pause hatten sie Unterricht bei Dr. Wolf. Er sprach viel über Gesundheit und gesunde Ernährung und Abhärtung und die Stärkung der Abwehrkräfte. „Kinder und Jugendliche müssen ihre Abwehrkräfte stärken."

„Das erklären wir später auch unseren Kindern", sagte Gertrud.

„Ach!" Dr. Wolf stand plötzlich still im Klassenraum. Er schaute Gertrud schweigend an. Das Mädchen wurde unruhig.

„Hab … Habe ich etwas Falsches gesagt, Dr. Wolf?", fragte sie.

Wieder schwieg der Arzt. Er holte mehrmals tief Luft, als wolle er sich etwas von der Seele reden.

„Also …", begann er endlich und er sprach, als wäre jedes einzelne Wort ein Fels, über den er steigen musste: „Es ist so … ihr wisst doch, dass ihr besondere Kinder seid. Ihr seid die neuen Menschen. Ihr seid anders als normale Kinder. Versteht mich bitte nicht falsch. Ihr seid nicht abnormal. So meine ich das nicht, nein. Ganz im Gegenteil, ihr seid außergewöhnlich.

Aber Kinder … Kinder werdet ihr keine bekommen. Es tut mir aufrichtig leid. Niemand von euch wird jemals eigene Kinder haben."

Schweigen senkte sich über die Klasse. Alle starrten den Arzt an.

„Keine Kinder?", sagte Gertrud. „Aber … aber wieso nicht?"

Dr. Wolfs Gesicht spiegelte echtes Mitgefühl: „Weil ihr alle an einem angeborenen Gendefekt leidet. Ihr seid unfruchtbar. Da kann man leider nichts machen." Er schaute sie der Reihe nach an: „Tut mir leid, Kinder. Dieses Aufklärungsgespräch wird normalerweise erst mit euch geführt, wenn ihr mit sechzehn Jahren hinaus in die Welt geht.

Seid so gut und behaltet für euch, was ihr gerade erfahren habt. Sagt den jüngeren Kindern bitte nichts. Wollt ihr mir das versprechen?"

„Ja, Dr. Wolf“, sagten sie.

Jan hob die Hand: „Herr Doktor?“

Wolf schaute ihn an: „Ja?“

„Sind wir deshalb hier? Wegen dieses Gendefekts?“

„Unter anderem“, antwortete der Arzt. „Aber das ist nicht der einzige Grund, Jan. Mehr kann ich dir nicht sagen. Du weißt, dass ihr alles erfahren werdet, wenn die Zeit dafür gekommen ist.“

„Ja“, sagte Jan. Man sah ihm an, dass er mit der Antwort des Doktors nicht zufrieden war.

*

Am Nachmittag lungerten sie am Badesee herum. Sie hatten sich auf die gegenüberliegende Seite zurückgezogen, wo die jüngeren Kinder sich nicht aufhielten. Sie waren alle ziemlich geknickt. Was Dr. Wolf ihnen eröffnet hatte, war ein Schock für sie.

„Keine Kinder“, sagte Gertrud. Sie sah aus, als müsse sie jeden Moment anfangen zu weinen. „Ich werde nie Kinder haben! Wo ich doch Kinder über alles liebe!“

Jan legte den Arm um ihre schmalen Schultern und drückte sie an sich. Er sagte nichts. Hier war jedes Wort zu viel.

Keiner sprach viel an diesem Nachmittag. Es war, als hätte sich ein schwerer grauer Vorhang über sie alle gelegt.

*

Sie waren auf Wanderschaft. Nach wie vor unternahmen die Zöglinge von Haus Webenheim ihre geliebte Sommerwanderung. Diesmal ging es nach Osten. Ihr Ziel war Haus Heilburg. Es würde ihre letzte Wanderung sein. Nächstes Jahr, wenn sie sechzehn Jahre alt wurden, würden sie hinausgehen und Haus

Webenheim für immer verlassen.

Es rief leise Wehmut in Julian hervor. Er wunderte sich, denn eigentlich freute er sich von Kindesbeinen auf, ins Draußen zu kommen. Und nun pikte es in seinem Herzen. Es war seltsam.

Julian lief wie immer neben Diemut. Sie hatten wieder damit angefangen, einander bei den Händen zu halten, und Diemut kuschelte sich häufig an ihn, was Julian gar nicht unrecht war. Die seltsame Scheu stand weiterhin zwischen ihnen, aber Diemut durchbrach sie immer öfter. Fast kam es ihm vor, als klammere sie sich an ihn.

Es war dieser Vorfall im Unterricht, überlegte er. Als sie dachte, man käme sie abholen.

Er erinnerte sich an seinen eigenen Schrecken, als Diemut aufstand und ihm einen letzten Blick zuwarf. Wie verzweifelt sie ausgesehen hatte. Die Verzweiflung hatte ihr im Gesicht gestanden und ihm war es nicht anders ergangen.

Es war ein Schock gewesen, seine lebenslange Freundin zu verlieren. Als Diemut zurückgekommen war, war ihm vor Erleichterung ganz schwummerig geworden. Da erst war ihm klar geworden, wie sehr er das Mädchen mochte.

Seit diesem Vorfall klebte Diemut förmlich an ihm. Er konnte es ihr nicht verübeln und außerdem gefiel ihm ihre Anhänglichkeit auch irgendwie. Beim Gehen drückte er ihre Hand. Sie lächelte ihn von der Seite an und erwiderte den Druck. Etwas hatte sich zwischen ihnen verändert, er hätte nicht sagen können, was. Aber dieses Lächeln Diemuts löste etwas in ihm aus. Wenn sie ihn so anlächelte, bekam er bisher unbekannte Gefühle; nicht nur im Herzen.

Weiter vorne sang Gertrud ein Lied. Die Stimme des Mädchens hatte sich inzwischen voll entwickelt. Schon als Kind hatte Gertrud eine glockenhelle Stimme gehabt, aber nun klang sie wie eine ausgebildete Opernsängerin. Wenn Gertrud abends am Lagerfeuer sang, bekam man eine Gänsehaut, so schön war ihre Stimme.

Sie machten an einem Brunnen an einer Straßenkreuzung Rast. Sie tranken und füllten ihre Wasserflaschen auf. Ein Traktor fuhr vorbei. Es war ein Wendt 300 mit einem 56 PS starken Biodiesel-Vierzylinder. Fast alle Landmaschinenmotoren liefen mit selbst erzeugtem Biokraftstoff. Erdöl war teuer, weil es importiert werden musste. Nordland hatte früh damit begonnen, in dieser Hinsicht die Autarkie anzustreben. Der Präsident sagte immer wieder, dass es nicht angehen könne, dass Nordland von den Importen aus anderen Ländern abhängig sei.

Julian verzog abschätzig das Gesicht. Er war kein Kind mehr und er wusste inzwischen einiges.

Früher liefen auch die norddeutschen Fahrzeugmotoren mit Benzin und Diesel aus Erdöl. Der große sowjetische Bruderstaat hatte Ölquellen im Überfluss und musste das Erdöl nicht mühevoll aus dem Boden der Nordsee fördern.

Aber in den Achtzigerjahren des vergangenen Jahrhunderts hatte sich die Sowjetunion allmählich aufgelöst und sich dem Westen zugewandt. Glasnost und Perestroika hießen die Schlagworte. Man begann sich mit den westlichen Staaten zu einigen. Der Kalte Krieg ging sang- und klanglos zu Ende.

Julian hatte das erst vor Kurzem mit seinen Freunden diskutiert. Sie waren alle zum gleichen Schluss gekommen: Die Sowjetunion hatte einlenken müssen, weil sie schlicht pleitegegangen war. Jahrzehntelange Misswirtschaft unter kommunistischer Herrschaft hatte die Länder ausgelaugt. Es war kein Geld mehr da, um Krieg zu führen.

In jener Zeit hatte der Präsident von Nordland das Amt von seinem Vater übernommen und der Oberste Leitende hatte Nordland aus dem Bund sowjetischer Bruderstaaten herausgelöst und zu einem eigenständigen Staat gemacht.

Was nicht schwer war, hatte doch schon der alte Präsident Nordland von Anfang an eine gewisse Eigenständigkeit bewahrt.

Seit Mitte der Achtzigerjahre strebte man also Autarkie an. In den Ebenen des Nordens lieferten die Kornkammern des Landes genug Getreide für die ganze Nation. Man konnte sogar Überschuss exportieren und damit Devisen ins Land holen. Aber Öl war knapp. Nordland hatte die schlesische Steinkohle und es verfügte über ausgedehnte Braunkohlevorkommen, aber Erdöl konnte es nur in der Nordsee fördern. Das meiste musste eingeführt werden, und das kostete

Geld - viel Geld.

In den Neunzigerjahren fingen die Experimente mit Biokraftstoffen an und Nordland war dem Rest der Welt bald meilenweit voraus. Aus Raps gewann man einen Pflanzentreibstoff, der genauso gut wie Diesel aus Erdöl war, und es gab mehrere Verfahren, um aus Pflanzen Benzin zu produzieren.

Die große Sparkampagne von 1994 brachte die Konsumgütergesetze. Neue Leitsätze entstanden. Nordland hörte auf, teure, Sprit fressende Luxusautos zu bauen. Stattdessen entwickelte man kleine sparsame Familienautos mit geringem Treibstoffverbrauch.

Der Transit wurde gar zu einem Verkaufsschlager in der ganzen Welt. Der kleine sparsame Wagen mit dem knurrig klingenden Dreizylindermotor wurde weltweit exportiert. Auch die Südler fuhren den Transit gerne.

„He!"

Julian tauchte aus seinen Gedanken auf. Jan lief neben ihm. Gertrud war bei ihm. Sie sang nicht mehr. Julian fiel auf, dass sie ein wenig zurückgefallen waren. Der Rest der Klasse marschierte gut fünfzig Meter vor ihnen über die schmale Landstraße. Gerade bog die Leitende Schwarz nach rechts in einen Feldweg ein.

„Gertrud und ich haben nachgedacht", sagte Jan. „Über uns und all das. Ihr wisst schon: die Internate, die fehlenden Informationen, das große Geheimnis." Der Junge lächelte schief: „Wisst ihr noch, wie wir als Kinder dachten, unsere Eltern seien an einer unheilbaren Krankheit gestorben? Und dass die Kinder, die abgeholt wurden, die gleiche Krankheit hatten?"

„Das war unlogisch", warf Gertrud ein. „Wieso sollten all unsere Eltern diese Krankheit haben, von der man noch nie etwas gehört hat?"

„Eben", sagte Jan. „Krankheiten hält man nicht geheim. Wozu auch? Aber es gibt in Nordland eine Sache, über die kaum gesprochen wird. Im Fernsehen und Radio wird nicht groß darüber berichtet. Man vermeidet es, die Sache zur Sprache zu bringen." Er schaute nach vorne, ob sie auch weit genug hinter den anderen waren: „Es geht um Politische!"

„Politische?" Julian runzelte die Stirn. „Ich weiß nicht."

Klar, jeder wusste, dass es die „Politischen" gab. Das waren Leute, die partout gegen alles waren, was die Nordländer Regierung vertrat. Die Politischen hassten den Präsidenten und seine Minister. Sie verabscheuten den Staat und wollten ihn unbedingt ändern. Sie wollten es so haben wie im Süden, wo angeblich Demokratie herrschte.

Unter Demokratie verstand man, dass die Leute alle paar Jahre unter mehreren Parteien „wählen“ konnten, die dann doch alle das Gleiche taten. Sie pressten das Volk mit irrsinnig hohen Steuern aus und verplemperten das Geld. In Südland waren die Mieten in den großen Städten so hoch, dass sich viele Menschen keine Wohnung mehr leisten konnten und auf der Straße landeten.

In Südland gab es eine Arbeitslosenquote von über fünfzehn Prozent. In Südland mussten die Menschen so viele Steuern bezahlen, dass sie sich nur Fleisch leisten konnten, das in abscheulichen Tiermastfabriken hergestellt wurde und das damit total ungesund war. In Südland starben die Leute an Krebs, Herz-Kreislauf-Krankheiten und Diabetes.

Im Norden gab es keine Arbeitslosen. Jeder Mensch hatte ein Recht auf Arbeit. Im Norden gab es keine Wohnungsnot und jeder, der lange genug sparte, konnte sich ein Auto leisten.

Aber die Politischen wollten dieses System, das gut für alle sorgte, nicht haben. Sie wollten es abschaffen.

Weil das dem ganzen Volk schadete, musste man die übelsten dieser subversiven Elemente aus der Volksgemeinschaft herausnehmen und vom Volk getrennt in Lagern halten.

„Nein, Jan.“ Julian schüttelte den Kopf. „Unsere Eltern sollen Subversive sein? So viele Subversive gibt es doch gar nicht in Nordland. Die Internate sind überall. Wir sind viele.“

„Wer weiß schon, wie viele Politische es in Nordland gibt“, meinte Jan. „Es würde auch erklären, warum manchmal Kinder abgeholt werden.“

„Wie bitte?“ Julian zog die Augenbrauen hoch. „Willst du damit sagen, man beobachtet uns heimlich und wer subversives Verhalten zeigt, der wird abgeholt?“

„Und in die Lager verbracht“, bestätigte Jan.

Diemut mischte sich ein: „Jan, ehrlich, das ist der größte Käse, den ich je gehört habe! Sollen siebenjährige Kinder etwa Politische sein? Oder Fünfjährige? Die wissen ja noch nicht einmal, was Politik überhaupt ist!" Sie schüttelte den Kopf: „Nein. Eher kann ich mir vorstellen, dass unsere Eltern keinesfalls tot sind. Die haben uns abgegeben."

Gertrud riss die Augen auf: „Was?"

„Erinnerst du dich an den Unterricht über Sparta?", fragte Diemut. „Die Eltern dieses griechischen Staates haben ihre Kinder mit sieben Jahren in staatliche Pflege gegeben. Vielleicht tun das Nordländer Eltern auch. Vielleicht gibt es eine Regel, die verlangt, dass Elternpaare ein Kind dem Staat geben und die folgenden Kinder behalten sie danach für sich.

Die abgegebenen Kinder werden zu den neuen Menschen, so wie wir."

Eine Weile schwiegen sie. Was Diemut gesagt hatte, klang ein Stück weit logisch. Hatten ihre Eltern sie als Babys dem Staat überlassen? Es würde erklären, dass es so viele Kinder wie sie gab, die in den Internaten aufwuchsen.

Gab es eine Regel, dass die Erstgeborenen an den Staat abgetreten werden mussten? Wenn ja: Geschah dies auf freiwilliger Basis oder wurden die Kinder mit Gewalt eingezogen?

„Und die Abgeholten?", fragte Julian. „Wie erklären sich diese Kinder?"

„Das sind doch nur ganz wenige", sagte Diemut. „Letztes Jahr wurde überhaupt niemand aus Haus Webenheim abgeholt. Sonst sind es drei bis fünf im Jahr. Einmal haben sie acht Kinder geholt. Das war vor fünf Jahren oder vor vier."

„Wieso werden sie abgeholt?", fragte Jan.

„Vielleicht gibt es ja doch diese Krankheit", sinnierte Diemut. „Wir sollen die neuen Menschen werden, eine Generation von absolut gesunden und geistesstarken Kindern. Wer krank wird, wird ausgesondert."

„Und landet in einer Spezialklinik zum Sterben", sprach Jan düster.

„Wer redet denn vom Sterben", warf Gertrud ein. Ihre Stimme klang plötzlich sehr seltsam. Sie schauten sie alle an.

„Denkt doch mal nach", rief Gertrud. Sie erschrak und schlug sich die Hand auf den Mund. Sie schaute nach vorne, ob jemand ihren lauten Ausbruch gehört hatte. Aber die Meute trottete still durch den Nachmittag. Schlurfende Füße wirbelten kleine Staubwölkchen auf.

„Wir sind die neuen Menschen", sprach Gertrud eindringlich. „Wir müssen hohe Anforderungen erfüllen, vor allem in körperlicher Hinsicht. Wir müssen absolut gesund sein. Vielleicht wird bei dem einen oder anderen Kind ein … Defekt festgestellt. Ist euch noch nie aufgefallen, dass es in den Internaten keine Brillenträger gibt? Nur Leitende tragen gelegentlich Brillen. Aber die Kinder im Draußen, die sind anders. Im Fernsehen kommen oft genug Dokumentationen, in denen man Schulklassen sieht. Da gibt es etliche Kinder, die Brillen tragen. Und es gibt Kinder, die zu dick sind, und Kinder mit Behinderungen, mit Fuß- und Beinfehlstellungen und was weiß ich."

Gertrud fuchtelte mit den Händen: „Bei uns in den Internaten gibt es das nicht. Habt ihr je von einem Kind mit angeborenem Hüftschaden gehört? Mit Plattfüßen? Krummem Kreuz? Einer Herzkrankheit?" Das Mädchen nickte mit grimmiger Befriedigung. „Bei uns gibt es das nicht, und jetzt sage ich euch was! Diese ganzen Untersuchungen dienen nur einem Zweck: diejenigen Kinder auszusortieren, die nicht den hohen Standards entsprechen. Die werden über die Jahre aussortiert."

„Und kommen auf andere Schulen zu normalen Kindern", sagte Julian.

Gertrud schaute ihn mit gespitzten Lippen an: „Warum der Aufwand? Vielleicht ist es viel einfacher: Man gibt sie den leiblichen Eltern zurück."

Julian fuhr auf: „Was?"

Er spürte, wie Diemut seine Hand drückte, so fest, dass es beinahe wehtat. „Es würde alles erklären", sagte sie.

Sie ließen sich noch ein Stückchen zurückfallen und warteten auf Diemuts Erklärung.

Die ließ nicht lange auf sich warten.

„Wenn die ausgesonderten Kinder zu ihren Eltern zurückgebracht werden, würde das erklären, warum nie Briefe kommen", sagte Diemut. Ihre Stimme bebte verräterisch. „Wer von uns wünschte sich nicht wirkliche Eltern, die uns lieben? Wenn bekannt würde, dass aussortierte Kinder zu ihren Eltern zurück dürfen, käme es zu einem Aufstand in den Internaten! Weil doch alle Kinder bei ihren Eltern leben wollen! Darum die ganze Geheimnistuerei."

Eine Weile liefen sie schweigend nebeneinander her.

„Das klingt plausibel", sagte Jan schließlich. Er schaute seine Freunde an: „Das klingt erschreckend logisch."

Plötzlich ertönte die Stimme der Leitenden von vorne: „He, ihr da hinten! Trödelt nicht herum! Schließt auf!"

Sie liefen schneller, bis sie bei ihren Kameraden waren. Sie sprachen nicht mehr über ihre Diskussion, aber sie dachten alle im Stillen daran.

Julian stellte sich bildlich vor, wie Eltern ihre Erstgeborenen in staatliche Obhut gaben. Es mussten ja nicht alle sein. Vielleicht lief es auf freiwilliger Basis und nur Eltern mit den besten körperlichen und geistigen Voraussetzungen durften ihre Kinder „spenden"? Eltern, die sich für die Nation einsetzten und politisch korrekt waren.

Für diese Eltern wäre es eine Ehre, ihre ersten Kinder dem Staat zu schenken.

Hatten seine Eltern ihn hergegeben?

Der Gedanke gefiel ihm nicht.

*

Er schien nicht der Einzige zu sein, dem die Gedanken über ihre Herkunft nicht gefielen. Am nächsten Morgen saß Diemut bleich und in sich gekehrt beim Frühstück.

Julian wusste sofort, dass sie wieder ihren Albtraum von den Totmachern gehabt hatte.

Arme Diemut!

*

Sie kamen aus dem Wald heraus. Der Weg führte an einem Parkplatz für Autos und Busse vorbei. Hunderte PKW und gut drei Dutzend Reisebusse standen auf dem großen Platz. An seinem Ende befand sich ein kleiner Bahnhof mit vier Gleisen. Gerade lief ein Zug ein, der von einer modernen Elektrolokomotive gezogen wurde. Die Reisenden quollen heraus. Sie liefen zur Unterführung und an Gleis 1 kamen sie wieder hoch. Dort wartete ihr neuer Zug.

Diemut schaute den Zug an: „Sieht echt toll aus. Und damit fahren wir?"

„Wir nehmen den nächsten", sagte die Leitende Schwarz. „Wir haben für 11 Uhr 17 gebucht."

Diemut lehnte sich an Julian: „Willkommen in der Vergangenheit. Sieht hübsch aus, nicht?"

„Na ja", meinte Julian. „Bis jetzt sieht man ja bloß den Zug. Ein paar altmodische Waggons und eine Dampflok."

Sie knuffte ihn: „Sei nicht so ein Miesepeter! Ich denke, du interessierst dich für Geschichte."

Er machte eine Geste zum Parkplatz hin: „Die vielen Autos … wahrscheinlich ist alles total überlaufen. Wie in dem Zoo, in dem wir mal waren, weißt du noch? Da drängelten sich die Leute vor den Käfigen, dass man kaum die Tiere sehen konnte. Das war ekelhaft."

Sie nahm ihn bei der Hand und zog ihn mit sich: „Hier ist es anders. Die Leute verteilen sich auf die zehn Dörfer. Hast du im Unterricht nicht zugehört, als die Leitende es erklärte? Auf jeden Bewohner kommt höchstens ein Besucher im Museumsländle. Meistens sind weniger im Altland."

Altland.

Das Land, in dem die alte Zeit bewahrt wurde.

„Eine Touristenattraktion der besonderen Art. Lehrreich und unterhaltend. Kommen Sie ins Altland und lernen Sie die Vergangenheit kennen. Erleben Sie hautnah, wie unsere Vorfahren einst lebten. Unterkunft in kleinen, familiären Pensionen. Auch dort geht es zu wie früher. Lassen Sie die Vergangenheit wiederauferstehen. Werden Sie für eine Woche Teil der guten alten Zeit." Diemut rasselte die Werbung aus dem Heftchen herunter, das die Schwarz an sie ausgeteilt hatte.

Altland bestand aus zehn kleinen Dörfern. Diese lagen zum Teil an einer Bahnstrecke, die durch Acker- und Weideland führte. Kilometerweit erstreckten sich die Gemarkungen und innerhalb der Zone von Altland lebten Menschen wie ihre Vorfahren.

Drei Zeitzonen hatte man erschaffen: „Leben um 1880", „Leben um 1900" und „Leben um 1920". Die Menschen, die im Altland wohnten, hatten sich freiwillig gemeldet, so zu leben wie anno dazumal, damit die Besucher sehen konnten, wie ihre Vorfahren gelebt und gearbeitet hatten.

*

Sie standen auf dem Bahnsteig und warteten geduldig. Die Schwarz teilte die Fahrkarten aus - kleine Pappkärtchen, die mit einer Druckmaschine bedruckt worden waren. „Einfache Fahrt bis Wilsbach", stand darauf. „Gültig am 14. August 2008.".

Ein Mann in dunkelblauer Eisenbahneruniform mit roter Schirmmütze trat auf den Bahnsteig. Er hob eine Flüstertüte an den Mund, einen Trichter aus blank poliertem Messing: „Achtung auf Gleis 1! Der Zug für 11 Uhr 17 hat Einfahrt. Vorsicht bei der Einfahrt. Bitte treten Sie von der Bahnsteigkante zurück!"

Kurz darauf lief ihr Zug ein. Vorne zog eine Dampflokomotive aus der Zeit um 1900 und hinten hingen alte Personenzugwaggons aus der gleichen Zeit. Es handelte sich allerdings nicht um Abteilwagen, sondern um Durchgangswagen.

„Gab es die eigentlich schon zu Kaisers Zeiten?", fragte Julian beim Einsteigen.

„Sei still, Miesepeter!" Diemut schob ihn vorwärts: „Nach links und ganz durch. Wir haben die Plätze 26 und 27."

Kaum saßen sie auf ihren Plätzen, stieß die Dampflok einen Pfiff aus. Zischend und donnernd setzte sie sich in Bewegung. Durch das geöffnete Fenster wehte der Geruch von Dampf und heißem Schmierfett herein.

Einen halben Kilometer hinter dem Bahnhof führte die Bahnstrecke durch eine dichte Hecke hindurch. Auf der anderen Seite erwartete sie die lebendige Vergangenheit. Das Erste, was sie sahen, war ein Ochsengespann, das ein abgeerntetes Feld umpflügte. Dann kamen sie an einem Feld vorbei, auf dem der Weizen reif war. Männer mähten das Getreide mit Sensen. Frauen hoben die Halme auf und bündelten sie. Die Bündel stellten sie zu Hocken zusammen.

„Wie früher“, rief Diemut. Sie schaute zum Fenster hinaus. Die dichte Hecke führte rund um eine weite Talsenke. Aus dem Heftchen über Altland wusste sie, dass die gesamte Zone von dieser Hecke umgeben war. An verschiedenen Stellen führten die Bahnlinie und einige Straßen hinein. Autos mussten draußen bleiben. Wer Altland besuchte, nahm die Bahn, eine offene Kutsche oder er ging zu Fuß.

Das Museumsländle war groß. Es erstreckte sich über viele Kilometer und bot dem interessierten Besucher Leben von früher. Man konnte altes Handwerk erleben und zusehen, wie früher die Kleider genäht wurden. Natürlich konnten die Touristen auch viele der Dinge kaufen, die im Museumsländle hergestellt wurden.

Der Zug bremste. In einem schmucken kleinen Landbahnhof kam er zu stehen. „Wilsbach“ stand in weißer Schrift auf einem blauen Emaille-Schild.

Sie stiegen aus.

Draußen versammelte die Leitende Schwarz ihre Schäfchen um sich: „Hört mir zu! Von hier aus gehen wir zu Fuß weiter. Wir werden die gesamte Gegend abwandern, nicht nur die zehn Dörfer. Wir gehen auch zur Wassermühle im Wald und zur Windmühle auf dem Retten bei Retting. Bleibt möglichst zusammen. Wenn wir in einer Ortschaft Zeit zum Umherstreifen haben, werden wir immer einen festen Treffpunkt ausmachen. Trödelt nicht und bleibt bei der Klasse.“

„Und vergesst nicht, die drehenden Teile einzucremen“, sagte Jan leise. Sie kicherten.

Dann ging es los.

Direkt vor dem Bahnhof von Wilsbach erwartete sie die Vergangenheit des Jahres 1880. Der Platz vor dem Bahnhof war nicht asphaltiert. Drei offene

Zweispänner warteten auf der Sandstraße auf Fahrgäste. Kleine altmodische Häuschen standen rechts und links der Dorfstraße. Menschen in Kleidung des vorvorigen Jahrhunderts gingen über die Straße.

„Wir halten uns links“, rief die Schwarz. „Ihr könnt auf der Straße gehen, aber achtet auf Fuhrwerke. Die haben Vorrang.“

*

Sie wanderten in den Tag hinein. Julians anfängliche Skepsis legte sich bald. Stattdessen bestaunte er mit leuchtenden Augen das Museumsländle, wie Altland auch genannt wurde. Sie liefen auf Naturstraßen durchs Dorf, sie kamen an Feldern vorbei, auf denen die Leute das Getreide von Hand mähten. Sie sahen Männern beim Dreschen von Hand zu und Frauen beim Buttern.

Barfüßige Kinder spielten auf den Sandstraßen. Die Mädchen trugen einfache Schürzenkleider und manche dazu ein Häubchen. Die Jungen gingen in kurzen Hosen und Leinenhemdchen. Die Kinder hatten keine elektrisch betriebenen Spielsachen. Sie spielten Hüpfekästchen oder ließen Kreisel tanzen. Sie hatten Glasmurmeln und ließen selbst gebaute Segelschiffchen auf Dorfteichen schwimmen.

Die Tage flogen nur so dahin. Eine ganze Woche blieben sie im Altland. Diemut, Julian, Jan und Gertrud sprühten nur so vor Begeisterung.

„Mensch! Hier leben! Das wär's doch!“, sagte Julian, als sie im Wald von Föhrbach die Wassermühle mit dem riesigen hölzernen Wasserrad besuchten. „In diesem Land zu leben, das stell ich mir vor wie das Paradies. Das wäre noch besser als auf einer der Farmen!“

Diemut verstand ihn gut. Ihr ging es ähnlich. Die Atmosphäre von Altland hatte sie gefangen genommen. Die Menschen hier lebten wie früher und sie hielten zusammen wie früher. Die Dörfer bildeten feste Gemeinschaften und die

Menschen ließen sich von den Scharen von Besuchern nicht stören. Sie waren daran gewöhnt, dass neugierige Touristen ihnen zuschauten, wenn sie Schuhe flickten, Butter machten, Wolle spannen, Leinen webten und Gras mähten.

Die Menschen in Altland waren sichtlich stolz auf ihre Lebensweise. Sie präsentierten den Volksgenossen, die von nah und fern kamen, das Leben von früher, und das gefiel ihnen. Die Schreiner bauten Stühle, Tische und sonstige Möbel von Hand, die Müller mahlten Korn in Wasser- oder Windmühlen, ein Sattler stellte Ledergeschirre für Pferde her.

Diemut konnte sich nicht sattsehen an Pferdefuhrwerken, Kutschen und den Dampfzügen, die regelmäßig auf der Eisenbahnlinie fuhren, die Altland durchquerte. Leute kamen auf altmodischen Fahrrädern daher mit schwarz emaillierten Stahlrahmen, braunen Ledersätteln und großen vernickelten Frontlaternen.

Es wäre wirklich wundervoll, hier zu leben, dachte sie bei sich. Alles ist so sauber und hübsch und überschaubar und … sie suchte nach dem richtigen Ausdruck. Als er ihr einfiel, spürte sie einen schmerzlichen Stich im Herzen.

Familiär.

Das war es. Altland war klein und familiär. Alle bildeten eine große Familie.

Familie, dachte Diemut. Sie unterdrückte einen Seufzer. Wünschen wir uns das nicht alle?

Wieder einmal dachte sie darüber nach, dass sie und die anderen keine Familie hatten. Hatte es einmal eine Familie gegeben? Waren sie wirklich von ihren Familien an den Staat abgetreten worden? Oder hatte man sie ihren Eltern weggenommen?

Es war nicht schön, ohne Eltern zu sein. Immer wenn Diemut Familien sah, wenn sie beobachtete, wie sich Eltern um ihre Kinder kümmerten und die Familien zusammenhielten, zog sich ihr Herz zusammen.

Warum dürfen wir das nicht haben?, fragte sie sich. Das Einzige, was ich habe, ist Julian. Er ist meine Familie. Andere haben das nicht. Aber die brauchen dafür auch keine Angst zu haben, dass man denjenigen, den man mag, abholt.

Die Möglichkeit, dass man sie oder Julian eines Tages abholte, schwebte wie ein

Damoklesschwert über Diemut. Da war immer eine gewisse Angst in ihr, die nicht weichen wollte. Seit der Sache mit Dr. Wolf war diese Angst noch schlimmer geworden.

Als sie jetzt neben Julian zwischen Feldern mit reifem Getreide herging, wurde diese Angst so stark, dass es ihr die Kehle zuschnürte.

Als sie an einem Brunnen eine Rast einlegten, wartete Diemut, bis die Leitende Schwarz einen Moment lang nicht von Zöglingen umgeben war. Dann fasste sie sich ein Herz und ging zu der Frau, die sie und die anderen unterrichtete, seit sie denken konnte: „Leitende? Bitte, ich möchte Ihnen eine persönliche Fragen stellen."

Elisabeth Schwarz, einundfünfzig Jahre alt und alleinstehend, Leitende in Haus Webenheim seit dreiundzwanzig Jahren, schaute das Mädchen vor sich an. Diemut schien etwas auf dem Herzen zu haben.

„Was möchtest du mich denn fragen, Diemut?"

Das Mädchen zögerte. Es schluckte.

„Heraus damit! Hast du etwas angestellt?"

Diemut schüttelte den Kopf: „Nein, Leitende. Es geht um etwas anderes. Ich … es ist so … Julian und ich …"

„Ihr seid eng befreundet", sagte Elisabeth Schwarz. Sie lächelte das Mädchen an. „Das war nie zu übersehen."

„Manchmal passiert etwas", sprach das Mädchen weiter. Es wirkte wie jemand, der sich Schritt für Schritt über sumpfigen Untergrund vorantastete, immer in der Furcht, zu versinken. „Kinder werden … abgeholt." Diemut schaute Elisabeth an. Das Mädchen forschte in Elisabeths Gesicht nach Zeichen des Unmuts.

Elisabeth wartete still ab.

„Ja … also … man holt manchmal Kinder ab", fuhr Diemut fort. „Als ich vor einiger Zeit zu Dr. Wolf gerufen wurde, dachte ich im ersten Moment …"

„… dass man dich abholen würde", beendete Elisabeth den Satz. Sie behielt

Diemut genau im Auge.

Das Mädchen nickte: „Ja, Leitende. Genau das dachte ich und ich bin erschrocken ... ich ... ich ... weil ich ... sehen Sie, Julian und ich ..." Diemut schluckte. Elisabeth sah, dass das Mädchen mit aller Kraft dagegen ankämpfte, in Tränen auszubrechen. Sie wusste ganz genau, was mit Diemut los war. Sie hatte Angst, von Julian getrennt zu werden.

Elisabeth Schwarz dachte an Kapitel 46 aus den *Empfehlungen zur Aufzucht der neuen Menschenkinder.*

„Betrifft: die sogenannte Sandkastenliebe

Gelegentlich kommt es vor, dass sich zwei Kinder von klein auf sehr zugetan sind. Dies ist auf keinen Fall zu unterbinden. Es soll kommentarlos geduldet werden. Diese innige Freundschaft kompensiert ganz hervorragend die gelegentlich auftretenden Einsamkeitsgefühle der Zöglinge. Sie vermissen nun einmal ihre Eltern von Zeit zu Zeit.

Dies kann in manchen Fällen zu Depressionen führen, was der Gesundheit der neuen Menschenkinder abträglich ist. Ist die Seele krank, erkrankt auch der Körper.

Wenn eine sogenannte Sandkastenliebe manifest geworden ist, soll sie respektiert werden, ohne Aufhebens darum zu machen. Die beiden Zöglinge sind in diesem Fall nach Möglichkeit nicht zu trennen. Auch später, wenn sie das Internat verlassen, sollen sie möglichst zusammenbleiben. Es geht um die Gesundheit der neuen Menschenkinder.

Eine kranke Seele vergiftet auch den gesündesten Körper."

Konnte sie das dem Mädchen sagen? Elisabeth Schwarz wusste, dass sie damit ihre Kompetenzen überschritt. Wenn das bekannt wurde, würde sie Schwierigkeiten bekommen. Aber Diemut tat ihr leid. Sie musste das Mädchen trösten.

„Hör zu, Diemut", sagte Elisabeth. Sie blickte sich um, ob jemand zuhörte. Aber sie standen allein auf der Straße. Der Rest der Klasse vergnügte sich am Brunnen.

Diemut schaute Elisabeth aufmerksam an.

„Ich werde dir jetzt etwas sagen, das du für dich behalten musst", sprach Elisabeth eindringlich. „Julian darfst du es sagen, aber nicht den anderen. Hast du verstanden?"

Diemut nickte stumm. Sie schaute Elisabeth aus großen Augen an. Diemut war fünfzehn Jahre alt, aber in diesem Moment wirkte sie wie ein kleines, verängstigtes Kind.

Elisabeth legte ihr die Hände auf die Schultern.

„Ihr werdet nicht getrennt", sagte sie. „Das wird nicht geschehen, Diemut. Es geschieht nie. Wenn zwei Kinder sich in einer Sandkastenliebe zusammentun und das sich verfestigt, dann wird dies respektiert. Du und Julian, ihr bleibt zusammen."

Sie sah die Erleichterung in den Augen des Mädchens. Diemuts Unterlippe zitterte verräterisch.

„Danke, Leitende", hauchte sie. „Vielen Dank."

„Ich durfte dir das eigentlich nicht sagen", redete Elisabeth weiter. „Du musst darüber absolutes Stillschweigen bewahren; hast du verstanden? Denn wenn das bekannt wird ..." Elisabeth musste erst einmal tief durchatmen: „Stell dir vor, was dann passieren würde! Die Kinder würden alle so tun, als wären sie kleine Liebespaare! Alle würden eine Sandkastenliebe vorspielen! Weil niemand gerne abgeholt wird."

Elisabeth zögerte. Wie sollte sie fortfahren? Sie musste das Mädchen auf alle Fälle beruhigen. Das war das Wichtigste.

„Es ist nicht schlimm, wenn man abgeholt wird", fuhr sie fort. „Man kommt auf eine Schule für besonders begabte Kinder. Dort ist es genauso wie in Haus Webenheim. Aber man möchte natürlich nicht fortgeholt werden aus der Gemeinschaft, in der man aufgewachsen ist. Das ist verständlich."

Elisabeth strich Diemut übers Haar: „Ob du eines Tages abgeholt wirst, kann ich nicht sagen. Das weiß man nicht. Aber eines kann ich dir schwören: Du wirst auf keinen Fall von Julian getrennt. Sei ganz außer Sorge, Diemut. Und nun geh und behalte für dich, was ich dir gesagt habe."

Diemut knickste vor Elisabeth. „Danke, Leitende", sagte sie leise. Ihr war die ungeheure Erleichterung anzusehen. „Danke." Plötzlich warf sie sich in Elisabeths Arme und drängte sich fest an sie.

„Danke", nuschelte sie. Dann ließ sie los, drehte sich um und rannte zu den anderen Jugendlichen am Brunnen.

Elisabeth schaute hinter dem Mädchen her.

Armes Ding, dachte sie. Wenn du wüsstest.

Es waren Momente wie dieser, die ihr die Freude an ihrer Arbeit gründlich verdarben. Dann dachte sie manchmal daran, aufzuhören. Mit der Zeit machte es einen mürbe. Vielleicht sollte sie über einen Wechsel nachdenken. Mit ihren Referenzen konnte sie jederzeit Lehrerin an einer anderen Schule werden.

An einer Schule für normale Kinder.

Wo sie keine Schuldgefühle zu haben brauchte.

*

Es war der vierte Tag im Museumsländle. Sie besuchten am Vormittag die Windmühle auf dem Retten, einem aus dem flachen Land ragenden Hügel bei Retting und bewunderten die großen hölzernen Zahnräder, die ineinandergreifend das Mahlwerk der Mühle antrieben. Die mit Segeltuch bespannten Windflügel der Mühle waren riesig. Sie waren größer als die Tragflächen von Segelflugzeugen.

Nachmittags gingen sie ins Museum für Haushaltsgeräte in dem kleinen Dörfchen. In einem lang gestreckten Ziegelbau wurden auf drei Stockwerken alle Dinge des täglichen Gebrauchs ausgestellt.

Es gab die unterschiedlichsten Laternen, Küchengeräte aller Art, Mausefallen und Stiefelknechte. Man konnte altertümliche Töpfe und Pfannen bewundern und sogar verschiedene Haustürklingeln.

Diemut hatte sich irgendwann sattgesehen. Sie war durstig. Draußen vor dem Museum gab es einen öffentlichen Brunnen. Sie verließ das Gebäude und füllte ihren Becher am Brunnen. Das frische kalte Wasser tat gut. Sie trank aus der einfachen, weiß emaillierten Blechtasse mit dem blauen Trinkrand, die sie besaß, seit sie denken konnte. Jedes Kind in Haus Webenheim hatte so eine. Man nahm sie auf Wanderungen mit.

Andere Internate benutzten das gleiche Fabrikat oder Blechtassen in anderen

Farben.

Diemut schaute die Tasse an. Sie gab ihr das Gefühl von Kontinuität und Stabilität. Ihre Trinktasse, die sie ein ganzes Leben begleitet hatte, schenkte ihr ein Gefühl von Sicherheit, wenn auch nur ein sehr kleines - aber immerhin.

Wesentlich mehr Sicherheit schenkten ihr die Worte der Leitenden Schwarz. Seit die Leitende mit ihr gesprochen hatte, ging es Diemut viel besser. Noch war sie nicht dazu gekommen, mit Julian darüber zu sprechen. Es waren praktisch immer andere Jugendliche um sie herum und Diemut wollte nicht, dass jemand mit anhörte, was sie zu sagen hatte. Sie hatte der Leitenden versprochen, es nur Julian zu sagen, und sie wollte ihr Versprechen halten.

Auf der anderen Straßenseite flog die Tür eines kleinen Ladens auf und eine Gruppe Jugendlicher in Diemuts Alter trat auf die Straße. Sie hatten in dem Geschäft Kleinigkeiten für Touristen erstanden.

Der Laden war Diemut gleich aufgefallen. Er führte Sachen, die vor allem für die Touristen gedacht waren: Teller, Tassen und Besteck mit Aufdrucken der Wappen der Dörfer im Altland und Handtücher aus eigener Produktion. Es gab Taschenmesser aus der Messerschmiede und CDs mit selbst gemachter Musik aus den Zwanzigerjahren des vergangenen Jahrhunderts. Kinderchöre sangen Kinderlieder und Erwachsene trugen alte Bauernlieder vor.

Diemut war am Überlegen, ob sie eine solche CD kaufen sollte; vielleicht eine mit Frühlingsliedern.

Die Gruppe Jugendlicher auf der anderen Straßenseite brach in Gelächter über irgendeinen privaten Witz aus. Diemut hörte einen Jungen rufen: „Ja, ja! Der gute alte Leitende!"

Aha. Das waren also ebenfalls Internatszöglinge.

Gerade wollte sie die Straße überqueren, um die Jugendlichen nach ihrer Herkunft zu fragen, da erstarrte sie mitten in der Bewegung. Voller Unglauben schaute sie über die Straße. Ein einspänniges Pferdefuhrwerk kam die kopfsteingepflasterte Straße herunter und passierte Diemut. Die Hufe des Rappen klapperten laut auf dem Pflaster und die eisernen Radreifen knirschten.

Diemut starrte unverwandt zur anderen Seite der Straße. Sie befürchtete, die

Gruppe könnte sich entfernen, solange das Fuhrwerk sie verdeckte. Aber die jungen Leute blieben vor dem Andenkenladen stehen. Jetzt konnte Diemut genau hinschauen.

Sie stand rechts außen. Sie trug das Gleiche wie die anderen, einen graubraunen, knielangen Rock aus Baumwollmischgewebe, eine dünne, grau melierte Sommerweste über einem kurzärmeligen Hemdchen und an den Füßen Sandalen.

Es war die Art, wie sie immer wieder einen Fuß nach hinten hob und die Spitze der Sohle ihrer Sandalen auf den Boden klopfen ließ, die Diemuts Blick angezogen hatte.

„Das kann doch nicht sein!“, hauchte Diemut. Sie schaute und schaute. Nun wandte ihr das Mädchen das Gesicht zu. Es gab keinen Zweifel mehr. Es war fünf Jahre her, aber ihre Augen waren die gleichen geblieben.

Als einer der Jungen einen neuen Witz über ihren Leitenden machte, lachte sie. Beim Lachen schlug sie die Handflächen aufeinander. Dann strich sie sich mit einer für sie charakteristischen Geste eine Haarsträhne aus dem Gesicht.

Diemut schlug das Herz.

„Luise!“, flüsterte sie. Sie konnte es nicht fassen. Was für ein Zufall. Dort auf der anderen Straßenseite stand Luise; ihre Freundin von früher. Luise, die Haus Webenheim so überstürzt hatte verlassen müssen.

„Luise!“, rief Diemut. Sie lief über die Straße und stellte sich vor das Mädchen: „Mensch, Luise! Dass ich dich noch mal treffen würde! Wer hätte das gedacht!“

Das Mädchen schaute sie verwirrt an: „Bitte?“

„Luise, ich bin es. Diemut. Diemut Becker aus Haus Webenheim, die Freundin von Julian Schwinn. Julian, Junian, Oktoberian. Weißt du nicht mehr? Sie haben dich mit zehn abgeholt, einfach so; kurz vor der Sommerwanderung. Mensch, ist das schön, dich zu sehen, Luise!“

Das Mädchen blickte Diemut verständnislos an. „Tut mir leid“, sagte sie. „Das muss eine Verwechslung sein.“

„Erinnerst du dich nicht mehr?“, fragte Diemut. „Haus Webenheim! Der

Badesee, die Turnwiese, die Leitende Schwarz. Luise, das kannst du doch nicht vergessen haben!“ Diemut war ganz närrisch, weil sie ihre Freundin wiedergefunden hatte.

„Ich heiße nicht Luise“, sagte das fremde Mädchen. „Mein Name ist Andrea und ich komme aus Haus Niederkirchen in Schlesien. Von einem Haus Webenheim habe ich noch nie gehört. Du verwechselst mich sicher mit jemandem, den du mal gekannt hast. Kann ja vorkommen.“

„Aber Luise ...“ Diemut ließ die Hand sinken, die sie erhoben hatte, um das Mädchen an der Schulter zu fassen. Die Augen! Es waren Luises Augen. Ihre Gesten waren die gleichen; die ganze Körperhaltung war die Luises.

Eine Schar Jugendlicher quoll aus dem kleinen Laden hervor, begleitet von einem Mann. Das musste der Leitende sein.

„Kommt, Leute“, rief er und klatschte in die Hände. „Wir müssen weiter. Bis zu unserer Unterkunft für die Nacht ist es noch ein gutes Stück zu Fuß. Also Tempo, wenn ich bitten darf.“

Die ganze Gruppe setzte sich in Bewegung. Diemut blieb auf der Straße stehen. Fassungslos blickte sie den Jugendlichen hinterher. Als diese an der nächsten Straßenkreuzung nach rechts abbogen, drehte sich das fremde Mädchen noch einmal um und schaute Diemut an.

Es war Luise, daran konnte kein Zweifel bestehen. Aber diese Luise kannte Diemut nicht und Julian auch nicht und nicht Haus Webenheim. Diemut war vollkommen durcheinander. In ihr tobte ein Sturm von Gefühlen. Sie konnte nicht einordnen, was sie gerade erlebt hatte.

*

Später, als sie Retting verließen und draußen über die schmalen sandigen Feldwege wanderten, schnappte sie sich Julian und ließ sich mit ihm ein Stück weit zurückfallen.

„Du, ich habe dort hinten in dem Dorf etwas Unglaubliches erlebt“, fing sie an.

Dann beschrieb sie das seltsame Treffen in allen Details.

„Sie hat mich nicht erkannt“, schloss sie ihre Erzählung, „aber ich schwöre dir, es war Luise, Julian! Ich bin mir hundertprozentig sicher. Sie war es.“ Diemut hängte sich in seinen Arm ein: „Kann es sein, dass sie ihr Gedächtnis gelöscht haben? Irgendwas in dieser Art?“

„Nein“, sagte Julian. „Die Erklärung ist viel einfacher.“ Er schaute Diemut an: „Es war der Zwilling. Und sie wissen nichts voneinander.“

„Zwilling?“, fragte Diemut. „Wie meinst du das?“

„Da war was“, sprach Julian. „Vor zwei Jahren ... ich hatte es vergessen, aber jetzt, wo du mir von deiner komischen Begegnung erzählt hast, fällt es mir wieder ein. Es war auf der Sommerwanderung nach Haus Greiling. Weißt du noch, wie wir die Marschroute ändern mussten? Wegen der wochenlangen Regenfälle gab es eine Überschwemmung und wir mussten einen Umweg nehmen. Dabei kamen wir direkt an einem Internat vorbei. Den Namen konnten wir nicht lesen, weil wir hinten vorbeiliefen auf diesem holprigen Feldweg mit den vielen Steinbrocken. Udo ist dreimal gestolpert und hat auf die Steine geflucht.“

„Ja, ich erinnere mich“, sagte Diemut. „Dort war eine Hecke. Man konnte nicht auf das Gelände des Internats sehen.“

Julian nickte: „Ganz recht. Und in diese Büsche habe ich mich geschlagen, weil ich mal musste. Nach dem Pinkeln hörte ich jemanden pfeifen und so ein komisches Surren. Ich wurde neugierig und drückte mich durch die Hecke. Dahinter befand sich eine Turnwiese; genau die gleiche wie bei uns in Haus Webenheim. Ein Junge in meinem Alter, vielleicht ein Jahr älter, schob einen Handmäher vor und zurück. Er mähte die Wiese und pfiff dabei ein Liedchen.“

Julian zuckte die Achseln: „Das war nichts Besonderes. Aber dann kamen wir nach Haus Greiling und dort war der gleiche Junge.“

Diemut starrte ihren Freund an: „Der gleiche?“

Julian nickte: „Er war dem pfeifenden Rasenmäher-Jungen wie aus dem Gesicht geschnitten. Aber etwas war anders. Er trug seine Haare länger und mit einem Seitenscheitel. Der Junge, der den Rasen mähte, hatte einen Kurzhaarschnitt.

Ich fragte den Jungen von Greiling, ob er vorher auf einer anderen Schule gewesen sei. Er verneinte und sagte, er sei in Haus Greiling aufgewachsen und nie woanders gewesen.

Ich spielte mit dem Gedanken, ihm von seinem Doppelgänger zu erzählen, aber dann ließ ich es.

Eine Zeit lang dachte ich über die Sache nach und kam drauf, dass es Zwillinge sein mussten. Man hatte sie nach der Geburt getrennt und an verschiedenen Internaten aufgezogen."

„Warum sollte man so etwas tun?", fragte Diemut. „Ist es nicht schlimm genug, dass wir keine Eltern haben? Muss man dann auch noch die Zwillingspaare trennen? Und überhaupt!" Sie spürte, wie sie eine Gänsehaut bekam: „Soll das heißen, wir könnten irgendwo da draußen Geschwister haben? Ältere oder jüngere Brüder und Schwestern? Oder Zwillinge?"

„Ich weiß es nicht", sagte Julian. „Ich habe keine Ahnung. Aber ich habe eine Theorie: Vielleicht sind wir alle Zwillinge und sie wollen erforschen, inwieweit die Erziehung über die Gene dominiert."

„Wie meinst du das?", fragte Diemut.

„Zwillinge sind sich genetisch vollkommen gleich", erklärte Julian. „Sie sehen gleich aus, haben die gleiche Augenfarbe und Größe und so. Sie machen auch oft die gleichen Gesten, wie du es bei dieser fremden ‚Luise' gesehen hast. Aber unser Verhalten wird auch durch die Erziehung bestimmt. Vielleicht haben die Forscher lauter Zwillingspaare ausgesucht und sie getrennt voneinander großgezogen, um zu sehen, wie die Umwelt einen Menschen prägt."

„Wir sind besondere Kinder", sagte Diemut leise. Sie erschauerte. „Das haben sie uns immer wieder gesagt. Ist das das Besondere an uns? Dass wir alle Zwillinge sind? Und heißt das, dass es irgendwo in Nordland eine Schwester von mir gibt? Und einen Zwillingsbruder von dir?"

Eine eigenartige Vorstellung.

*

Auszug aus den Empfehlungen zur Aufzucht der neuen Menschenkinder:

<u>Betrifft:</u> Serienschaffung

Es ist problemlos möglich, aus einer Spenderprobe eine ganze Serie von identischen Menschenkindern zu erschaffen. Dadurch bietet sich die Möglichkeit, zu erfahren, ob die gesundheitsfördernden Gene stabil sind.

Allerdings ist eine Serienschaffung mit Problemen behaftet. Auch wenn man die Zöglinge weit voneinander entfernt aufzieht, könnte es durch Zufall zu einer Begegnung kommen, die viele Fragen aufwerfen würde. Es wäre nicht gut, wenn unsere neuen Menschenkinder erfahren, dass sie aus Proben von Spendern geklont wurden. Das könnte ihre seelische Stabilität stören.

Nötig ist eine Serienschaffung nicht. Es im Gegenteil einfacher, Einzelmenschen zu schaffen.

Daher soll sich die Serienschaffung nur auf eine kleine Reihe von Prüfmustern zu rein wissenschaftlichen Zwecken beschränken. Serienschaffung in Großserie ist als nachteilig anzusehen und zu unterlassen.

Soll zu wissenschaftlichen Zwecken eine neue Serie aufgelegt werden, so ist dies bei der Zentralstelle der Genetik-Kommission zu beantragen.

Eine Serie darf grundsätzlich nicht mehr als ein Dutzend Exemplare umfassen, und diese sind in weit voneinander entfernten Internaten aufzuziehen.

Die Erkenntnisse aus der Erforschung der Serien sind fortlaufend an die Zentralstelle zu senden.

Die Serienschaffung unterliegt der Geheimhaltungsstufe II. Nur die unmittelbar mit den Menschenkindern befassten Leitenden dürfen davon wissen, damit sie dafür Sorge tragen können, dass sich zwei gleiche Klonkinder nicht zufällig treffen.

Siehe auch: Kapitel 37b

*

Diemut und Julian streiften zu zweit in der Umgebung von Haus Heilburg herum. Sie waren fünfzehn und in dem Alter durfte man das. Sie hatten die

Umfriedung ihres Gastinternats hinter sich gelassen und folgten einem Weg, der am Waldrand entlangführte.

Während sie dahinspazierten, erzählte Diemut ihrem Freund von dem Gespräch mit der Leitenden Schwarz.

Julian war baff: „Das ist offiziell? Wir bleiben zusammen?"

Diemut nickte: „Die Leitende hat es mir unter dem Siegel der Verschwiegenheit erzählt. Man wird uns nicht trennen, Julian."

Julian schaute das Mädchen an seiner Seite an. Was Diemut ihm gerade mitgeteilt hatte, erfüllte ihn mit Freude und tiefer Zufriedenheit. Zu wissen, dass nichts sie trennen würde, tat gut.

Eine Radlerin kam ihnen auf dem breiten Weg entgegen.

„Das ist ja die Leitende!"

Julian verstand Diemuts Erstaunen gut. Die Leitende Schwarz saß in ausgesprochen sportlichem Dress auf einem modernen geländegängigen Fahrrad mit Nabenschaltung. Das dunkle Haar, das sie sonst immer als strengen Knoten trug, war offen und flatterte im Fahrtwind.

Die Schwarz bremste und hielt an: „Hallo, ihr zwei. Auch draußen unterwegs?"

„Wir wollen zur Waldkirche von Heilburg", sagte Diemut.

„Da komme ich gerade her", sagte die Leitende. „Ich muss sagen: Ein Besuch lohnt sich. Die Stuckdecke ist exzellent und der geschnitzte Altar ist in ganz Europa berühmt. Am interessantesten sind die Kirchenfenster. Die sind noch original aus dem Mittelalter. Glas mit diesen Farben kann man heute gar nicht mehr herstellen. Die Prozedur des Einfärbens ging verloren."

Die Leitende lächelte freundlich: „Viel Spaß auf eurer Besichtigungstour. Kommt pünktlich zum Abendessen zurück."

„Machen wir", versprach Julian. Er nahm Diemut beim Arm und sie gingen weiter.

„Buntes Glas ...", sagte er im Weitergehen. „Ich muss an die Glasbläserei im Museumsländle denken. Weißt du, Diemut, das war faszinierend! Wie die sich einen Klumpen rot glühender Glasmasse aus dem Ofen fischten und daraus die unglaublichsten Dinge herstellten! Einfach in dieses lange Metallrohr blasen und es drehen und im Nu entstehen Gläser aller Art, Flaschen, kleine Schüsseln und Kunstgegenstände. Das möchte ich auch gerne lernen."

Diemut schaute ihn von der Seite an: „Glasbläserei? Ausgerechnet du?! Wo du sonst immer alle möglichen Apparate zerlegst und reparierst? So kenne ich dich nicht."

„Man könnte doch zwei Berufe haben", sagte Julian. Er geriet ins Träumen: „Stell dir vor, wir würden nach unserem Abgang aus Haus Webenheim ins Altland geschickt. Dort könnten wir zwei in einem dieser schicken kleinen Ziegelhäuschen wohnen mit einem eigenen großen Garten dabei und ich würde die alten Maschinen warten und instand halten. Ich würde neue hölzerne Zahnräder für die Windmühle herstellen und die Zylinder der Dampfmaschinen reparieren und warten. Daneben könnte ich vielleicht einen Tag in der Woche in der Glasbläserei arbeiten."

Er seufzte: „Das wär's doch!" Die Vorstellung gefiel ihm.

Er sah Diemut an: „Meinst du, wir könnten die Leitende fragen, ob man einen Antrag stellen kann? Dass man gerne ins Altland versetzt würde?"

„Fragen kostet nichts", erwiderte Diemut. „Gleich heute Abend tun wir es. Vielleicht ist es tatsächlich möglich. Es wäre wundervoll, im Museumsländle zu leben und zu arbeiten."

*

Sie besuchten die Waldkirche von Heilburg mit ihrem berühmten geschnitzten Altar und sie bewunderten die mittelalterlichen Fenster der gotischen Kirche.

Auf dem Rückweg zog Diemut an Julians Hand: „Komm mit!"

„Was hast du vor?", fragte Julian.

Sie zog ihn in einen schmalen Fußweg, der in den Wald hineinführte. Sie schien genau zu wissen, wohin sie wollte. Leicht verwundert folgte er dem Mädchen.

Der Weg war teilweise fast unsichtbar. Es schien ein einfacher Wildwechsel zu sein. Er endete auf einer kleinen Lichtung mitten im dichten Wald. Blumen blühten im niedrigen Gras. Am Waldrand standen Büsche und Hecken. Es war ein zauberischer Platz.

„Schön ist das hier", sprach Julian andächtig. Die Wiese sah aus, als würden hier bei Vollmond die Feenwesen des Waldes tanzen und feiern. „Woher kennst du diesen Ort?"

Diemut schaute ihn auf eine Art an, die ihn nervös und kribbelig machte: „Eins der Mädchen aus Haus Heilburg hat mir davon erzählt. Nur wenige Schüler des Internats kennen diesen Platz. Sie hat mir versichert, dass heute Nachmittag niemand hierherkommen wird."

„Wieso? Ääh …" Julian verstand nicht, was sie meinte.

Diemut zog ihren Rucksack aus. Sie holte eine Wolldecke heraus und breitete sie im Gras aus. Dann stellte sie sich vor ihn und zog ihm seinen Rucksack aus: „Ich will es, Julian. Hier und jetzt. Wir sind alt genug. Wir sind zusammen, seit wir kleine Kinder waren. Ich möchte, dass wir ein Paar werden." Ihre Augen machten ihn verrückt. Er hatte noch nie erlebt, dass sie ihn auf diese Art ansah.

„Äh …", stotterte er. „Ich … Diemut …" Ihm fehlten die Worte. Aber Worte waren gar nicht nötig. Es ging nicht um Worte.

Diemut schmiegte sich an ihn und küsste ihn. Sie küsste ihn sanft und süß, aber auch fordernd. Sie zog ihn auf die Decke hinunter: „Komm, Julian."

Dann ging alles wie von selbst. Sie liebten sich, seit sie denken konnten, und nun zogen sie einander die Kleider aus und sie liebten sich auf eine neue Art. Es war ein Rausch. Sie wurden eins inmitten der stillen Natur des Sommerwaldes.

Hinterher lag Diemut in Julians Armen, nackt wie Eva im Paradies. Er roch ihren Duft und er spürte ihr Herz schlagen.

Er drückte sich an sich. „Diemut! Oh, Diemut! Ich mag dich. Ich liebe dich. Ich habe dich immer geliebt, aber jetzt ist diese Liebe noch tiefer, noch intensiver." Er küsste sie und drückte sie noch fester: „Ich will nie ohne dich sein."

Sie schmiegte sich an ihn wie fließendes Wasser: „Ich auch nicht, Julian. Wir werden zusammen sein. Für immer."

„Für immer", wiederholte er.

*

Später, auf dem Weg zurück zum Internat, ging sie singend an seiner Hand. Sein Herz sang ebenfalls. Diemut sang so fröhlich wie eine Amsel. Es weitete ihm das Herz.

Als sie ihr Liedchen fertig gesungen hatte, schaute sie ihn mit diesem neuen Blick von der Seite an: „Julian?"

„Ja?"

„Wie bist du ausgerechnet auf mich gekommen?"

Er zuckte die Achseln: „Weiß nicht. Ist lange her. Es passierte eben. Du warst da und wir kamen zusammen. Es war dein Lächeln. Ich glaube, es fing an, als ich dein Aufzieh-Auto repariert habe. Du warst so ein stilles kleines Ding. Ganz schüchtern hast du mich gefragt, ob ich das Auto wieder in Gang bringen kann. Ich habe es getan. Ich habe es aufgeschraubt. Da war nur die Feder rausgesprungen. Ich habe sie in die Halterung eingesetzt und danach funktionierte dein Auto wieder."

Er legte den Arm um ihre Schulter und drückte sie an sich: „Es war die Art, wie du mich angelächelt hast danach. Du hast den Kopf schief gehalten und mich so dankbar angelächelt. Plötzlich mochte ich dich sehr. Wir haben den ganzen Nachmittag mit deinem Auto gespielt. Wir haben deine kleinen Püppchen darin fahren lassen und ich habe aus diesen Plastikteilen, die man zusammenstecken konnte, einen Anhänger gebaut, den das Auto ziehen konnte."

Julian nickte: „Ja. Damals fing das mit uns an. Von da an waren wir immer zusammen. Ich fand dich nett und wenn du in den See gesprungen bist, hast du ausgesehen wie eine kleine Nixe."

Sie blieb stehen und schaute ihn an. Sie musste zu ihm aufsehen, weil er sie fast um Haupteslänge überragte: „Das weiß ich noch. Du hast mich Wassernixe genannt oder Wasserfee."

„Ja", sagte Julian. Er hob die Hand und streichelte ihre Wange: „Eine Fee bist du gewesen. Das bist du heute noch, Diemut. Du bist ein ganz besonderer Mensch. Ich bin froh, dass ich dich habe."

*

Nach dem Abendessen gingen sie zur Leitenden Schwarz und trugen ihr Anliegen vor. Sie waren etwas unsicher, ob sie sich mit ihrer Frage zu weit vorwagten, aber die Leitende reagierte freundlich.

„Ihr zwei wollt also im Museumsländle leben und arbeiten?", fragte sie lächelnd. Sie nickte: „Nun ja, warum nicht? Verboten ist es nicht. Ich werde das weiterleiten. Vielleicht habt ihr Glück. Versprechen kann ich es euch nicht. Aber versuchen kann man es. Macht euch jedoch nicht zu viele Hoffnungen."

Die Leitende schaute sie sehr intensiv an: „Das müsst ihr beiden mir versprechen: dass ihr euch nicht zu viele Hoffnungen machen werdet. Die Chance ist minimal. Ihr könnt froh sein, wenn ihr auf eine der Farmen kommt statt in eine Rüstungsfabrik. Aber ich werde den Antrag stellen für euch, und wenn es das Letzte ist, was ich tue."

Julian schaute die Frau an. Die Leitende hatte einen Ausdruck von Traurigkeit im Gesicht, fand er. Sie versuchte es zu vertuschen, aber er konnte es sehen.

Wieso war die Leitende traurig? Er konnte sich keinen Reim darauf machen.

*

Im Jahr 2009:

Der Sommer kam. Es war der Sommer, in dem sie sechzehn wurden. Diesmal würde es keine große Wanderung zu einem befreundeten Internat geben. Stattdessen würden sie Haus Webenheim verlassen.

Manchmal sahen Diemut und Julian einander während des Unterrichts an und Wehmut schlich sich in ihre Herzen. Was würde das weitere Leben bringen?

Durften sie Teil von Altland werden? Würde man ihnen gestatten, im Museumsländle zu leben? Oder würden sie am Rande einer großen Stadt in einer engen Hochhauswohnung landen und in drei Schichten in einer lauten, schmutzigen Fabrik arbeiten?

So oder so war ihnen weh ums Herz. Sie hatten fast ihr ganzes Leben in Haus Webenheim zugebracht und die Schülerschar und die Leitenden waren ihre Familie.

Auch wenn außer der Leitenden Schwarz sonst niemand besonders familiär gewesen ist, resümierte Diemut während einer Geschichtsstunde. Die waren doch alle kühl und distanziert. Man sehe sich mal den Leitenden Meyer an! Wie der auf Abstand bleibt. Als wolle er sich seine Schüler „vom Hals" halten. Die Schellenberger ist kein bisschen anders und die Ruby auch nicht besser. Am schlimmsten ist die oberste Leitende Wagner. Die ist kalt wie ein Molch. Sie behandelt uns von oben herab. Sie gibt Befehle, keine Weisungen. Ich habe sie nie lächeln sehen. Manchmal glaubte ich, wir wären nur Vieh für sie. Eigentlich sind sie alle so bis auf unsere Leitende Schwarz. Sie war als Einzige menschlich zu uns und hat uns eine gewisse Wärme spüren lassen.

Sie haben ein Leben lang Distanz zu uns gehalten. Vielleicht gibt es diesbezüglich eine Vorschrift? Wir wissen ja so wenig. Immer noch liegt alles hinter einem Schleier und wir wissen weder, woher wir kommen, noch, wohin wir gehen. Wie aber sollen wir wissen, wohin wir gehen sollen, wenn wir nicht wissen, woher wir kommen?

Wird immer alles vorherbestimmt sein? Fremdbestimmt? Warum können wir unser Leben nicht selbst leben? Oder wird der Tag kommen, an dem wir die Entscheidungen, unser Leben betreffend, selbst treffen können?

Diemut seufzte leise. Fragen über Fragen … und so war es immer gewesen.

*

Mittags in der Kantine summte das Internat vor Aufregung. Die große Wanderung stand unmittelbar bevor. Alle Zöglinge freuten sich darauf.

„Nur wir nicht", brummte Julian. Er klang missgelaunt. Diemut wusste, warum. Bis zu den Ferien waren es nur noch ein paar Tage und sie hatten keinen Bescheid, wo sie dann landen würden. Den anderen in ihrer Jahrgangsstufe ging es nicht besser. Sie hatten es all die Jahre miterlebt, aber irgendwie geschickt verdrängt: Erst am letzten Schultag erfuhren die Abgänger, wohin sie kommen würden.

Eigentlich hatten sie gehofft, die Leitende Schwarz würde ihnen heimlich stecken, dass sie ins Altland versetzt würden. Aber die Schwarz hüllte sich in Schweigen. Die Leitende schritt still und nachdenklich einher. Oft wirkte sie in sich gekehrt und traurig.

Die Zöglinge begannen sich zu wundern. Was war los mit ihrer Leitenden? War sie krank? Gab es private Probleme?

Ein kleines Mädchen kam zu Diemut und Julian. Es war die vierjährige Monika. Die Kleine war gretchenblond mit blauen Augen und so zart gebaut, dass sie fast zerbrechlich wirkte.

„Diemut? Julian?", sagte sie und knickste artig: „Ihr zwei sollt bei eure Leitende Frau Schwarz gehen. Die hat mich geschickt."

„Danke, Monika", sagte Diemut und drückte das kleine Mädchen. „Wo erwartet sie uns denn?"

Monika schaute sie aus großen Augen an: „Ich weiß nicht."

„Wahrscheinlich in ihrem Büro", meinte Julian. Er fuhr Monika über den dichten Blondschopf und ging mit Diemut los.

Sie fanden die Leitende in ihrem Büro. Der Anblick des Raumes, in dem die Schwarz immer gearbeitet hatte, war ein Schock. Überall standen Pappkartons herum, gefüllt mit Büchern und Ordnern und allem, was sich im Laufe eines Arbeitslebens angesammelt hatte. Die Regale an den Wänden waren kahl.

Diemut stellte sich vor den massigen Schreibtisch der Leitenden. Die Schwarz war dabei, die Schubladen auszuräumen: „Monika schickt uns, Leitende."

Die Leitende blickte auf: „Schön, dass ihr gekommen seid. Nehmt Platz." Sie machte eine Geste zu den beiden Stühlen, die vorm Schreibtisch standen, und kramte weitere Kleinigkeiten aus den Schubladen ihres Schreibtisches hervor.

Schließlich hörte sie damit auf und schaute Diemut und Julian an: „Ich habe euch kommen lassen, weil ich vor meinem Weggang mit euch sprechen wollte."

„Weggang?" Diemut schluckte. „Sie gehen weg?"

Die Schwarz nickte energisch: „Ja. Ich will schon lange fort. Es wird Zeit, eine neue Aufgabe anzunehmen. Ich werde in Zukunft an einer normalen Tagesschule unterrichten. Ich blieb nur noch, um meine Klasse bis zum Ende ihrer Internatszeit zu leiten. Das war ich euch schuldig. Aber nun ist das vorbei."

Die Leitende holte tief Luft: „Ich kann euch nicht viel sagen. Was Haus Webenheim und euch angeht, unterliegt einiges der Geheimhaltungsstufe I. Ich denke, ihr habt es immer gespürt, dass ihr anders seid. Ich darf euch nichts sagen. Tut mir leid. Aber eure Leben sind im Großen und Ganzen vorgezeichnet und ich war es leid, dabei mitzuwirken. Es war mir zum Schluss zuwider. Eigentlich mochte ich es von Anfang an nicht besonders, aber man hat mich hierher versetzt und ich wollte meine Aufgabe erfüllen, wie es sich für einen anständigen Menschen Nordlands gehört.

Doch ich mag nicht länger mitmachen. Ich habe einen Antrag auf Versetzung gestellt, und der ging problemlos durch, weil ich eine bestimmte Dienstaltersgrenze erreicht habe."

Die Schwarz seufzte. „Ich habe versucht, euch ins Altland zu bringen. Glaubt mir, ich habe alles Erdenkliche probiert. Leider ohne Erfolg. Das Museumsländle bleibt euch verwehrt."

Die Leitende fuhr auf: „Aber ihr kommt auf eine Farm! Das habe ich durchgesetzt! Da bin ich mit dem Kopf durch die Wand!"

Die Leitende fuchtelte mit den Händen: „Man stelle sich vor! Diese Idioten wollten euch ins Ruhrgebiet schicken und in einer Rüstungsfabrik malochen lassen! Diese Hammel!"

Diemut glaubte, sich verhört zu haben. Noch nie hatte sie ihre Leitende in einem solchen Tonfall reden hören. Die Schwarz kochte vor Wut.

„Das sind alles dämliche Paragrafenreiter!", grantelte die Leitende. „Beamte! Sesselfurzer! Die haben keine Ahnung vom richtigen Leben! Hah! Aber nicht mit mir! Von wegen, meine Naturkinder in einer Großstadt in Hochhäuser pferchen!

Diese Idioten! Denen habe ich heimgeleuchtet! Ihr kommt auf eine Farm ganz hier in der Nähe. Nicht nur ihr. Auch der Jan und seine Gertrud mit der herrlichen Singstimme. Und Dagny und Olaf und Timo und die stille Kerstin. Jeder, der mir mal gesteckt hat, dass er auf dem Land leben möchte, darf dies tun. Aus die Maus! Und wenn sich die Beamten in der zentralen Ausbildungsstelle vor Wut nackt auf den Kopf stellen und mit dem Arsch Mücken fangen! Beim Obersten Leitenden! Ohne mich!"

Diemut riss die Augen auf. Hatte die Leitende tatsächlich Arsch gesagt? Arsch?!? Sie konnte es nicht fassen.

Die Schwarz kriegte sich wieder ein. Sie schnaufte einige Male heftig. Dann blickte sie Diemut und Julian so liebevoll an, dass es den beiden ganz anders wurde: „Ich hätte euch zwei Menschenkinder so gerne ins Museumsländle vermittelt, wirklich. Es ging nicht. Aber die Farm ist richtig für euch. Ihr werdet alle zusammenbleiben, rund ein Drittel eurer Jahrgangsstufe. Ist das nichts?"

„Doch, Leitende", sagte Julian. Er griff nach Diemuts Hand und drückte sie.

Die Schwarz kam hinter dem wuchtigen Schreibtisch hervor. Sie stand vor Diemut und Julian und schaute sie an. Sie wirkte traurig: „Ihr lieben Menschenkinder! Was soll nur werden? Ihr könnt nicht dagegen angehen. Ihr müsst eure besondere Aufgabe erfüllen, wenn die Zeit kommt, und das wird sehr, sehr schwer werden. Ich wollte, ich könnte es euch ersparen." Sie umarmte die beiden nacheinander und drückte sie fest an sich, als wären sie kleine Kinder, die man trösten musste.

„Passt auf euch auf", sagte die Leitende. Sie hatte feuchte Augen: „Jetzt geht bitte. Lasst mich allein."

Diemut und Julian verließen das Büro, verstört und zutiefst verunsichert. Was war bloß los mit der Leitenden? Sie konnten sich keinen Reim auf das seltsame Verhalten der Schwarz machen.

*

Ein Bus brachte sie auf die Farm. Es wurde ihnen erlaubt, ihre kleinen

Habseligkeiten und all ihre Kleider mitzunehmen.

Die Farm lag keine halbe Stunde Fahrzeit von Haus Webenheim entfernt. Ein großes Wohnhaus lag umgeben von Wirtschaftsgebäuden inmitten von Feldern, Weiden und Brachflächen. Am Südzipfel der Länderei gab es ein großes Waldstück.

Frank und Beate, die beiden Farmältesten, erwarteten sie und führten sie in alles ein. Sie erhielten jeder für sich ein kleines Zimmer im Hauptgebäude; die Paare bekamen etwas größere Räume für sich, in denen sie zusammenleben konnten. Dann machten sie einen Rundgang über das Gelände.

Die Farm war überschaubar: Auf achtundzwanzig Hektar wurde Getreide unterschiedlicher Art angebaut, Hackfrüchte gezogen und Weidewirtschaft betrieben. Zu der Farm gehörten Milchkühe und Ziegen. Zusätzlich gab es eine Hühnerzucht und hinterm Haupthaus wurden Kaninchen in Ställen gehalten. Dann war da noch der Wald.

„Wir sind siebzehn Leute", erklärte Frank. „Jeder übernimmt reihum die verschiedenen Aufgaben. Morgen machen wir den neuen Dienstplan. Wir alten Hasen werden euch einarbeiten. Keine Angst, das hat noch jeder geschafft. Das geht schnell. Es wird euch hier gefallen. Wir haben freie Hand, solange wir den vorgeschriebenen Dienstplan einhalten und unser Soll erfüllen. Es bleibt mehr als genug Zeit und Raum für ein Privatleben.

Kommt jetzt. Wir stellen euch den anderen vor."

Sie lernten die anderen Leute kennen, die auf der Farm arbeiteten. Kaum einer war älter als dreißig Jahre. Auf ihre Frage, wo die Älteren wären, antwortete Frank, das wisse er nicht. „Die werden alle irgendwann abgeholt."

„Abgeholt?", fragte Julian alarmiert. „Hier? Aber wozu? Wo kommen die hin? In ein Spezialinternat für besonders Begabte können die ja nicht mehr."

Frank zuckte die Achseln: „Keine Ahnung, wo die hinkommen. Auf eine andere Farm, nehme ich an. Das hier ist gewissermaßen ein Trainingszentrum für Landwirtschaft. Wer fertig ausgebildet ist, wird dorthin geschickt, wo man Landarbeiter braucht. Keine Angst, ihr werdet erst mal hier bleiben. Man wird selten vor dem zwanzigsten Lebensjahr abgeholt. Ihr müsst ja erst mal lernen, wie man auf einer Farm arbeitet.“

*

Sie lebten sich schnell auf der Farm ein. Die alten Hasen waren nette, verträgliche Kameraden, die sie anlernten, ohne sie zu bevormunden.

Es gab viel zu tun. Felder mussten für die Wintersaat vorbereitet werden. Es wurde mit Traktoren gepflügt und geeggt und eingesät. Die Kühe kamen morgens auf die Weide und wurden abends zum Melken eingetrieben.

Diemut mochte es, mit Tieren zu arbeiten. Besonders hatten es ihr die Ziegen der Farm angetan. Bald waren die Tiere handzahm und ließen sich von ihr gerne melken. Kuh- wie Ziegenmilch wurde gesammelt und in die Käserei im nahen Dorf gebracht. Natürlich behielt die Farm ihren Eigenbedarf.

Sie fütterten die Hühner mit einer Mischung aus selbst angebautem Weizen, Mais und Muschelgrit, der von der Nordsee angeliefert wurde.

Es gab eine Obstplantage und Ende des Sommers war Erntezeit. Tagelang pflückten sie Äpfel und Birnen und Zwetschgen. Sie machten für den Eigenbedarf Saft und Most und kochten aus den Zwetschgen eine leckere Marmelade.

Julian kümmerte sich um die Maschinen und Apparate auf der Farm. Er hatte ein Händchen für technische Dinge und war bald sehr beliebt. Er konnte jeden liegen gebliebenen Traktor wieder zum Laufen bringen und als die Melkmaschine im Kuhstall streikte, reparierte er auch die.

Er und Diemut fühlten sich auf der Farm pudelwohl. Schön, es war nicht Altland, und das war schade, aber es kam der Sache ziemlich nahe.

Bevor es richtig Herbst wurde, schlugen sie im zur Farm gehörenden Waldstück Bäume. Die Stämme wurden abtransportiert zum Sägewerk. Armdicke und dünnere Äste durften sie behalten. Die schleppten sie zur Farm und zersägten sie in ofengerechte Stücke. Die stapelten sie zum Trocknen auf. Verwendet wurde das Holz vom Vorjahr, das bereits schön trocken war und rückstandsfrei verbrannte.

Sie misteten die Ställe aus, machten Käse und kochten Marmelade ein.

Diemut freundete sich eng mit Dagny an. Sie wurden unzertrennlich wie Schwestern. Sie, Dagny, Julian, Gertrud und Jan waren eine eng befreundete Gruppe für sich.

Abends saßen alle nach getaner Arbeit im Gemeinschaftsraum. Sie spielten auf ihren Instrumenten und sangen dazu oder sie sahen fern. Meist gingen sie früh zu Bett. Die Arbeit auf der Farm war anstrengend und machte müde.

Alles in allem war es ein gutes und freies Leben. Solange sie sich an den Dienstplan hielten und ihr Soll erfüllten, redete ihnen keiner drein. Brauchten sie bestimmte Dinge wie Maschinen, beantragten sie dies bei der entsprechenden Stelle. Kleidung konnten sie selbst kaufen. Jeder auf der Farm erhielt einen kleinen Lohn.

Das Leben war schön. Diemut und Julian waren zufrieden. Nur dass gelegentlich jemand abgeholt wurde, warf einen Schatten auf ihr freies Leben auf dem Land. Aber das musste wohl so sein. Wenn jemand sich gut genug auskannte, kam er eben auf eine andere Farm, wo seine Arbeitskraft gebraucht wurde.

*

Sie saßen morgens beim Frühstück, bestehend aus selbst gebackenem Brot, Butter und Marmelade und hart gekochten Eiern.

Im Radio lief eine Ansprache des Obersten Leitenden, die am Abend zuvor im Fernsehen übertragen worden war. Der Ton des Präsidenten war scharf und aggressiv.

„Was erlauben sich diese Herrschaften aus dem Süden Deutschlands eigentlich?“, donnerte seine Stimme aus dem Lautsprecher. „Denken die, dass sie uns Vorschriften machen können? Mit welchem Recht?!? Lassen Sie sich gesagt sein, meine Herren: So nicht! Nicht mit uns! Uns schreibt man nichts vor! Wir sind ein eigenständiger Staat und wir bestimmen selbst, was gut für uns ist! Wir werden uns diese Provokationen nicht bis in alle Ewigkeit gefallen lassen!"

So ging es immer weiter.

Diemut konnte es nicht mehr hören. Warum tobte der Oberste Leitende immer so? Die Südländer verharrten doch still hinter der Mauer und taten niemandem etwas zuleide. Manchmal kam es ihr vor, als wolle der Präsident die Wut des Volkes auf den Süden richten, um die Leute von anderen Dingen abzulenken.

Die Rationierungen zum Beispiel. Die Gesetze waren erneut verschärft worden. Vieles gab es nur noch auf Bezugsschein: Autos, bestimmte Kleidung und Luxusartikel. Das Volk murrte im Stillen. Das wussten sie sogar auf ihrer abgelegenen Farm. Die Menschen waren unzufrieden.

Sie fragten sich, wie es sein konnte, dass in einem angeblich reichen Staat so viele Dinge streng rationiert waren. Ein Wort tauchte auf und machte die Runde: Misswirtschaft.

Etwas stimmte nicht in Nordland. Vielleicht lag es an der Produktion von Biokraftstoff, hatte Julian letztens gesagt. Ein Feld, auf dem Raps für Biodiesel wuchs, fiel für die Erzeugung von Nahrungsweizen aus. Das musste irgendwann zwangsläufig zu Engpässen führen.

Kerstin kam von draußen herein: „Die Post ist da." Sie verteilte die Sendungen. Meist waren es Prospekte für Landmaschinen oder Werkzeuge oder Briefe von Ämtern, an die Anträge gestellt worden waren. Sie ging zu Benno und reichte ihm einen offiziell aussehenden Brief: „Für dich, Benno."

Benno, ein langer, hagerer Kerl mit schwarzen Locken, nahm den Brief entgegen. Er sah nicht aus, als freue er sich über diese besondere Post. Er öffnete den Umschlag und las das Schreiben. Seine Miene verfinsterte sich.

„Ist was?", fragte Frank.

„Ich muss die Farm verlassen", sagte Benno missmutig. „Übermorgen holen sie mich ab."

„So geht das nicht weiter!", rief der Oberste Leitende aus dem Radiolautsprecher. „Mit uns nicht! Wir werden uns wehren, wenn es sein muss! Lange lassen wir uns das nicht mehr gefallen!"

„Warum lassen wir uns das gefallen?“, fragte Jan plötzlich. „Warum machen wir schweigend mit? Warum lassen wir uns hin- und herschieben?“

Am Frühstückstisch wurde es totenstill. Alle starrten den Jungen an.

„Ist doch wahr“, sagte Jan. „Sie holen ständig Leute weg, obwohl die das nicht wollen. Warum wehren wir uns nicht dagegen? Keiner will abgeholt werden! Wenn sie uns wenigstens sagen würden, wo wir hinkommen, wenn sie uns abholen! Dürfen die das so einfach?“

Das Schweigen breitete sich aus wie ein giftiger Dampf.

Dann stieß Frank ein nervöses Lachen aus: „Ach, komm schon, Jan! Was sollen wir tun? So ist es nun mal. So war es immer.“

„Im Fernsehen wird niemand abgeholt“, sagte Jan.

„Na und!“, hielt Frank dagegen. „Das ist halt Fernsehen. Unterhaltungsfilme.“

„In den Dokus auch nicht!“, beharrte Jan. „Noch nie gesehen. Abholen gibt es nur bei uns; bei den neuen Menschen. Bei den besonderen Kindern. Was ist denn so besonders an uns? Warum sagt uns das niemand? Draußen wird keiner abgeholt und gezwungen, woanders zu arbeiten.“

„Jetzt redest du aber Stuss“, mischte sich Beate ein. „Natürlich werden die auch von Zwängen geleitet. Oft müssen sie eine Arbeit annehmen, die ihnen nicht passt. Das nennt man dann: einen Scheißjob machen.“

„Wisst ihr, was mir aufgefallen ist?“, fragte Dagny. „Von unseren Internaten und Farmen ist nirgendwo die Rede; nicht im Fernsehen und nicht im Radio. In Zeitungen oder Zeitschriften findet man auch nichts über uns. Es ist, als gäbe es uns nicht. Findet ihr das nicht merkwürdig?“

„Lange, meine Herren Südländer, machen wir das nicht mehr mit!“, donnerte der Oberste Leitende aus dem Radiolautsprecher. „Das muss ein Ende haben!“

*

„Und glauben Sie nur ja nicht, meine Herren aus dem Süden, dass wir uns Ihre ständigen Provokationen auf ewig gefallen lassen werden!“

Oliver Hoffmann schaute angewidert auf den Fernsehbildschirm: „Haben sie dir ins Gehirn geschissen, Freundchen? Du hast doch wohl was am Sender! Wer provoziert denn hier, du gehirnamputierter Orang Utan?!"

Oliver konnte es nicht mehr hören. Warum brachten die vom Fernsehen den Nordochsen immer zur besten Sendezeit? Der Idiot legte doch sowieso immer die gleiche Platte auf: Süddeutschland ist bäh! Motz, motz, motz!

Natürlich wusste Oliver, warum der Präsident von Nordland dieses Theater veranstaltete. Der Kerl versuchte, von der Misere seines Staates abzulenken. Nordland stand nicht mal halb so gut da, wie seine Regierung es immer darstellte. Nach dem Weltkrieg hatte es anders ausgesehen. Mit russischen Hilfskrediten hatte man die Wirtschaft schnell wieder aufgebaut und mit der schlesischen Kohle und der Ruhrkohle den Aufstieg Nordlands angekurbelt. Das Ruhrgebiet wurde zum größten Stahlproduzenten in Europa.

Aber der Norden stützte sich auf Kohle und Stahl, ohne Alternativen bereitzustellen. Als in den Achtzigerjahren des vergangenen Jahrhunderts die Stahlkrise kam, ging es mit Nordland bergab.

Ebenso unangenehm war wohl, dass der große Bruder Sowjetunion zur gleichen Zeit den Kalten Krieg beendete und sich dem Westen zuwandte. Nordland geriet in eine isolierte Lage, besonders als die reichlichen Erdöllieferungen aus Russland immer spärlicher und teurer wurden. Sie fingen an, in der Nordsee nach Öl zu bohren und auf ihren Feldern Biokraftstoffe anzubauen. Heizöl vom Acker, keine schlechte Idee, fand Oliver, aber wo Heizöl wuchs, dort wuchs kein Brotgetreide.

Zudem mangelte es dem Norden an Rohstoffen. Was hatten die schon zu bieten? Der Süden war weltweit für seine Maschinentechnik bekannt und verdiente gut mit dem Export, aber der Norden hatte nichts.

Nordland exportierte seinen Transit, das kleine, sparsame Auto mit dem orgelnden Dreizylindermotor. Das war die größte Devisenquelle. Dann noch die robusten Fahrräder zu günstigen Preisen. Sonst hatten die nichts. Früher hatte Nordland auch günstige Diafilme nach Süddeutschland exportiert, aber dann kamen die Digitalkameras, und deren Entwicklung hatte der Norden verschlafen. Sonst gab es nichts.

Oliver produzierte mit den Lippen ein furzendes Geräusch: „Ziegelsteine! Ziegelsteine für die ganze Welt! Auf, auf, Kameraden! Buddelt nach Lehm, ihr Nordochsen, und verziegelt die Erde! Was anderes habt ihr nämlich nicht."

Und das war das Problem. Das wusste sogar er mit seinen dreiundzwanzig Jahren. Sein Vater hatte es oft genug gesagt: „Der Nordochse ist ein Kriegstreiber. Der hetzt so lange, bis er seinen Krieg hat. Den braucht er auch. Er will an die süddeutschen Ressourcen ran. Wirst sehen, der gibt keine Ruhe, bis es knallt, der Scheißkerl. Hätte er mal eine anständige Industrie im Norden aufgebaut! Aber weder er noch sein Vater haben das je getan. Pah! Nennen sich einen Arbeiter- und Bauernstaat, aber wo sind denn die Arbeiter? Jedenfalls nicht in der Industrie!"

Oliver schaute zu dem gerahmten Foto an der Wand. Es zeigte seine Eltern bei ihrer Hochzeit. Ein schwarzer Trauerflor war um eine Ecke drapiert. Tante Else hatte das gemacht, die Schwester seiner Mutter.

Beide tot! Die Mutter gestorben, als er siebzehn war. Krebs. Und nun auch der Vater. Gerade mal drei Monate war das her. Vom Baugerüst gefallen. Ein Leben lang auf dem Bau geschuftet und dann einfach abgestürzt. Die Welt war ein Scheißhaus.

Haben sich ein Leben lang krummgelegt für diese kleine Eigentumswohnung, und das ist der Lohn, dachte Oliver voller Grimm. Und dann muss ich mir im Fernsehen auch noch diesen Vollidioten aus dem Norden anhören, diesen schießwütigen Mordländer. Mauersegler-Abknaller, verdammter! Wir im Süden sollten ebenfalls eine Mauer bauen, aber eine viel höhere.

Die Nachrichten gingen weiter. In Ägypten gab es einen Volksaufstand, gekoppelt mit einer Rebellion irgendwelcher Islamisten und Mohammedbrüder, die sich gegenseitig bekriegten. Es war der vierte Aufstand für dieses Jahr. Oder war es schon der fünfte? Da unten kam die Welt nicht zur Ruhe. Das war ein Brandherd.

Oliver seufzte. War das Leben nicht so richtig schön scheiße? Der Wetterbericht sagte mieses Wetter voraus und dann kamen die Eurolotto-Zahlen. Er hatte nicht mal einen Dreier.

„Klasse! Das habe ich jetzt echt gebraucht!“ Oliver stand auf. Er holte sich eine DVD aus seiner Sammlung und eine Flasche Apfelwein aus dem Kühlschrank.

Er legte die DVD ins Abspielgerät und goss sich einen Bembel ein. Auf dem Bildschirm erschien das große Dampffest von Dorset in Südengland. Dampfbetriebene Traction Engines rumpelten über die Wege, riesige Straßenlokomotiven. Oliver schaute den Dampflastern zu und den dampfbetriebenen Dreschmaschinen und Sägen.

Er nahm einen guten Schluck Apfelwein und glitt in sanfte Träume von seinem Dampfland hinüber.

„Wenn ich mal den Eurolotto-Pot knacke, mach ich es wahr“, brummte er. „Dampfland, ein kleines privates Reich, in dem es zugeht wie in der guten alten Zeit. Ein Touristenmagnet wird das werden mit Dampfeisenbahn und Straßendampf. Warum ziehen die auch immer die falschen Zahlen. Der Pot war auf dreiundvierzig Millionen. Damit hätte ich echt was anfangen können.“

Oliver seufzte laut. Stattdessen durfte er am nächsten Tag auf Frühschicht gehen und in der Fabrik malochen. Wenigstens hatte er die Eigentumswohnung. Er verdiente hinreichend, um die monatlichen Raten zu zahlen, und nächste Woche würde er seinen neuen Transit bekommen, einen lauten, rauen Nordbrummer. War doch schon mal was, oder?

„Und im August mach ich in Dorset Urlaub! Jawoll, meine Herrn!“ Oliver leerte den Bembel und schenkte neu ein. Einen konnte er noch. Dann war es Zeit, in die Kiste zu gehen.

„Außerdem knack ich nächste Woche den Jackpot. Bei den bescheuerten Zahlen geht der garantiert weiter. Kein Mensch tippt so beknackte Zahlen. Dann steigt der Pot auf achtundvierzig oder sogar fünfzig Mille. Die hol ich mir, und dann könnt ihr mich alle mal hintenrum, auch der Nordochse mit seinem Kriegsgeschrei.“

*

In Jahr 2013:

„Steht auf! Wir haben Alarm! Schnell! Steht auf!"

Frank klopfte an alle Türen: „Raus mit euch! Es ist Krieg! Beeilt euch!"

Diemut und Julian fuhren auf. Sie hatten am Tag zuvor Diemuts zwanzigsten Geburtstag gefeiert und waren später als sonst zu Bett gegangen.

„Was soll das heißen? Krieg?" Julian klang ehrlich verblüfft. „Wie denn das? Ich denke, der Oberste Leitende hat sich mit den Südstaatlern geeinigt!"

Ein ganzes Jahr hatte es ausgesehen, als stünde ein Krieg unmittelbar bevor. Es gab regelmäßige Alarmübungen und die Mannschaft der Farm evakuierte den Hof mehr als einmal. Sie fuhren in ihnen zugewiesene Quartiere und nur eine kleine Notbesetzung blieb auf der Farm zurück, um sich um die Tiere zu kümmern, dabei immer nach dem Feind Ausschau haltend, um bei seiner Annäherung sofort zu verschwinden.

Aber vier Monate zuvor hatte es hochoffizielle Verhandlungen gegeben. Der Präsident war persönlich in den Süden gereist und hatte mit der Regierung Süddeutschlands verhandelt und den Frieden gesichert.

Alle hatten aufgeatmet. Die Gefahr eines drohenden Krieges war gebannt.

Und jetzt das!

Verschlafen fanden sie sich im Gemeinschaftsraum ein.

„Ist das eine Übung?", fragte Olaf.

„Keine Übung!", rief Frank. „Wir haben Krieg! Der Süden greift an! Wir rücken sofort ab. Bestimmungsort: Haus Webenheim. Wir werden dort vorläufig Notunterkünfte beziehen. Die Notfallbesetzung bleibt laut Plan hier und kümmert sich um die Tiere. Holt euer Alarmgepäck! Wir fahren sofort los!"

Sie pferchten sich in die Transits der Farm und fuhren los. Unterwegs plärrte die Stimme des Präsidenten aus dem Radio: „Seit fünf Uhr früh wird zurückgeschossen! Unsere tapferen Soldaten haben sich dem Feind entgegengeworfen. Wir werden die Südhorden aus dem Land vertreiben. Die Herren Südstaatler haben es so gewollt! Nun haben sie ihren Krieg! Ich erwarte von jedem Nordländer, dass er an seinem Platz steht und seine Pflicht erfüllt. Gemeinsam werden wir diese Prüfung bestehen und wir werden siegreich aus diesem Kampf hervorgehen."

„Webenheim", sagte Diemut zu Julian. Sie saßen zu viert auf der Rückbank des Autos und rasten über die schmale Landstraße dahin. „Wir kommen in unser altes Internat zurück. Was für eine Überraschung."

Frank, der den Wagen lenkte, wich fast in den Straßengraben aus, als ihnen eine militärische Einheit mit gepanzerten Fahrzeugen entgegenkam. Die Soldaten fuhren Richtung Süden.

„Wir sind anscheinend vom Süden überrascht worden, wenn hier oben noch die Einheiten herumkurven", sagte Olaf. „Sieh sich einer die an! Die brauchen doch Stunden, bis sie an der Südgrenze sind! Das sieht nicht gut aus."

„Der Oberste Leitende wird nicht zulassen, dass die Südhorden unser Land überrennen", sagte Frank. „Unsere Soldaten sind hervorragend ausgebildet und bewaffnet. Sie werden siegen und dann wird die Mauer fallen, dieses Bauwerk der Schande. Bis dahin muss jeder seine Pflicht tun."

„Dazu müssten wir aber auf der Farm bleiben", brummte Olaf unwirsch. „Auf einer Kinderschule können wir Nordland nicht viel nutzen."

„Haus Webenheim verfügt über bombensichere Schutzräume; die Farm nicht", gab Frank zurück.

Diemut starrte Julian entgeistert an: „Bomben?!?"

„Es ist Krieg", kam es von Frank. „Wir müssen auf alles vorbereitet sein. Die Südhorden sind als brutal und grausam bekannt."

*

„Vorsicht da vorne! Macht langsam! Hier stinkt was zum Himmel!" Oliver Hoffmann ließ seine Leute anhalten: „Indianer! Schau mal nach!"

Der Angesprochene pirschte sich geduckt vorwärts. Die anderen gaben ihm mit ihren vollautomatischen Sturmgewehren Feuerschutz. Sie bewegten sich vorsichtig den Feldweg hinauf. Noch zweihundert Meter, bis er über den Hügel lief und wieder abwärts führte.

„Drei Mistkäfer links!“, rief Ralf „Indianer“ Stern. Er markierte die im Asphalt eingelassenen Gasminen mit Farbspray und setzte seinen Weg fort.

„Plisch und Plum! Sprengsätze dran!“

Eva Hercher und Natalie Dahl brachten an den gekennzeichneten Stellen Handbomben an. Sie würden bei Zündung ein kleines Loch in die Straße reißen und die darunterliegenden Minen abfackeln und damit das enthaltene Gas unschädlich machen.

16C machte weiter vorwärts. Sie mussten sich sputen. Die kleine Straße war ein Schulweg. Ab sieben Uhr würden Schulkinder diese Straße benutzen.

„Verfluchte Hurensöhne und Hurentöchter!“, grollte Oliver. „Mordstaatler! Verlegen Gasminen auf den Schulwegen der Kinder! In Alarmbereitschaft bleiben, 16C! Ich schätze, wir stoßen jeden Moment auf die Scheißkerle! Bereithalten zum Reinigen!“

Sie würden das Land reinigen. Das war ihr Job. 16C war eines von fünfzig Cleanerkommandos, dazu ausgebildet, Feinde aufzuspüren und auszulöschen. Eine C-Einheit machte keine Gefangenen. Eine C-Einheit ging rein, reinigte und machte wieder raus. Die Gas-Schweine aus dem Norden galten nicht als reguläre Soldaten. Das waren Terroristen. Sie spickten Schulwege und Zufahrten zu Altenheimen mit Gasminen. Es waren keine Soldaten. Das waren Mörder.

Die wurden nicht bekämpft und gefangen genommen. Die wurden gecleant.

Der Indianer arbeitete sich konzentriert zur höchsten Stelle der schmalen Straße vor. Er markierte zwei weitere Minen unterm Asphalt.

Giftgas war nach den Genfer Konventionen geächtet, aber die Nordsäue benutzten es trotzdem.

Kaum war Nordland ohne Kriegserklärung in den Süden eingefallen, hatten die Gaskommandos im Hinterland die Straßen unsicher gemacht. Diese Terroristen verlegten Gas- und Sprengminen auf Fußwegen. Sie verminten Felder und Äcker und die Zugänge zu Schulen. Die Scheißkerle waren nichts als Mörder; dreckige Mörder.

„Hört auf zu quatschen! Hanni und Nanni, ran da!", rief Oliver und wies zu den markierten Minen. Plisch und Plum unterbrachen ihre angeregte Unterhaltung lange genug, um die Minen zur Sprengung vorzubereiten.

Oliver sah ihnen zu. Eva Hercher und Natalie Dahl waren die beiden einzigen Frauen im Team. Eva war klein und quaderförmig gebaut wie ein Schrank. Natalie war groß und muskulös. Die beiden waren ausgebildete Sprengstoffexpertinnen. Sie konnten jede Mine unschädlich machen, die man ihnen vor die Nase setzte. Aber sie waren Quasselstrippen. Sie wurden Hanni und Nanni genannt oder Plisch und Plum. Eigentlich hätten sie Tratsch und Laber heißen müssen, fand Oliver.

Der Indianer war auf dem Hügel angekommen. Die Straße führte als Hohlweg zwischen Erdwällen hindurch. Ralf winkte ihnen.

„Vorwärts!", kommandierte Oliver.

„King Kong", sagte Eva Hercher leise. Nicht leise genug. Oliver hörte sie. Die beiden Flintenweiber gingen ihm auf die Eier.

Dämliche Flintenweiber! Dämlicher Kampfauftrag! Dämlicher Scheißkrieg!

Oliver Hoffmann kochte vor Wut.

Hundertsechsundachtzig! Hun-dert-sechs-und-acht-zig! Wie ein Mantra murmelte er es in Gedanken; pausenlos und voller Zorn. Hundertsechsundachtzig, gottverdammte Scheiße nochmal!

Hundertsechsundachtzig Millionen! Der dritthöchste Jackpot im Eurolotto, und er hatte ihn geknackt. Ein halbes Jahr vor seinem siebenundzwanzigsten Geburtstag war er zu einem der reichsten Bewohner von Süddeutschland geworden.

Und was nutzte ihm das jetzt? Einen Mückenschiss! Hundertsechsundachtzig verdammte Millionen auf dem Konto, und er konnte jeden Tag draufgehen in diesem abgefuckten Krieg!

Und das alles nur, weil der Nordochse keine Ruhe gegeben hatte, bis es krachte! Arschloch, verdammtes! Präsidial-Arschloch!

Der Nordhammel hatte so lange gedroht und aufgerüstet, dass Süddeutschland sich schließlich zur Teilmobilmachung veranlasst sah. Man hob Truppen aus und schickte alle jungen Leute zwischen achtzehn und zweiundzwanzig Jahren zur Grundausbildung.

Die älteren Jahrgänge von zweiundzwanzig bis siebenundzwanzig wurden nur dann eingezogen, wenn jemand arbeitslos war. Klar! Der Wehrsold war wesentlich niedriger als das Arbeitslosengeld. So konnte der Scheißstaat Kohle sparen! Drecksäcke!

Oliver Hoffmanns Pech war sein Lottogewinn. Er hatte natürlich sofort seinen Job in der Fabrik hingeschmissen. Dumm für ihn war, dass er damit offiziell als arbeitslos galt. Kaum war die Mobilmachung angeordnet, hatten sie ihn eingezogen.

Während der Grundausbildung lernten sie, im Dreck herumzukriechen und mit automatischen Gewehren Löcher in Klappscheiben zu schießen.

Und es gab die Fragebögen, ganz normale und unscheinbare Papierchen mit Fragen, die so alltäglich klangen. Welche Musik man mochte, Lieblingsspeisen, Hobbys, Lesegewohnheiten. Aber dazwischen waren die richtigen Fragen versteckt und wer die im Sinne der Spezialkommandos beantwortete und noch dazu keine Familie hatte, der landete irgendwann in einer Cleanereinheit.

Knallharte Ausbildung zum Einzelkämpfer und Teamkiller in einem. Spezialausbildung in Waffentechnik. All so ein Scheiß. Wie infiltriert man eine nordländische Gasfabrik und lässt sie hochgehen, ohne selbst dabei draufzugehen?

Die verfluchten Gasproduktionsstätten lagen dezentralisiert in ländlichen Gegenden. Es war Aufgabe der Cleanereinheiten, diese aufzuspüren und unschädlich zu machen, Liquidierung des Personals inklusive.

Aber noch standen sie im eigenen Land und holten sich die Gaswichser, die heimlich umherstreiften, um Kinder auf dem Schulweg zu ermorden oder zumindest schwer zu verletzen.

Oliver hatte Gasverletzte gesehen. Sie waren in ein Lazarett geschickt worden, damit ihnen klar war, gegen was und wen man sie einsetzte. Er und seine Kameraden hatten Kinder gesehen, die halb in Stücke gerissen waren, mit riesigen schwärenden Wunden, ausgebrannten Augen und verätzten Lungenflügeln, die sie röcheln ließen wie kaputte Kaffeemaschinen.

Oliver und sein Team wollten nur eines: Süddeutschland von diesem Gesocks „reinigen". Weg mit den Kinderkillern, koste es, was es wolle.

Er hatte immer noch nicht geschnallt, warum sie ausgerechnet ihn zu einem Anführer gemacht hatten. Er wollte es nicht. Er hatte es noch nie gemocht, wenn er Leute führen musste. Das lag ihm nicht. Aber sie hatten ihn zum Führer von 16C gemacht, Anführer vom 16. Cleanerkommando.

Vielleicht war es seine Wut. Die trieb ihn vorwärts. Er war voller Hass auf die Nordler, die diesen beschissenen Krieg angefangen hatten. Er wollte ihnen den Arsch versohlen, und das nicht zu knapp. Je eher sie mit all den Pissern aufräumten, umso besser.

Er hasste den Krieg. Der Krieg raubte ihm seinen Lebenstraum.

Hundertsechsundachtzig! Ein-hun-dert-sechs-und-acht-zig!

Hundertsechsundachtzig Millionen, die darauf warteten, dass er sich seinen Traum vom Dampfland erfüllte, und stattdessen kroch er im Dreck herum und suchte Minen und die dazugehörigen Minenleger.

Jeder Tag konnte sein letzter sein. Die Gefallenenquote der Cleanereinheiten war dreimal so hoch wie die normaler Kampfeinheiten. Sie bekamen jeden Monat neue Leute, um die Verluste auszugleichen.

Oben am Ende der schmalen Straße hob der Indianer die Hand. Er machte Zeichen: zehn Mann auf zwei Uhr, leicht bewaffnet und gerade beschäftigt.

Oliver nickte grimmig. Er gab leise Anweisungen. 16C teilte sich in zwei Abteilungen und machte rechts und links der Straße vorwärts. Plisch und Plum bezogen oben beim Indianer Stellung.

In aller Seelenruhe krochen die Soldaten durchs hohe Gras. Die Mordnordler waren derart mit ihren dreckigen Gasminen beschäftigt, dass sie nichts merkten.

Oliver verzog abfällig das Gesicht. Dämliche Pisser! Stellten nicht mal einen der ihren als Wache ab. Selbst schuld!

Er hob die Faust und gab das Zeichen zum Angriff.

Hanni und Nanni zündeten die Sprengladungen an den Minen auf der anderen Seite des Hügels. Explosionen krachten. Die Nordhammel und -hammelinnen fuhren auf. Sie starrten den Hügel hinauf. Sie sahen den Tod nicht, der von beiden Seiten auf sie zukam.

Anfänger!, dachte Oliver und begann zu schießen.

Drei Minuten später war alles vorbei. Sie zerrten die Leichen hinter einige Büsche. Die Schulkinder, die nachher vorbeikamen, sollten von dem Gemetzel nichts zu Gesicht bekommen. Plisch und Plum ließen die letzten zwei Gasminen hochgehen. Dann stopften sie die kleinen Löcher im Asphalt mit Kaltmasse. Das würde halten, bis die Straße richtig repariert war.

Oliver ließ über Funk ihre Position durchgeben und verlangte einen Entsorgungstrupp, der die toten Killer wegschaffen würde.

Gleich kam ein neuer Befehl. Fünf Kilometer westlich waren Gasminen hochgegangen.

„Wahrscheinlich ein anderes Terroristenteam“, quäkte es aus den kleinen Lautsprechern, die sie alle am Kragen trugen. „Setzt euch in diese Richtung in Bewegung. Alles deutet darauf hin, dass sie euch entgegenkommen.“

Oliver stapfte quer über die Straße.

„King Kong“, sagte Eva Hercher.

Er wusste, sie nannten ihn so wegen seines stampfenden Ganges. Seit seine Hüfte was abbekommen hatte, war sein Gang alles andere als elegant.

Oliver blickte seine Leute an: „Wie gehabt, Kinder. Wir spazieren los. Wenn wir sie treffen, dann zwischen die Augen. Klar?“

„Klar!“, riefen sie im Chor.

Sie marschierten los.

Die Wut marschierte mit.

*

Diemut brachte Wäsche zum Aufhängen nach draußen. Sie nahm den Fußpfad, der direkt an der Außenwand der Schule entlang durch die Hecke am westlichen Ende führte. Dort lag der Hintereingang zu Haus Webenheim.

Sie lebten seit über einem Monat in ihrem ehemaligen Internat. Sie nächtigten auf Strohmatratzen unterm Dach. Alle zwei Tage lösten sie einander auf der Farm ab, um die Tiere zu versorgen. Mehr war nicht zu machen. Auf den Feldern wuchs das Getreide in die Höhe und bald war Zeit für die Ernte, aber keiner würde da sein, um die Traktoren und Mähbinder zu bedienen. Die Ernte würde auf dem Feld verderben, wenn es so weiterging.

Es sah nicht so aus, als würde der Krieg bald enden. Das hatte der Oberste Leitende zu Beginn der Kampfhandlungen hoch und heilig versprochen, aber es nahm kein Ende. Zwar überschlugen sich die Nachrichtensendungen mit Siegesmeldungen, aber der Krieg hörte nicht auf.

Irgendetwas stimmte nicht. Sie hatten darüber diskutiert, heimlich natürlich, denn dergleichen war ganz gewiss nicht für die Ohren der Leitenden bestimmt.

In den Nachrichten wurde berichtet, dass Nordlands Truppen weiter in den Süden einmarschierten und riesige Gebiete eroberten. Aber seit einer Woche hörte man im Süden Geschützdonner. Wie konnte es sein, dass die Front so weit in den Norden heraufkam, wenn die eigenen Truppen angeblich den Süden einnahmen?

Ein Auto kam die Straße heruntergefahren. Es bog in den Weg ein, der zum Hintereingang führte.

Diemut erkannte den Wagen. Es war das Auto, das gelegentlich jemanden abholte. Wurde wieder ein Kind geholt? Sie stellte sich in der Nähe des Hintereingangs in die dichte Hecke und wartete ab.

Der Wagen hielt vor der Türe. Die Direktorin trat aus dem Gebäude. Die oberste Leitende Wagner erwartete den Mann im Auto.

„Was wird denn das?“, fragte sie plötzlich. Diemut hörte die Schärfe aus der Stimme der Direktorin heraus. „Das darf doch wohl nicht wahr sein!“

Diemut linste hinter dem Gebüsch hervor. Der Mann ließ ein Kind aus dem Auto steigen.

Nanu! War das nicht die kleine Agnes, die man ein paar Tage zuvor abgeholt hatte? Die Vierjährige war ohne Vorwarnung von einem Moment zum anderen ins Auto verfrachtet worden. Diemut erinnerte sich, das das kleine Mädchen bitterlich geweint hatte.

Jetzt war Agnes wieder da.

Die oberste Leiterin ging auf den Mann zu.

„Sind Sie wahnsinnig?“, rief sie. „Sind Sie von allen guten Geistern verlassen?!? Was fällt Ihnen ein, das Kind zurückzubringen?“

„Befehl vom Zentrum“, sagte der Mann. „Die Südarmee ist im Anmarsch. Die Straße nach Hebingen ist zu.“

„In Werresburg gibt es ebenfalls ein Rehazentrum“, blaffte die Direktorin.

Der Mann schüttelte den Kopf: „Liebe Frau Wagner, Sie scheinen nicht auf dem Laufenden zu sein. Die Südstaatler sind überall. Unsere glorreiche Volksarmee ist allerorten auf dem Rückzug. Die bekommen ganz schön den Hintern voll.“

„Passen Sie auf, was Sie sagen!“, zischte die oberste Leitende.

„Warum?“, gab der Mann zurück. Noch immer stand Agnes neben ihm. Diemut konnte die Kleine nur im Profil sehen. „Es ist nun mal eine Tatsache, dass die glorreiche Armee des Nordens so glorreich nicht ist. Wir machen überall rückwärts. Die Panzerspitzen des Südens brechen an allen Ecken und Kanten durch. Es kann jeden Tag so weit sein, dass Sie den Evakuierungsbefehl für Ihr Internat erhalten. Sie sollten sich vorbereiten.“

Die Direktorin gab ein erschrockenes Geräusch von sich.

„Beim Obersten Leitenden!“, rief sie aus. „Das ist unmöglich!“

„Und was, meinen Sie, bedeutet der Geschützdonner im Süden?“, fragte der Mann. „Sie haben Glück. Ihr Internat liegt abseits der Hauptstraßen, sonst wären die Panzer des Südens schon längst aufgetaucht. Sie bereiten besser die Evakuierung Ihres Instituts vor.“

Er schob Agnes vor: „Hier, Ihr Zögling. Übernehmen Sie.“ Der Mann holte ein Klemmbrett aus dem Auto und reichte es zusammen mit einem Stift der Direktorin: „Bitte da unten gegenzeichnen. Es muss ja alles seine Ordnung haben; auch im Krieg.“

Er winkte zum Abschied, stieg ins Auto und brauste davon.

Die Direktorin stand da, wie vom Donner getroffen.

„Das kann doch wohl nicht wahr sein!", sagte sie ein ums andere Mal. „Das darf doch wohl nicht wahr sein!"

Sie fasste Agnes an der Hand: „Dann komm mal, junge Dame." Sie führte das kleine Mädchen zur Tür.

Jetzt sah Diemut die Kleine von vorne. Sie hielt den Atem an. Agnes trug eine Augenbinde über dem rechten Auge.

Sie wartete, bis die Tür sich hinter der obersten Leitenden schloss und lief dann auf die Wiese, wo sie die feuchte Wäsche zum Trocknen auf die Leine hängte. Sie war gerade fertig, als die Glocke ertönte und alle Zöglinge in die Aula rief. Das galt auch für die erwachsenen Leute, die in Haus Webenheim untergekommen waren.

In der Aula drängten sich Kinder und Jugendliche. Vorne standen die Leitenden. Die Direktorin stand auf dem erhöhten Podium.

Diemut hielt Ausschau nach Agnes. Das kleine Mädchen war bei seinen Kindergartenfreundinnen.

Die Direktorin klatschte in die Hände: „Schlechte Nachrichten, Zöglinge! Aber es besteht kein Grund zur Panik. Wir werden ruhig bleiben und die nötigen Vorbereitungen treffen. Alle werden auf der Stelle ein Notfallgepäck richten. Packt eure Rucksäcke. Wäsche zum Wechseln, Trinkflasche und Trockennahrung. Macht das Gleiche wie jedes Jahr zur großen Wanderung. Es könnte sein, dass wir alle Haus Webenheim für eine Weile verlassen müssen."

Die Schüler fingen an zu tuscheln.

„Ruhe!", rief die oberste Leitende. „Auch wenn wir fort müssen, werden wir bald zurückkehren, sobald unsere Soldaten das Land zurückerobert haben. Im Moment scheint der Süden einen Durchbruch errungen zu haben. Das ist natürlich reiner Zufall. Lange halten die die Stellung nicht. Aber wir müssen gerüstet sein für den Fall, dass Angriffsspitzen der Südler hierherkommen."

Die Direktorin hob die Stimme: „Ihr müsst vor diesen Fremden auf der Hut sein!

Sie werden hierhergeschickt, um euch zu töten. Weil ihr die neuen Menschen seid! Weil ihr die Zukunft Nordlands seid! Euch wollen sie nicht am Leben lassen. Versteckt euch vor ihnen! Zeigt euch den Südlern nicht! Die Südhorden sind gekommen, um die neuen Menschen auszulöschen. Es sind feige Mörder, die sogar Kinder erschießen."

Die Leitende zeigte auf Agnes: „Leider kann dieser Unmenschen wegen unsere kleine Agnes nicht ihre Stelle in der Schule für Hochbegabte antreten. Stattdessen kam es zu einem bedauerlichen Unfall. Agnes hat ihr rechtes Augenlicht verloren. Die Schuld daran trägt einzig und allein der Süden! Vergesst das nicht!"

Die Kinder und Jugendlichen blickten sich ängstlich an. Würden die mordenden Südhorden Haus Webenheim angreifen? Es schien unvorstellbar, aber die oberste Leitende Wagner hatte es gesagt.

*

„Hypothalamus! Komm her! Frecke hat sich ein Geschoss eingefangen!"

Dennis Aulenbacher, der Sanitäter von 16C, kam über den Straßengraben gesprungen.

Weiter vorne feuerten die Mitglieder der Einheit aus allen Rohren. Sie hatten eine Nordeinheit aufgespürt, die die Rückzugswege der Nordarmee mit Gasminen und Sprengsätzen spickten. Leider war es nicht mehr so einfach, die Gasheinis zu cleanen wie noch vor Wochen. Inzwischen hatten die Scheißkerle gelernt, Wachen aufzustellen, und als 16C angriff, hatten sie zurückgeschossen, was das Zeug hielt. Trotzdem würden sie sich nicht mehr lange halten, wusste Oliver Hoffmann. Die saßen in einer Mulde, kaum fünfzig Meter von der Straße entfernt, fest. 16C hatte sie eingeschlossen und schoss nun Mann um Mann, Frau um Frau aus dem Loch heraus.

Hypothalamus untersuchte Freckes Bein: „Ist voll im Arsch. Heimatschuss. Adi soll eine Libelle rufen. Der muss sofort ins Lazarett." Er machte sich daran, Freckes blutendes Bein zu verbinden.

Adrian Stelbrink aktivierte das Fernfunkgerät und rief einen Helikopter.

Neben der Straße knallte es noch einmal. Dann herrschte Ruhe. Das feindliche Terroristenteam war ausgelöscht; das zweite für diesen Tag. 16C hielt reiche Ernte.

Oliver sah zu, wie Hanni und Nanni die Sprengsätze über den Gasminen anbrachten. Gleich würde es wieder knallen und krachen. Sie erledigten ihren Job mittlerweile routinemäßig. Sie killten Nordleute im Akkord. Sie fragten nicht. Sie bekamen Befehle, gingen los und machten den Reinigerjob.

Fertig.

Oliver stapfte über die Straße.

„King Kong", sagte Eva Hercher.

Blöde Flintenweiber! Oliver tappte in die Wiese hinaus. In der Kuhle lagen zwei Dutzend Gegner in Fetzen geschossen. Kein schöner Anblick, aber ihm machte das nichts mehr aus. Jeder tote Nordler war ein Feind weniger und ließ das Ende des Krieges näher rücken.

Sie waren inzwischen alle abgestumpft. Die feindlichen Männer und Frauen waren für sie nur Jobs, die es zu erledigen galt, sonst nichts.

Hinter Oliver knallten die Explosionen der Minensprenger. Von Süden her näherte sich das klopfende Geräusch eines Hubschrauberrotors. Freckes Nachhause-Vehikel traf ein.

Scheiße, das ich nicht an seiner Stelle bin, dachte Oliver.

Mit jedem Tag, der verging, hing ihm der Krieg mehr zum Hals heraus. Er hasste den Krieg wie ein lebendes Wesen. Für ihn war der Krieg ein fürchterliches Raubtier, das seine Reißzähne in seine Kehle bohren und ihn töten wollte.

Oliver Hoffmann wollte nicht getötet werden.

Oliver Hoffmann wollte gesund nach Hause und dort seinen Lebenstraum erfüllen.

Dampfland!

Nachdem sie Frecke in der Libelle verstaut hatten und der Kopter mit donnerndem Rotor abgeflogen war, marschierten sie in nordöstlicher Richtung weiter. Sie sollten die Straße durch den Wald am Horizont cleanen. Der Generalstab vermutete mehrere Terroristeneinheiten im Forst. Ein Job für die Cleanereinheiten. 18C, 4C und 22C waren ebenfalls unterwegs dorthin.

Im Marschieren ließ Oliver seine Gedanken schweifen.

Er dachte an seinen riesigen Lotteriegewinn und die Chance, die er bot. Gleich nachdem das Geld auf seinem Konto gelandet war, hatte er einen alten Bauernhof gekauft, zu dem ein riesiges Stück Land gehörte. Er hatte weitere Ländereien gekauft und mit Verhandlungen für zusätzliche Käufe begonnen.

Unter anderem wollte er auch diese alte Bahnstrecke, die nicht mehr befahren wurde. Das würde ein Anfang sein in Sachen Dampfeisenbahn.

Olivers großer Traum war eine Eisenbahn, begleitet von einer oder zwei Straßen, die von Süddeutschland bis zur Küste hinauf führte. Auf der anderen Kanalseite hatten die Briten längst angefangen, ihr eigenes Steamland aufzubauen. Eine Stiftung hatte zwei leer stehende Dörfer aufgekauft und Straßen; ebenso eine über dreißig Meilen lange alte Eisenbahnstrecke.

Oliver hatte gute Kontakte nach Großbritannien. Ihm gefielen die nostalgiesüchtigen Engländer. Die machten es richtig. Straßen und Eisenbahnen kaufen und zu einer kompletten Strecke verbinden, auf der König Dampf residieren würde.

Das wollte er auch in Deutschland machen. Er würde von nah und fern Leute anwerben, die leben wollten wie früher. Man würde altmodische Häuser bauen, mit Dampftraktoren oder Kutschen fahren und leben wie im Museum. Es gab genug Menschen, denen der Gedanke gefiel, so zu leben.

Auf jeder Hofstelle würde man Fremdenzimmer anbieten und hier und da kleine familiäre Pensionen errichten. Die Touristen würden Geld bringen. Vielleicht würden sie sich für die Dauer ihres Aufenthaltes sogar in Sachen von früher kleiden.

Oliver schwelgte in seinen Träumen. Hätte er diese Träume nicht gehabt, er hätte sich längst in ein tollwütiges Vieh verwandelt, das nur noch morden wollte.

Wie er den Krieg hasste!

*

„Es tut weh“, klagte die kleine Agnes. Sie saß auf Dagnys Schoß und kuschelte sich an die junge Frau. „Wo ist Doktor Wolf? Der soll mir eine Tablette geben. Im Krankenhaus haben sie mir immer eine Tablette gegeben. Morgens beim Frühstück und abends.“ Sie fasste nach der Augenbinde.

Dagny hielt ihr Händchen fest: „Nicht, Agnes. Unter der Binde ist ein Verband. Den darf man nicht anfassen.“

Julian und Diemut standen mit einigen anderen um Dagny und Agnes herum. Sie schauten betreten drein. Arme Agnes. Ein Auge verloren. Wie schrecklich. Was für ein furchtbarer Unfall.

Agnes schaute mit ihrem heilen Auge zu Dagny auf: „Die haben mir mein Auge weggenehmt! Einfach geklaut!“

Dagny hielt inne: „Weggenommen? Wie meinst du das? Ich denke, es war ein Unfall.“

„Ich bin in ein Krankenhaus gebringt worden“, berichtete das kleine Mädchen. „Da war noch ein Mädchen, das war größer wie ich, bestimmt schon acht Jahre. Wir mussten warten. Dann haben sie mich in ein Bett gelegt und mir eine Maske aufs Gesicht gedrückt; die roch so eklig. Genau wie das Putzmittel vom Doktor, wo er seine Sachen drin sauber machen tut.“

„Desinfektionsmittel“, half Dagny nach.

„Der eklige Geruch hat mich schlafen gemacht“, sagte Agnes.

Julian schaute zur Tür hin. Es war keiner von den Leitenden zu sehen. Er beugte sich zu Agnes hinunter: „Schlafen gemacht? Wurdest du müde?“

Agnes nickte: „Ja. Ganz doll müde und wie ich wieder aufgewacht bin, war mein Auge weg. Die haben es mir weggenehmt!“

„Unfall“, sagte Gertrud. „Die oberste Leitende hat es doch gesagt.“

„Was denn für ein Unfall?“, fragte Julian. „Und was bitte schön hatte Agnes in einem Krankenhaus zu suchen? Ich denke, sie sollte auf eine Schule für besonders Begabte!“

„Das wird die Krankenstation gewesen sein“, sagte Gertrud. „Wir haben ja auch eine. Man hat Agnes untersucht. Das ist doch normal. Bei der Untersuchung ist vielleicht ein Malheur passiert. Vielleicht ist einem Arzt ein chirurgisches Instrument in ihr Auge gefallen.“

„Es war ein ganz, ganz großes Krankenhaus“, sagte Agnes. „Überall waren kranke Leute. Die sind mit Krücken gegangen und im Rollstuhl gefahren und im Bett haben die auch geliegt. Das ganze Haus voll, und da waren ganz viele Häuser. Das sind alles Krankenhäuser.“

Sie verzog das Gesicht: „Als mich der eklige Geruch müde machte, habe ich gehört, wie der eine Doktor sagte: „Wir nehmen das rechte. Das rechte brauchen wir.“ Genau das hat der Doktor gesagt. Das habe ich gehört, bevor ich ganz müde wurde.“

„Was?“ Julian schaute Agnes an. „Bist du ganz sicher, Kleines?“

Agnes nickte. „Und der andere Doktor hat noch was gesagt. Der hat gesagt: „Bei der anderen auch die rechte.“ Ich hab's gehört.“

„*Die* rechte?“ fragte Dagny. „Nicht *das* rechte?“

„*Die*“, beharrte Agnes.

„Es heißt aber nicht *die* Auge“, sagte Jan. „Es muss heißen: *das* Auge.“

„Der Doktor hat aber *die* gesagt“, rief Agnes. „Ich hab's doch gehört!“

Sie blickten einander an. Ein sehr, sehr ungutes Gefühl machte sich unter ihnen breit. Da war eine Furcht, die tief in ihrem Innern heranwuchs. Noch konnten sie diese Furcht nicht genau erfassen, aber sie war da und sie wuchs.

*

„Plisch und Plum? Seid ihr so weit?“ Oliver Hoffmann schaute die beiden Frauen an.

Die nickten: „Ja, King Kong. Bereit.“

Oliver nickte grimmig: „Lasst sie hochgehen!“

Eva Hercher betätigte das elektronische Zündgerät. In fünfhundert Metern

Entfernung ging die Gasfabrik in die Luft. Die Explosion fegte die Produktionsstätte für Giftgas vom Angesicht der Erde mitsamt den Leuten, die dort gearbeitet hatten.

Es war die dritte für diese Woche, die sie außer Gefecht setzten. Es ging voran.

Das Kriegsglück hatte sich endgültig gewendet. Sie waren in Norddeutschland. Die süddeutschen Panzerspitzen waren durch die Nordarmee hindurchgefahren wie ein heißes Messer durch Butter.

Die Cleanereinheiten waren bei Nacht und Nebel von Helikoptern weit im Hinterland des Feindes abgesetzt worden. Ihr Auftrag lautete: Gasfabriken aufspüren und zerstören und Terrorteams bei der Arbeit stören. Wenn die Nordis irgendwo Straßensperren aus Minen aufbauten, fielen die Cleanerkommandos über sie her und machten ihren Job.

Adrian Stelbrink kam zu Oliver: „Fernfunkspruch für dich, King Kong." Mittlerweile nannten sie ihn alle so. Oliver mochte seinen Spitznamen so gerne wie eine Wurzelbehandlung ohne Betäubung. Aber er konnte es seinen Leuten nicht ausreden. Sie waren diszipliniert und führten im Kampf Befehle ohne Zögern aus, aber im privaten Bereich waren sie aufsässig wie wütende Wespen.

Oliver aktivierte sein Kehlkopfmikrofon: „Hier Hoffmann, Anführer 16C."

„Hallo, Hoffmann." Die Stimme von General Kordes quäkte aus dem Lautsprecher. „Neuer Auftrag! Die Cleanereinheiten müssen einen neuen Job machen. Um die Gasfabriken kümmert sich ab jetzt die reguläre Armee. Hören Sie zu!"

Oliver hörte zu. Sein Team hörte zu. Aus den kleinen Lautsprechern an ihren Kragen quoll die Stimme des Generals wie giftiger Dampf. Ungläubig lauschten sie, was ihr Vorgesetzter ihnen zu sagen hatte. Es war eine absolute Ungeheuerlichkeit.

„Ihr werdet diese Nester überrennen und die Eitergeschwüre aufstechen", verlangte General Kordes. „Ihr werdet diese Wunden ausbrennen bis aufs rohe Fleisch! Diese Aufgabe wird schwieriger als das Cleanen von Gasfabriken oder Killerteams des Nordens. Ihr müsst diffiziler vorgehen. Ihr müsst arbeiten wie ein Chirurg mit einem scharfen Messer. Habt ihr verstanden?"

„Verstanden, General!", brummte es reihum.

„Dann los!", befahl Kordes. „Macht eure Sache gut!"

„Sie können sich auf uns verlassen, General", sagte Oliver. „Wir machen den Job. 16C Ende." Er nickte Adrian zu. Der deaktivierte den Fernempfänger.

„Scheiße mit Johannisbeersoße!" Eberhard „Leberhart" Pohl schob das Kinn vor. Oliver hatte den Riesen noch nie so aufgewühlt gesehen. „Das gibt es doch nicht wirklich, oder?"

„Du hast es gehört, Leberhart", sagte Oliver. „Der General muss es wissen." Er machte eine abfällige Geste: „Und mal ehrlich - Leute, die Schulkinder mit Giftgas umbringen oder mit Sprengminen verstümmeln, sind zu allem fähig. Auch dazu! Lasst uns losgehen. An der Straße nach Norden holt uns ein Militärtruck ab und transportiert uns zu unserem ersten Einsatz."

„Mir kommt gleich die Kotze hoch", sagte Eva Hercher. „Voll die Kotze!"

„Ja", sagte der Indianer. „Mir auch."

Sie rückten ab.

*

Die Front rückte täglich näher an Haus Webenheim heran. Die Kinder hatten Angst, aber sie bekamen nie Soldaten zu Gesicht. Nach einer Weile schien das Geschützfeuer sogar am Internat vorbeizuziehen und weiter nach Norden zu wandern.

Noch immer schickten die erwachsenen Zöglinge reihum eine Notbesatzung zur Farm, damit sie sich um die Tiere kümmerten.

„Das reife Korn verdirbt uns auf den Feldern", klagte Julian, als er mit Jan zurückkam und sich von Thorsten und Marcel ablösen ließ. „Wir sitzen hier dämlich rum. Das ist idiotisch! Wir müssen die Ernte einbringen!"

„Julian Schwinn!" Die Stimme der Direktorin klang schneidend wie Glas. Sie fuhren herum. Die oberste Leitende stand hinter ihnen im Flur. Sie starrte sie mit kalten Augen an.

„Was muss ich da hören, Julian? Soll ich dich melden? Wegen Subversion?! Was fällt dir ein, so zu reden? Das ist Rebellion! Dafür kannst du vors Kriegsgericht gestellt werden!"

„Aber, oberste Leitende", begann Julian. „Ich meine doch nur … die ganze Ernte verdirbt. Korn, das wir dringend brauchen, verfault auf den Halmen. Wenn wir ein paar Tage lang alle zur Farm fahren, können wir die Ernte einbringen und …"

„Gar nichts werdet ihr tun!", schnarrte die Direktorin mit Stentorstimme. „Habt ihr vergessen, dass die Südhorden hinter euch her sind? Gerade euch suchen sie, die neuen Menschen! Ab morgen geht niemand mehr auf die Farm! Befehl von ganz oben!" Die Wagner musterte sie kalt: „Habe ich mich klar ausgedrückt?"

„Aber die Tiere …" hub Diemut an. „Wenn wir uns nicht um sie kümmern, verenden sie elend."

„Das ist in diesem Fall egal!", donnerte die Direktorin. „Noch ein Wort von dir, Mädchen, und du kommst vors Kriegsgericht! Ist jetzt Ruhe? Ich will kein Wort mehr hören!"

Diemut blickte in die kalten Augen der obersten Leitenden. Sie hatte die Frau nie gemocht, aber jetzt hatte sie Angst vor ihr. Noch nie hatte sie die Wagner so eisig kalt erlebt.

*

Julian und Diemut spazierten draußen herum. Sie konnten nicht weg, also bewegten sie sich innerhalb der Grenzen von Haus Webenheim. Sie umrundeten den Badesee auf dem schmalen Fußpfad.

Diemut spürte die Sonnenwärme des sandigen Bodens durch die Sohlen ihrer Sandalen. Sie sah, wie sich Schilfhalme am Ufer im Wind wiegten. Gelbe Schwertlilien blühten im ufernahen Wasser. Irgendwo quakte ein Frosch. Ein Haubentaucherpärchen schwamm auf dem Wasser, von den Wellen geschaukelt.

Sie schaute übers Wasser und über die Wiese zu Haus Webenheim. Der imposante Bau fügte sich harmonisch in die wellige Wiesenlandschaft ein. In den Hausgärten arbeiteten Kinder in den Beeten. Hier am Wasser war niemand. Noch war Unterricht. Die Kinder und Jugendlichen würden erst am Nachmittag zum See kommen und im Wasser toben.

Diemut fühlte einen Stich im Herzen. Hier war sie aufgewachsen. Alles wirkte so vertraut und doch fühlte sie sich wie eine Fremde. Sie versuchte herauszufinden, warum das so war.

Es ist die oberste Leitende, dachte sie bei sich. Die ist schuld. Wie die sich benommen hat! Das war scheußlich. Sie hat mir alles verdorben.

Das war es. Haus Webenheim war immer noch das Gleiche wie früher, aber nun war die traute Idylle besudelt von der unmenschlichen Härte der Direktorin.

War sie nicht immer schon so?, fragte sich Diemut. Die war doch immer kalt wie ein Molch. Eigentlich waren alle Leitenden uns gegenüber kühl und distanziert. Nur unsere Leitende Frau Schwarz nicht. Die zeigte Gefühle und war lieb und freundlich zu uns. Als wir noch klein waren, hat sie uns auch mal in die Arme genommen und gedrückt.

Diemut erinnerte sich, wie sie mit acht Jahren hingefallen war und sich das Knie aufgeschlagen hatte. Sie hatte vor Schmerz geweint und die Leitende hatte sie tröstend gedrückt und ihr einen Kuss auf die Wange gegeben. Sie erinnerte sich noch haargenau an den Geruch von Veilchenparfüm, das die Leitende Schwarz immer auflegte.

Mit einem Mal wurde es Diemut so weh ums Herz, dass ihr Tränen in die Augen stiegen. Sie fasste nach Julians Hand und hielt sich daran fest.

Halt mich, Julian! Ich brauche das jetzt!

Unvermittelt brach sie in Tränen aus.

Er blieb stehen und umfing sie mit seinen Armen. „Diemut", sagte er leise in ihr Ohr. „Schatz, was ist mit dir?"

Ihre Antwort war ein wildes Aufschluchzen. Weinend klammerte sie sich an den Jungen.

„Oh, Diemut!" Er hielt sie fest und drückte sie an sich. „Es tut mir so leid! Ich weiß ja, wie dir zumute ist. Mir geht es genauso. Es ist furchtbar. Sie hat alles verdorben. Ich verabscheue sie!"

Diemut lehnte sich in seinen Armen zurück. Durch einen Tränenschleier blickte sie Julian an: „Was?"

„Die Alte!", sagte er und eine unendliche Traurigkeit stand in seinen Augen. Noch nie hatte Diemut ihn so traurig gesehen. „Sie hat alles kaputt gemacht!" Er machte eine alles umfassende Geste: „Das hier! Unsere Kinderheimat. Unser Zuhause. Sie hat ..." Er suchte nach Worten: „Die oberste Leiterin hat ... als sie das gestern sagte, da hat sie das alles ..."

„Besudelt", half ihm Diemut auf die Sprünge.

Er nickte: „Ja. Das trifft es genau, Diemut. Mit ihrem ekelhaften Gekeife hat sie alles besudelt. Diese Drohungen ... wie konnte sie nur?! Warum hat sie das getan?"

„Weil sie eine kalte und hartherzige Frau ist", sagte Diemut. Sie weinte noch immer. „Unsere Gefühle sind ihr völlig egal. Das war schon immer so, Julian. Für die Direktorin waren wir immer nur Zöglinge. Sie musste uns gesund aufziehen, mehr nicht. Sie hat sich nur um unsere Körper gekümmert. Unsere Seelen waren ihr egal. Was in unseren Herzen vorging, interessierte sie nicht. Und die anderen Leitenden waren kein Stück besser."

„Nur unsere Frau Schwarz war anders", sagte Julian. Seine Stimme bebte verdächtig. „Sie war streng, aber sie war auch liebevoll. Als sie uns sagte, dass sie fortgehen würde, hat mir das wehgetan. Es war, als würde Haus Webenheim seine Seele verlieren."

Diemut kuschelte sich an ihn: „Ja. Genauso fühlte ich auch. Wir mussten Haus Webenheim verlassen, aber mir wäre es trotzdem wichtig gewesen, dass die Leitende Schwarz hierbleibt. Dass sie wegging, hat mich verletzt. Als ob sie uns im Stich ließe."

„Was mich heute noch wundert", sagte Julian, „sie wirkte wie jemand, der es nicht länger fertigbrachte, mitzumachen. Als ob etwas Schlechtes in Haus Webenheim geschähe. Ich habe seitdem oft darüber nachgedacht, was das sein könnte."

„Die Abholungen", sagte Diemut, ohne den Kopf zu heben. Ihre Wange lag auf seiner Schulter. Ihre Tränen trockneten allmählich.

„Ja", sagte Julian. „Die Abholungen. Das macht mir immer mehr zu schaffen. Ist dir aufgefallen, dass sie zugenommen haben, seit der Krieg anfing?"

Diemut nickte stumm.

„Sie sagen, die Leute, die abgeholt werden, müssen in die Rüstungsfabriken", sagte Julian. „Haben die wirklich nicht genug Arbeiter für ihre Fabriken?"

„Viele sind Soldaten geworden."

„Aber wir werden keine."

„Nein. Wir nicht." Sie lehnte sich an ihn: „Halt mich, Julian. Halt mich fest, wie du es immer getan hast."

Er drückte sie: „Du doch auch, Diemut."

„Ja", sagte sie schlicht. „Wir haben einander immer festgehalten." Sie blickte ihm in die Augen: „Manchmal war ich innerlich ganz wund vor Einsamkeit. Ich habe überlegt, warum ich keine Eltern habe. Das hat mich immer belastet. Diese Einsamkeit … sie hat mir das Herz kalt gemacht; ganz eisig fühlte es sich manchmal an. Aber du hast mein Herz gewärmt. Schon als wir noch klein waren. Ich war immer froh, wenn du in meiner Nähe warst."

Er lächelte sie an: „Mir ging es genauso. Ich kann mich genau erinnern, wie wir als Sechsjährige auf der niedrigen Ziegelmauer saßen - bei den Salatbeeten. Wir lehnten uns aneinander, ließen die Beine baumeln und haben zusammen gesungen. Wenn wir das taten, war ich immer zum Platzen glücklich. Total zufrieden irgendwie. Getröstet. Gehalten. Geborgen."

Er küsste sie sanft: „Das mit uns, das ist etwas ganz Besonderes, Diemut. „Das erleben nicht viele Menschen. Ich bin dankbar, dass wir zueinander gefunden haben und all die Jahre zusammengehalten haben. Ich wünsche mir von ganzem Herzen, dass sich daran nichts ändern wird, dass wir immer zusammenbleiben. Ohne dich hätte ich die Zeit in Haus Webenheim nicht so leicht ausgehalten. Auch ich war einsam - innerlich."

„Mir gefällt es hier nicht mehr", sagte Diemut unvermittelt. „Das fühle ich schon die ganze Zeit und seit gestern habe ich sogar Angst. Haus Webenheim ist mir keine Heimat mehr." Sie blickte auf: „Julian, ich möchte fort."

Er schaute sie ratlos an: „Fort? Aber wohin, Diemut?"

„Egal. Nur fort! Können wir nicht einfach weggehen? Es ist Krieg. Alles ist in Bewegung. Lass uns abhauen."

Sie sah einen Glanz in seine Augen treten. Aber noch überwog seine Skepsis: „Wohin sollen wir gehen? Man wird uns überall finden."

„Wer sollte uns suchen?", hielt Diemut dagegen. „Wir schlüpfen in einem unbeobachteten Moment zum Tor hinaus und laufen davon. Man wird glauben, wir wären den Südhorden zum Opfer gefallen. Wir könnten irgendwo ein neues Leben beginnen." Sie packte ihn bei den Schultern: „Julian! Man hat uns nie verboten fortzugehen, oder? Wir sind erwachsen. Vielleicht könnten wir sogar in den Süden gehen."

Er riss die Augen auf: „In den Süden!? Aber die wollen uns umbringen!"

Diemut machte ein abfälliges Geräusch: „Das sagen die Leitenden! Die sagen auch, Agnes hätte einen Unfall gehabt!" Sie schaute zu ihm auf: „Du weißt schon, was ich meine, oder?" Sie stupste ihn an: „Tu nicht so, als dächtest du nicht das Gleiche wie ich! Ich sehe es dir doch an, dass du auch glaubst, dass sie uns anlügen. So schlecht, wie sie behaupten, ist der Süden nicht. Diese Mauer, die hat der Vater des Obersten Leitenden nicht gebaut, um die Südhorden aus Nordland fernzuhalten, sondern …"

„… um Nordländer daran zu hindern, in den Süden zu fliehen", vervollständigte Julian den Satz. Er runzelte die Stirn. „Das glaube ich auch. Hier im Norden wird es seit Jahren immer schlechter. Alles ist rationiert, alles ist knapp, man braucht für jede Kleinigkeit einen Bezugsschein."

„Im Süden gibt es das nicht", sagte Diemut.

Er fasste sie bei der Hand: „Lass uns ins Haus gehen! Wir packen das Nötigste zusammen. Dann warten wir einen günstigen Moment ab."

Die große Glocke schellte.

„Sie rufen uns in der Aula zusammen", sagte Diemut. „Wahrscheinlich will die

Direktorin wieder was verkünden." Sie schaute Julian an: „Hoffentlich nicht die Evakuierung von Haus Webenheim."

„Warum nicht?", hielt Julian dagegen. „Gerade dann können wir leichter ausbüchsen."

Hand in Hand liefen sie zum Hauptgebäude. Sie wollten den Hintereingang nehmen.

Kurz vor ihnen lief eine Gruppe von fünf Leuten auf den Hintereingang zu. Einer von ihnen humpelte und musste von seinen Kameraden gestützt werden.

„Nanu!", sagte Julian. „Die sind nicht von hier. Wo kommen die denn her?"

„Einer von ihnen ist verletzt", sagte Diemut. In der Ferne hörten sie das dumpfe Röhren großer Dieselmotoren. Sie riss die Augen auf: „Panzer! Das sind Panzer der Südarmee!"

„Vielleicht sind diese fünf Leute von einer Farm und wurden angegriffen", sagte Julian. „Lass uns reingehen und nachsehen."

Sie folgten den fünf jungen Leuten.

Die liefen schnurstracks in die Aula. Dort waren bereits alle versammelt. Die Kinder, Jugendlichen und jungen Erwachsenen starrten die Neuankömmlinge erschrocken an.

Als Diemut mit Julian die Aula betrat, erkannte sie, warum: Der junge Mann, den seine Freunde gestützt hatten, trug einen blutdurchtränkten Verband um den Bauch. Er brach hustend auf dem Boden zusammen.

„Wer sind denn die?", fragte ein Junge. „Wie sehen die denn aus?"

Einer der jungen Männer, die das Haus betreten hatten, schaute sich gehetzt um: „Ihr seid Internatszöglinge?! Ihr seid wie wir!" Er zeigte auf seinen Kameraden, der sich auf dem Boden zusammenkrümmte wie eine sterbende Wespe: „Bitte! Ihr müsst uns helfen! Wir müssen seinen Verband wechseln! Sie haben ihn aufgeschnitten und eine seiner Nieren herausgeholt!" Der Mann begann zu schreien: „Wir sind keine neuen Menschen! Wir sind Schlachtvieh für sie! Sie ziehen uns auf, um uns aufzuschneiden und auszuweiden! Sie haben es auf unsere Organe abgesehen! Ich habe es gesehen! In den Krankenhäusern! Sie haben uns hingebracht! Sie brauchen Organe für Kranke und für verwundete Soldaten!"

Der Mann rollte mit den Augen. Er zitterte unkontrolliert: „Ihr müsst fliehen! Ihr dürft nicht hierbleiben! Sie werden euch irgendwann abholen und in ein Krankenhaus bringen. Dort weiden sie euch aus!"

Die Schüler redeten wild durcheinander. Diemut sah das Entsetzen in ihren Augen. Sie spürte, wie eine kalte Faust ihr Herz packte und zusammenquetschte.

„Die Südstaatler haben das Krankenhaus angegriffen, in dem sie uns ausweiden wollten", gellte der Fremde. „In dem Tohuwabohu während der Kämpfe konnten wir fünf entkommen. Wir haben uns zwischen den Fronten durchgeschlagen und sind hier gelandet." Der Mann rang die Hände.

„Ihr seid hier nicht sicher!", schrie er mit sich überschlagender Stimme. „Die kommen euch holen! Die finalisieren euch! Ihr alle seid aufgezogen worden, um zu sterben, genau wie wir fünf! Sie werden euch schlachten wie Vieh! Kommt mit uns! Lasst uns alle gemeinsam fliehen!"

„Hier geht niemand fort!" Die oberste Leitende Wagner stand urplötzlich auf dem Podium. Mit blitzenden Augen starrte sie die Neuankömmlinge an: „Was haben Sie hier zu suchen! Schaffen Sie sich auf der Stelle fort! Ich werde Alarm geben und Sie aufgreifen lassen!"

Der Anführer der Fünfergruppe trat vor die Direktorin: „Sie können uns nichts anhaben! Wir sagen die Wahrheit, und das wissen Sie! Wir nehmen all Ihre Zöglinge mit! Sie werden uns folgen."

„Ganz sicher nicht!", entgegnete die Direktorin kalt. „Die bleiben hier!"

Der junge Mann schaute die hohe Leitende wütend an: „Sie können sie nicht hindern! Sie haben ausgespielt! Wir gehen fort! Wir alle!"

Alle in der Aula standen da wie erstarrt. Keiner schien fähig, sich zu rühren. Für einen Moment herrschte gespenstische Stille, während Groß und Klein die Informationen zu verarbeiten versuchten.

Man konnte die Angst im Raum förmlich riechen. Jeder wusste, dass der fremde junge Mann nicht log. Der hatte die Wahrheit gesagt und mit einem Mal bekamen all die kleinen Geheimnisse ihren Sinn. Jetzt verstanden sie, warum immer wieder welche aus Haus Webenheim abgeholt worden waren.

Kinder wurden selten abgeholt, weil Kinder selten ein neues Organ benötigten. Man hatte von Nierenkrankheiten gehört, aber Kinder hatten das so gut wie nie. Kinder brauchten eigentlich nur dann ein oder mehrere neue Organe, wenn sie einen schweren Unfall hatten und dabei innere Organe in Mitleidenschaft gezogen worden waren; bei einem Autounfall zum Beispiel.

Diemut fühlte, wie sich ihr ganzer Körper vom kleinen Zeh bis zu den Haarwurzeln mit einer Gänsehaut überzog. Plötzlich sah sie die Szene mit Luise in aller Klarheit vor sich. Man hatte sie überstürzt abgeholt. Weil irgendwo in einem Krankenhaus ein verletztes Kind auf Luises Nieren oder Leber gewartet hatte, auf ihre Milz und ihre Bauchspeicheldrüse …

Keine Schule für Hochbegabte.

Nichts dergleichen.

Der Tod.

Der sichere Tod.

Oder noch schlimmer: aufschneiden, teilweise ausnehmen und wieder zusammenflicken. Man konnte eine einzelne Niere entnehmen oder, wie im Falle von Agnes, ein Auge. Man konnte - zumindest eine bestimmte Zeit - ohne Bauchspeicheldrüse leben, wenn man mit Insulin behandelt wurde.

Diemut spürte Übelkeit in sich aufsteigen. Sie klammerte sich an Julian fest. Was war entsetzlicher? Gleich getötet zu werden? „Finalisiert" hatte der fremde Mann das genannt. Oder nur eine Teilentnahme und dann? Verbringung in ein Rehabilitationszentrum zur Wiederherstellung und warten in Todesangst? Auf den nächsten Operationstermin.

Kein Wunder, dass die Leitenden in den Internaten ein solches Aufheben um die Geheimhaltung machten.

Wenn das ans Tageslicht gekommen wäre, wären wir alle durchgebrannt, dachte Diemut.

Sie spürte, wie sich Julian neben ihr aufrichtete: „Nun wird mir einiges klar!" Seine Stimme war fest und laut. Jeder im Raum konnte ihn hören. „Wir sind all die Jahre belogen und betrogen worden! Wir sind keine besonderen Menschen!"

„Oh doch, das seid ihr!" Die Stimme der obersten Leitenden war schneidend. „Ihr seid sehr wohl besondere Menschen! Menschen wie euch gab es bis vor fünfzig Jahren nicht! Man hat euch erschaffen!"

„Erschaffen?" Diemut fühlte, wie sich Julian versteifte.

„Ja! Erschaffen!", blaffte die Wagner. „Ihr seid nicht gezeugt wie normale Menschen. Man hat euch geklont. Man hat die Zellen von Hochleistungssportlern und besonders gesunden Leuten gesammelt und miteinander verbunden. Ihr habt keine wirklichen Eltern. Ihr seid Klone. Ihr seid im Reagenzglas hergestellt worden!"

Diemut glaubte, zusammenbrechen zu müssen: „Hergestellt?"

Die Direktorin nickte. Noch nie waren Diemut die Augen dieser Person derart kalt erschienen. Keinerlei Gefühl stand in diesen Augen. Nur Eiseskälte. „Hergestellt! Produziert! Konstruiert! Homogenisiert! Gemacht! Ihr seid keine wirklichen Menschen. Ihr seid Kopien des Menschentums. Ihr seid patentiert. Registriert. Interniert. Ihr könnt nicht fortgehen, weil ihr nirgends hingehen könnt. Man würde euch aufgreifen und zurückbringen. Ihr habt keine Rechte. Weil ihr künstlich hergestellt seid. Ihr seid Eigentum des Staates Nordland."

Diemut blickte all die Leitenden an. Die standen da wie Ölgötzen. Dem einen oder anderen schien nicht ganz wohl in seiner Haut zu sein, aber die meisten nahmen hin, was die Direktorin sagte.

Sie haben es die ganze Zeit gewusst! All die Jahre haben sie es gewusst, dass wir als rechtloses Schlachtvieh aufgezogen werden!

Diemut war elend zumute.

Frau Schwarz! Unsere liebe Frau Schwarz. Sie hat es zum Schluss nicht mehr ertragen, dabei mitzumachen. Darum ging sie. Vielleicht wollte sie schon früher, aber da ließ man sie nicht. Hat sie nicht etwas von Dienstaltersgrenze gesagt? In Nordland darf man nicht einfach so gehen. Keiner ist wirklich frei, auch wenn die Staatspropaganda es ständig behauptet. Man wird nach der Ausbildung irgendwohin befohlen und hat zu gehorchen. Jeder an seinem Platz, wie der Oberste Leiter im Fernsehen so schön sagt.

All die vielen Kinder …

„So viele?“ Diemuts Stimme war leise und zittrig. „Die Internate sind überall. Werden wirklich so viele Organe gebraucht?“

Die Direktorin musterte sie kalt: „Das musst du schon der obersten Führung überlassen, Klonmädchen! Natürlich werden viele Organe gebraucht. Es gibt Unfallopfer, Organkranke, Krebskranke. Sie alle sehen es als Segen, dass seit Jahrzehnten gut verträgliche Ersatzorgane zur Verfügung stehen.“ Ein böses Glitzern erschien in den Augen der obersten Leitenden: „Nicht nur in Nordland! Unsere Listen stehen voll mit Wartenden außer Landes. Es hat sich herumgesprochen, dass Organe aus Nordland die besten sind. Weil man euch so verändert hat, dass es bei den Empfängern zu keiner Abstoßungsreaktion kommt. Man muss nur auf die richtige Blutgruppe achten, sonst nichts. Wer ein neues Herz bekommt, der kann sicher sein, dass sein Körper es annimmt und dass keinerlei Komplikationen zu erwarten sind.

Wie ihr seht, dient ihr also auch dazu, für euren Heimatstaat dringend benötigte Devisen zu beschaffen. Das ist übrigens eure Hauptaufgabe. Wenn in Nordland ein Organ gebraucht wird, geht der Rest nach der Totalfinalisierung des Gebers ins Ausland, wo schon viele Empfänger warten. Die ausländischen Krankenkassen zahlen Höchstpreise. Schließlich stammen unsere Organe ausnahmslos von jungen und gesunden Gebern. Wir entnehmen die Organe grundsätzlich vor dem dreißigsten Lebensjahr, wenn es sich machen lässt.“

Geber. Diemuts Gänsehaut verstärkte sich. Sie spürte Todesangst in sich aufsteigen. Sie begann zu zittern. Sie verkrallte sich regelrecht in Julian.

„Tja“, sagte die oberste Leitende Wagner. „Nun seid ihr alle kontaminiert. Das ist sehr bedauerlich. Diese fünf Elemente hier …“ Sie zeigte auf die Fremden, die ins Gelände von Haus Webenheim eingedrungen waren, „werden in Kürze abgeholt. Man hat schon telefoniert. Haus Webenheim befindet sich nun in der traurigen Lage, nicht mehr korrekt arbeiten zu können.

Wir werden keine Neuzugänge aus den Brutstätten mehr haben, bis ihr alle durchgeschleust seid. Man wird anfangen, euch möglichst schnell fortzubringen, sobald sich die militärische Lage entspannt hat. Das bedeutet einen großen

Einschnitt in unsere Arbeit. Zudem ist es der Qualität der Organe und Gelenke unzuträglich, wenn ein Geber Bescheid weiß. Sein daraus resultierender seelischer Zustand wirkt sich negativ auf seine Organe aus. Das ist nun leider nicht mehr zu ändern." Die Direktorin nickte: „Leider."

Diemuts Entsetzen steigerte sich noch. Aufgezogen, um ausgeweidet zu werden. Devisenbringer. Das waren sie.

Haben die im Ausland denn nichts gemerkt?

Aber wie sollten sie? Die gaben die Daten ihrer wartenden Patienten durch und waren froh, wenn sie eine Niere bekamen, einen Dickdarm, eine Milz, einen Lungenflügel.

„Nieren im Sonderangebot! Greifen Sie zu! Nur 10.000 für eine Niere! Beim Kauf von zwei Nieren 10 % Rabatt!"

Pures Grauen erfasste Diemut. Sie hatte Angst wie noch nie zuvor in ihrem Leben. Ihr war schlecht vor Angst. Ihre Zähne begannen aufeinanderzuschlagen.

Julian drückte sie an sich: „Nicht, Diemut! Die können uns das nicht antun!"

„Ich schätze, doch!", sagte die Direktorin mit dieser neuen Kälte in ihrer Stimme. „Gebt euch keinen dummen Fantasien hin! Ihr werdet alle den Weg gehen, der euch vorherbestimmt ist. Es werden keine Ausnahmen gemacht."

„Süden", nuschelte Diemut. Sie brachte keine klaren Sätze mehr zustande, so sehr war sie von Angst geschüttelt. „Alles gelogen. Die sind nicht böse. Die bringen uns nicht um."

„Nein", sagte Julian. Seine Stimme war noch immer laut und fest: „Im Süden will man uns neue Menschen ganz bestimmt nicht umbringen. Das war alles gelogen! Reine Propaganda! Die Mauer ist nicht dazu da, uns Nordländer vor den Südlern zu schützen. Die Mauer ist dazu da, die Menschen gewaltsam im Norden zu halten, sie daran zu hindern, nach Süden zu gehen; in die Freiheit, die es bei uns nicht gibt."

Julian richtete sich zu seiner vollen Größe auf: „Hört mir alle zu! Lasst uns nach Süden gehen! Dort können wir frei sein. Hier im Norden können wir nicht bleiben. Sie würden uns festnehmen und gefangen halten, bis sie uns aufschneiden und ausweiden können! Wir müssen weg. Auf der Stelle! Wir gehen alle!“

„Das werdet ihr nicht!“, bellte die Direktorin. „Nicht, solange ich hier das Sagen habe!“

Julian trat einen Schritt vor. Er zog Diemut mit sich: „Sie können uns nicht aufhalten, Frau Wagner. Sie haben ausgespielt. Wir sind zu viele. Gegen uns kommt ihr paar Leitenden nicht an. Wir werden jetzt gehen und Sie tun besser daran, nicht zu versuchen, uns zu hindern.“

Die Direktorin schaute ihn kalt an: „Sonst was?“ Sie wirkte völlig gelassen, als ginge sie das alles nichts an. „Ihr werdet Haus Webenheim nicht verlassen. Diese Zusammenkunft ist hiermit beendet. Geht zurück in eure Zimmer und wartet auf Anweisungen!“

Diemut blieb die Spucke weg. Woher nahm die oberste Leitende die Frechheit? Ihr musste sonnenklar sein, dass niemand gehorchen würde; nicht, nachdem sie erfahren hatten, dass sie Schlachtvieh waren.

Jemand brachte der Leitenden ein Papier. Sie wedelte damit: „Ich habe soeben Nachricht erhalten, dass man diese fünf ... Subjekte ... abholen kommt. Ein Hubschrauber ist unterwegs und damit ist diese unerfreuliche Angelegenheit dann beendet. Geht jetzt auf eure Zimmer!“

Jan trat mit Gertrud an der Hand vor: „Was denken Sie sich eigentlich? Sie glauben doch nicht im Ernst, dass wir auf Sie hören! Wir gehen jetzt fort, und zwar alle.“ Er machte eine Geste, die alle anwesenden Zöglinge umfasste: „Lasst uns gehen. Die Leitenden können uns nicht aufhalten.“

„Ihr bleibt hier!“, donnerte die Direktorin. Sie loderte vor Zorn.

Dumme Kuh, dachte Diemut. Das schmeckt dir wohl nicht, dass wir nicht mehr nach deiner Pfeife tanzen.

Sie fühlte eine grimmige Befriedigung. Sollte die Alte doch toben. Es würde ihr nichts nutzen. Sie winkte der kleinen Agnes: „Komm, Agnes. Wir gehen.“

„Ihr törichten Menschen“, sprach die Direktorin. Fast klang so etwas wie echtes Bedauern in ihrer kalten Stimme durch. „Ich sage es noch einmal: Keiner von euch wird dieses Haus ohne meine Erlaubnis verlassen! Geht jetzt auf eure Zimmer!“

Jan schüttelte den Kopf: „Nein. Wir gehen fort. Jetzt gleich." Er setzte sich in Bewegung. Alle setzten sich in Bewegung. Fort! Nichts wie fort von diesem schrecklichen Haus, in dem sie aufgezogen worden waren, um als Schlachtvieh zu enden. Sie wollten nur weg. Sollte die Direktorin ruhig schimpfen. Es interessierte niemanden mehr.

Es war, als wäre sie vom Blitz getroffen worden. Ein furchtbarer Schlag fuhr durch Diemuts Körper. Sie wurde zu Boden geschleudert. Sie wollte schreien, aber sie brachte keinen Ton hervor. Sie fühlte Übelkeit aufsteigen.

Ich muss erbrechen! Ich muss mich erbrechen!

Aber sie erbrach sich nicht. Sie tat überhaupt nichts. Null! Gar nichts!

Sie wollte sich bewegen. Sie wollte aufstehen und weggehen. Aber keines ihrer Körperglieder gehorchte ihr. Voller Entsetzen erfasste sie, was mit ihr los war. Sie war paralysiert. Sie war am ganzen Körper gelähmt. Das Einzige, was sich noch bewegte, waren ihr Herz und ihre Lunge. Alles andere war gelähmt. Sie konnte nicht einmal ihre Augen schließen. Sie waren weit aufgerissen und starrten zur Decke hoch.

Sie hörte das laute Tappen von Absätzen auf Parkettboden. Die oberste Leitende stolzierte zwischen den am Boden liegenden Kindern, Jugendlichen und Erwachsenen umher.

„Ihr habt mich dazu gezwungen", rief sie. „Ihr seid selbst schuld. Ich musste den Funkbefehl zur Demobilisierung auslösen." Sie gab ein Schnauben von sich. „Der wäre auch vollautomatisch ausgelöst worden, wenn ihr versucht hättet, die Grenze von Haus Webenheim ohne Begleitung eines Leitenden zu überschreiten. Ihr habt es nicht anders gewollt."

Sie lief zwischen ihnen hin und her. Ihre Stentorstimme hallte von den Wänden wider.

„Diese fünf subversiven Elemente konnten nur durch Zufall aus ihrem Krankenhaus entkommen. Inzwischen habe ich Mitteilung erhalten, wie es dazu kam. Ein Fliegerangriff hat verhindert, dass ihre Implantate im Zentralrechner des Hospitals angemeldet wurden."

Die Direktorin schritt weiter hin und her. Diemut lag still da. Eisiges Entsetzen stieg in ihr auf. Sie hatte das Gefühl, zu ertrinken. Sie wollte schreien, aber es ging nicht. Sie konnte überhaupt nichts tun. Ihr Körper gehorchte ihr nicht.

„Ihr glaubt doch nicht im Ernst, dass es keine Möglichkeit gibt, euch zu überwachen", schnarrte die oberste Leiterin. „Euch wurde in frühester Kindheit ein Elektronikchip eingepflanzt. Damit kann man euch überall orten. Ihr könnt nicht fliehen und euch nicht verstecken. Man würde euch überall finden. Im Notfall kann man eure Körper mithilfe dieses Chips demobilisieren. Durch einen Nervenimpuls werdet ihr gelähmt.

Das war schon immer so. Ihr konntet die Grenze von Haus Webenheim nicht eigenmächtig überschreiten. Nur wenn ein Leitender mittels Fernbedienung eure Implantate freigab, konntet ihr hinaus, ohne niedergestreckt zu werden.

Man hat dafür gesorgt, dass ihr nicht einfach hinausspazieren könnt; schon gar nicht, nachdem ihr erfahren habt, was und wer ihr seid. Nicht auszudenken, wenn die Öffentlichkeit davon erführe! Es gibt ja haufenweise diese dümmlichen Gutmenschen. Die würden natürlich lauthals fordern, euch die gleichen Rechte zu geben wie wirklichen Menschen." Die Leitende schnaubte abfällig: „Was für ein Gedanke! Ihr seid keine Menschen! Ihr seid geklont! Gemacht! Konstruiert! Ihr seid künstlich erzeugtes Fleisch, dazu da, als Organgeber zu leben und zu sterben. Sonst nichts. Das ist eure Bestimmung.

Ihr braucht euch auch keine Hoffnung zu machen, den implantierten Chip mittels Operation loszuwerden. Er ist mit großen Blutgefäßen und wichtigen Nervenbahnen gekoppelt. Sollte jemand versuchen, den Chip zu entfernen, bedeutet das euren sicheren Tod. Ihr könnt das Implantat nicht loswerden. Das geht auf keinen Fall.

Gebt euch keinen falschen Illusionen hin! Ihr werdet ohne meine ausdrückliche Erlaubnis nirgendwohin gehen. Ich hoffe, ich habe mich klar ausgedrückt!"

Die Leitende stieg über bewegungslose Körper hinweg zum Podium zurück.

„Ich werde die Demobilisierung jetzt aufheben", rief sie. „Ihr werdet keine Dummheiten machen!"

Etwas zuckte in Diemut. Der Zwang, sich zu erbrechen, wurde noch stärker. Sie wälzte sich herum und kauerte auf allen vieren. Sie schnappte nach Luft. Die Übelkeit verflog. Ihre Glieder fühlten sich an, als wäre ein Traktor darübergefahren. Ihre Muskeln waren steif und kraftlos.

Um sie herum richteten sich Zöglinge auf. Sie starrten einander an. Diemut sah nur zwei Dinge in diesen weit aufgerissenen Augen: Angst und eisiges Entsetzen.

Sie sah Julian neben sich und warf sich in seine Arme: „Julian!"

Er umhalste sie wie ein Ertrinkender: „Diemut!"

Rundum hörte man Schluchzen und Weinen.

Die Direktorin tat, als sei nichts geschehen: „Warum ihr durch die Glocke hier zusammengerufen wurdet: Uns wurden umherstreifende Gruppen von Subversiven gemeldet. Nun ... eine Warnung vor diesen Elementen hat sich inzwischen erübrigt. Sie drangen unerlaubt in Haus Webenheim ein und haben alle Zöglinge mit ihren Schwafeleien vergiftet. Leider."

Schwafeleien?, dachte Diemut. Schwafeleien?!? Das waren keine Schwafeleien! Das war die nackte Wahrheit, grausam und entsetzlich!

Die fünf Fremden lagen noch immer bewegungslos am Boden.

„Kümmert euch nicht um sie", rief die oberste Leitende. „Der Helikopter ist bereits unterwegs. Sie werden abgeholt."

Abgeholt. Diemuts Entsetzen steigerte sich noch.

„Geht jetzt", befahl die Direktorin. „Macht eure Hausaufgaben oder arbeitet im Garten oder genießt eure Freizeit, je nachdem, wofür ihr eingeteilt wurdet."

Diemut konnte es nicht fassen. Die Leitende Wagner tat, als sei nichts geschehen. Dass um sie herum kleine Kinder vor Angst weinten, interessierte dieses gefühllose Biest nicht.

Diemut stand auf.

„Wer sind Sie?", fragte sie. „Was tun Sie uns an?!"

Die Direktorin machte eine Geste, als wolle sie ein lästiges Insekt verscheuchen: „Das verstehst du nicht. Dazu reicht dein Verstand nicht, Klonmädchen. Ihr seid es nicht wert, dass ich mir die Mühe mache, es euch zu erklären. Ihr seid in einer künstlichen Gebärmutter erschaffen worden. Ihr seid Produkte. Ihr seid patentiert. Vor dem Gesetz seid ihr keine Menschen. Bei euch greifen allenfalls die Tierschutzgesetze, wenn überhaupt.“ Die Leitende wandte sich ab.

Diemut musste sich an Julian festhalten, um nicht erneut zusammenzubrechen.

Die Direktorin sprach mit dem Leitenden Bender: „Jetzt, wo sie kontaminiert sind, dürfen sie auf keinen Fall die Grenze von Haus Webenheim überschreiten.“

„Ich habe die Funküberwachung bereits entsprechend eingerichtet“, sagte der Leitende. „Niemand kann hinaus.“

„Wenn unsere Soldaten den Abschaum aus dem Süden wieder abgedrängt haben, werden die Zöglinge alle abgeholt“, sagte die Direktorin. Dass fast alle Kinder und Jugendlichen noch im Raum waren und jedes Wort mitanhörten, schien ihr vollkommen egal zu sein. „Solange bekommen wir keine Neuzugänge.“ Sie seufzte laut: „Ausgerechnet in Haus Webenheim musste das passieren! Wir waren immer so stolz auf unsere Zöglinge. Alle waren gesund und wohlgeraten. Sie waren gehorsam und bis zu ihrer Finalisierung eine Stütze der Gesellschaft.“

„Haus Webenheim ist nicht das erste Internat, an dem es passiert, oberste Leitende“, sagte Bender. „Es ist mehrfach vorgekommen. So etwas geschieht gelegentlich aller Sorgfalt zum Trotz.“

„Ja, aber es ist blamabel für Haus Webenheim“, lamentierte die Direktorin, „und ich sage Ihnen: Es verdirbt die Qualität der Organe, Gelenke und Gewebe! Weil sie jetzt wissend sind!“

Diemuts Entsetzen steigerte sich noch mehr. Die oberste Leitende war eiskalt. Der ging es lediglich um die Qualität der Organe. Als ginge es um die Qualität einer Ware.

Wir sind wie Zuchtvieh für sie! Wie Reitpferde oder Milchziegen! Dass wir wahnsinnige Angst haben, interessiert diese Frau nicht! Für die haben wir den Status von Tieren!

Aber wir sind fühlende und denkende Wesen! Wir sind fähig, Liebe zu empfangen und zu geben! Wir empfinden wie Menschen! Wir freuen uns und wir fürchten uns! Wir sind Menschen! Wir haben eine Seele!

Sie spürte, wie Julian sie mit sich zog, nach draußen. Sie alle gingen nach draußen. Es war, als müssten sie unbedingt den freien Himmel ansehen, um sich zu vergewissern, dass sie noch immer auf Erden waren und nicht in einem Labor.

Nicht in einem Labor, dachte Diemut. In einem Gefängnis.

Denn nichts anderes war Haus Webenheim von nun an. Eigentlich war es immer ein Gefängnis gewesen, wenn auch ein sehr gut getarntes. Es hatte Leben und Lernen gegeben, Schule und Sport, Ausbildung und Arbeit im Garten. Sie hatten gesungen und gelacht. Sie hatten Freude empfunden.

Davon war nichts mehr übrig. Nun regierte einzig und allein die Angst. Die Angst und das Entsetzen.

*

Sie saßen in losem Verbund auf der Wiese beim Badesee. Sie bildeten zwei unregelmäßige Kreise: die Erwachsenen und Jugendlichen außen, innen die Kinder. Nicht nur die ganz Kleinen lehnten sich an die Großen, auch Zehnjährige schämten sich nicht, sich in sie umfangende Arme zu drängen, sich an jemand Älteren anzukuscheln.

Diemut betrachtete alle der Reihe nach. Sie saß neben Julian und hatte die kleine Agnes auf dem Schoß. Die achtjährige Melanie saß auf Julians anderer Seite, eng an ihn geschmiegt, als suche sie verzweifelt Körperkontakt.

Alle anderen Kinder taten das Gleiche. Sie klebten förmlich an den Größeren.

Man konnte das Entsetzen in den großen Augen der Kinder sehen, ebenso in den Augen der Älteren. Was sie gerade gehört hatten, wühlte wie eine Pranke mit messerscharfen Klauen in ihren Eingeweiden. Die Angst war fühlbar. Alle hatten Angst.

Jan schaute nach hinten zum Hauptgebäude.

„Was guckst du?“, fragte Dagny. Ihre Augen wirkten seltsam leer. Wie ausgelöscht sahen sie aus. Keinerlei Fröhlichkeit stand mehr darin. „Hast du

Angst, dass die uns belauschen? Denen ist völlig egal, was wir untereinander besprechen. Vollkommen egal. Für die sind wir bloß Vieh, das auf der Weide blökt und muht."

Diemut fühlte, wie eine kalte Hand nach ihrem Herzen griff. Dagny hatte recht und gerade das tat unendlich weh.

„Habt ihr gehört, wie sie sagte, wir sollen an die Gartenarbeit gehen?" Der Junge, der die Frage gestellt hatte, war nicht mal vierzehn. Er klang fassungslos. „Wir sollen uns um die Gärten kümmern, nachdem wir das alles gehört haben."

„Gartenarbeit ist wichtig", sagte Dagny mit diesen schrecklichen leeren Augen. „Unsere Aufzucht kostet Geld. Wenn wir einen Teil unserer Nahrung selbst anbauen, wird es billiger für sie."

„Beim Obersten Leitenden!", rief Jan.

„Sie hat recht", sagte Julian. „Deshalb gibt es die Farmen. Zum einen können sie uns dort gut isolieren. In einer Fabrik müssen sie erst Abteilungen schaffen, in denen unsereins unter sich bleibt, geleitet von Leuten, die keine Fragen stellen. Auf den Farmen ist das nicht nötig. Dort sind wir von der Welt abgeschottet. Das Volk weiß nichts von uns.

Gleichzeitig bauen die Farmen alles an, was die Internate brauchen. Sie liefern Gemüse, Salat, Marmelade, Mehl zum Brotbacken und tierische Produkte. Auch zum Verkaufen im Draußen. Wir sollen wenigstens einen Teil unserer Aufzuchtkosten wieder einspielen."

Diemut blickte ihren Freund an, schiere Verzweiflung im Blick. Es tat weh, Julian so reden zu hören. Das Schlimmste war: Er sagte die reine Wahrheit.

„Wir können nirgendwo hin", sagte Gertrud. „Wir haben keine Chance. Wir sind Gefangene. Wir sind zum Tode verurteilt. Wir ..." Ihr brach die Stimme. Tränen schossen ihr in die Augen.

Jan nahm sie tröstend in die Arme. Ein Junge, der neben ihm saß, streichelte Gertrud unbeholfen.

Sie begannen zu weinen. Die kleineren Kinder zuerst, dann die größeren, dann die Erwachsenen. Die Jugendlichen um die sechzehn hielten am längsten durch. Sie umfingen die Kleinen mit den Armen und drückten sie tröstend. Aber irgendwann brach auch bei ihnen der Damm.

Sie weinten alle. Sie saßen im Kreis auf der Wiese und weinten still. Nur gelegentlich war ein Schluchzen zu hören. Ansonsten flossen die Tränen fast lautlos. Das Grauen hatte sie alle stumm gemacht.

Keine Flucht!, dachte Diemut. Keine Chance! Wir können nichts tun. Überhaupt nichts! Nur abwarten, bis sie uns holen, um uns zu töten.

Sie blickte Julian an. Ihm rannen Tränen über die Wangen. „Ich wollte mit dir zusammenbleiben", sagte sie weinend. „Für immer."

Er umarmte sie, wobei er darauf achtgab, Agnes nicht zu zwicken, und drückte sie an sich: „Wir bleiben zusammen, Diemut. Für immer." Sein Gesicht verzog sich zu einer grässlichen Grimasse: „Für immer! Bis sie es uns antun!"

Sie drängte sich an ihn: „Bis sie es uns antun."

Sie wusste, es würde bald sein.

Plötzlich hörte sie eine leise Stimme. Es war Christof, der Junge aus der achten Jahrgangsstufe. Christof schrieb lustige kleine Tiergeschichten für die ganz Kleinen und er verfasste Gedichte. Christof wollte später auf einer Farm Traktor fahren und sich um die Milchkühe kümmern.

„Wir sind immer noch da!" Christofs Stimme war leise, aber seine Worte waren voller Stärke. „Wir alle! Wir sind da! Wir haben uns. Wir haben einander. Wenn es auch nur für eine unbestimmte Zeit ist."

Der Junge stand auf. Er trat ins Innere des Kreises. Während er sich langsam im Kreis drehte und jeden der Reihe nach anschaute, sprach er weiter, mit dieser schwachen Stimme, die so mächtige Worte hervorbrachte. Dabei weinte er ohne Unterlass: „Lasst uns nicht aufgeben! Lasst uns zusammenhalten! Denn wir sind das Einzige, was wir noch haben. Das, und das kleine jämmerliche bisschen Leben, das sie uns irgendwann nehmen werden. Wahrscheinlich schon bald."

Diemut konnte nicht glauben, dass der Junge erst dreizehn Jahre alt war.

„Lasst uns weitermachen", bat Christof. „Und tröstet die kleinen Kinder. Die haben am meisten Angst. Die verstehen doch nicht, was mit uns geschieht."

Sie lauschten ihm mit Tränen in den Augen und mit wundem Herzen.

„Zeigt ihnen die Blumen im Garten und die Beeren, die reifen“, fuhr Christof fort. „Lasst sie die jungen Kaninchen streicheln. Lasst sie nicht allein. Lasst uns leben! Wisst ihr nicht, dass jede Stunde Leben gelebtes Leben ist? Ist eine einzige Stunde denn weniger wert als fünfzig Stunden? Oder fünfzig Jahre? Wir dürfen nicht aufgeben. Dann werden wir, wie sie uns sehen. Dann werden wir zu tumbem, abgestumpftem Vieh! Wir wollen leben! Für uns! Jeder für jeden, jede für jede! Die Großen für die Kleinen und die Kleinen werden den Großen Trost spenden durch ihre Zuneigung.“

Sie weinten noch immer. Sie konnten nicht damit aufhören. Aber ihre Herzen weiteten sich. Die Wärme kehrte ein Stück weit in sie zurück.

Sie würden stark sein. Sie würden zusammenhalten. Sie würden leben. Wenn auch nur für kurze Zeit. Aber sie würden ein gutes Leben führen. Daran konnten die Leitenden sie nicht hindern. Die hatten auch gar kein Interesse daran.

„Lasst uns leben“, bat Christof. „Für uns. Füreinander und für alle.“

Etwas breitete sich im Kreis aus. Diemut hätte nicht sagen können, was es war, aber es war da. Es schien direkt aus der Sonne zu kommen und sich unter sie zu mischen. Es war, als erhöbe sich eine unsichtbare Macht.

Sie standen auf. Ohne Hast gingen sie zu Christof, der noch immer in ihrer Mitte stand. Sie wischten sich die Tränen aus dem Gesicht und berührten den Jungen. Sie fassten seine Hände an, sie berührten seine Schultern. Sie nickten ihm zu. Die ganz Kleinen standen vor ihm und blickten aus großen Kulleraugen zu ihm auf.

„Christof“, sagten sie. Einfach nur seinen Namen.

Sie blickten einander an. Das Entsetzen war nicht aus ihren Augen verschwunden und sie wussten, es würde nie verschwinden. Aber nun stand auch menschliches Gefühl in ihren Augen. Sie nickten sich zu und ihre Münder versuchten ein erstes zaghaftes Lächeln.

Kinder wurden hochgehoben und gedrückt. Jugendliche stießen einander in die Seite. Sie grinsten sich aufmunternd zu. Alle atmeten auf. Es ging weiter. Es würde weitergehen. So oder so. Sie wollten leben. Unbedingt.

„Ja“, sprach Christof. „Lebt! Wir alle wollen leben. Wir werden leben. Egal wie lange. Wir werden ein gutes Leben leben.“

*

Drei Tage später holten sie Christof ab.

Und Dagny.

Ein Helikopter kam mit heulenden Turbinen und donnerndem Rotor aus dem Himmel herunter und sie mussten einsteigen. Alles geschah hastig, voller Eile.

Für Diemut sah die Einstiegluke des Hubschraubers aus wie das aufgerissene Maul eines fliegenden Monsters. Sie wusste, sie würde Christof und Dagny nie wiedersehen.

„Macht's gut", rief sie ihnen hinterher, aber da war die Luke schon geschlossen und der Kopter donnerte davon in Richtung Norden, von wo er gekommen war.

*

Mehrere Tage vergingen.

Sie lebten.

Sie lebten wie noch nie zuvor.

Nach außen hatte sich nichts verändert und doch war alles anders geworden.

Diemut dachte oft darüber nach, was so anders war.

Zum einen waren sie fast nie mehr allein. Auch früher waren sie eine Gemeinschaft gewesen und es waren fast immer Leute um einen herum, aber jetzt verfestigte sich das. Wenn sie in die Gärten ging, um Unkraut zu jäten, die Tomatenstöcke zu gießen oder frische Möhren zu ernten, waren immer ein oder zwei kleine Kinder bei ihr. Dann wackelte ein Dreijähriger auf seinen kurzen Beinchen neben ihr her und schaute mit großen Augen zu, was sie machte, und eine Neunjährige wollte ganz genau wissen, warum sie dies und jenes tat.

Diemut erklärte, was es mit der Gartenarbeit auf sich hatte, wie man den Boden harkte, damit der Morgentau Feuchtigkeit an die Wurzeln der Pflanzen brachte. Sie erklärte die unbezahlbare Arbeit der Regenwürmer, dieser fleißigen Helfer des Gärtners, und sie zeigte den Kindern, wie man Unkräuter auszupfte und sie auf dem Komposthaufen entsorgte, wo sie zu wertvollem Dünger wurden.

Immer und überall waren die Kleinen um sie herum. Wenn sie nach dem Mittagessen eine Pause machten, wenn sie abends draußen auf der Wiese saßen und sangen, wenn sie zwischendurch einmal still dasaßen - immer waren die Kinder um sie und wollten gehalten und gedrückt werden und sie schmiegten sich an die Großen und gaben von dem Trost zurück, der ihnen gespendet wurde.

Die Leitenden hielten keinen Unterricht mehr. Sie zogen sich von den Zöglingen zurück. Sie taten, als seien sie gar nicht da. Es war ein seltsames, unwirkliches Gefühl. Sie schienen den Leitenden von heute auf morgen völlig egal geworden zu sein. Man kümmerte sich nicht mehr.

Nur eine Art Notbesetzung sorgte dafür, dass der Küchendienst eingehalten wurde und das Essen pünktlich auf den Tisch kam und dass Haus Webenheim weiterhin geputzt wurde.

Die Direktorin ließ sich kaum noch blicken. Wenn sie doch einmal durch die Gänge lief, machte sie ein mürrisches Gesicht. Man ging ihr aus dem Weg.

Manchmal schossen Flugzeuge über Haus Webenheim dahin. Die Jets mit ihren schrill heulenden Turbinen flogen hoch. Sie jagten donnernd und grollend hoch oben durch den Himmel. Die Propellermaschinen hingegen kamen im Tiefflug. Die zweimotorigen Erdkampfflugzeuge flogen mit brüllenden Motoren so tief über die Schule, dass man die Piloten in ihren verglasten Kanzeln erkennen konnte.

Jedes Mal, wenn solch ein fliegendes Ungeheuer über das Internat donnerte, warfen sie sich zu Boden. Als hätte das etwas genutzt! Wenn es einer Bomberbesatzung einfiel, sie zu bombardieren, würde der Tod schnell und gnadenlos kommen.

Manchmal hörten sie weiter weg ein entsetzliches Kreischen, ein Heulen wie von einem riesigen Wolf - schrill und unerträglich. Es fing leise an und steigerte sich ins Unerträgliche, um dann abzubrechen, meistens gefolgt vom Rattern von großen Maschinenkanonen oder den dumpfen Explosionen von Bomben.

„Das sind Jericho-Fanfaren", erklärte Julian den Kindern. „Die sind an den Propellermaschinen montiert. Es sind Luftsirenen, die unter den Flügeln hängen. Wenn die Maschinen im Sturzflug angreifen, beginnen sie zu kreischen. Das Geräusch ist so laut und fürchterlich, dass sich die Leute am Boden vor Schreck hinwerfen. Sie sind nicht fähig, die Flugzeuge zu beschießen. Wenn man so ein schauerliches Heulen hört, duckt man sich ganz klein zusammen."

Weit in der Ferne röhrten die Dieselmotoren von Panzern. Immer wieder hörten sie das Krachen der Kanonen.

Aber nichts und niemand kam nach Haus Webenheim. Es schien, als seien sie aus der Welt herausgefallen.

„Denen sind wir egal", sagte Jan, als sie nachmittags auf der Wiese hinterm Haus saßen. „Wir sind nicht wichtig genug, um angegriffen zu werden. Was sind wir schon? Wir sind nur Schlachtvieh!"

„Die Südstaatler wissen das doch nicht", hielt Julian dagegen. „Die haben keine Ahnung, was in den Internaten vorgeht. Die Leitenden haben uns angelogen. Die Südler wollen uns nicht umbringen. Ich glaube, wenn sie erfahren, was man uns angetan hat, werden sie uns beschützen."

„Die kommen nicht", sprach Jan düster. Seine Augen flackerten unruhig. Etwas schien in ihm anzuwachsen bis zum Bersten. „Wir stehen auf keiner Landkarte. Über unsere Existenz ist der Mantel der Geheimhaltung gebreitet. Die Nordländer warten, bis unsere Armee wieder nach Süden vorstößt, und dann holen sie uns ab. Das geht ganz fix, wirst sehen. Eine Kolonne Militärlaster kommt hierher und wir müssen aufsteigen. Sie bringen uns zu verschiedenen Kliniken und dort werden wir so schnell wie möglich verwurstet. Die lassen uns nicht entkommen, das sage ich dir, Julian! Das wäre zu gefährlich für sie. Wenn sie uns nicht in Kliniken bringen können, dann töten sie uns einfach so. Um Zeugen aus dem Weg zu schaffen."

Jan schaute sich um. Viele saßen um ihn herum und lauschten entsetzt.

„Kapiert das doch endlich!", rief er. „Wir haben keine Chance, egal wie es kommt! Wir werden sterben! Sie werden uns umbringen!" Er sprang auf und drehte sich im Kreis: „Die killen uns! So oder so! Sie werden uns nicht lebend davonkommen lassen!“

Jan jaulte auf wie ein geprügelter Hund: „Wir können nichts tun! Gar nichts! Wir sind vollkommen hilflos!“ Er streckte die Arme in den Himmel und rang die Hände: „Wir können uns nicht wehren und wir können nicht entkommen! Wegen dieses verfluchten Implantats! Weil wir Peilsender tragen! Sie finden uns überall!“ Seine Stimme steigerte sich zu einem schrillen Kreischen: „Überaaaaall!“ Wieder und wieder schrie er das Wort; es war mehr ein Heulen als Schreien: „Überall! Überaaaaall!“

Sie saßen um Jan herum und schauten sich voller Entsetzen an. Sie wussten, dass der junge Mann die Wahrheit sagte. Sie waren hilflose Gefangene.

Plötzlich lief die kleine Agnes zu Jan.

„Jan!“, rief sie laut. Sie fasste nach ihm und zog an seinem Hemd: „Jan, nicht!“

Aufjaulend senkte Jan die Arme. Agnes zerrte an seiner Kleidung: „Nicht, Jan! „Du musst machen, wie der Christof gesagt hat. Du darfst nicht ausflippen tun!“ Sie schaute ihn mit ihrem einzelnen Auge an: „Du tust mir Angst machen!“

„Beim Obersten Leitenden!“ Jan ließ sich auf die Knie fallen. Er wischte sich mit dem Handrücken über die Augen: „Tut mir leid, Kleines. Ich wollte dich nicht erschrecken.“ Er drückte Agnes an sich. „Schon gut. Ich höre auf, herumzubrüllen. Ich bin ganz still. Ganz still, hörst du?“

Er drückte sie: „Siehst du, ich habe aufgehört? Ich schreie nicht mehr herum.“

Sie saßen im Gras und starrten ihn an, die Augen groß und voller Furcht. Keiner sprach ein Wort.

*

Sie hatten eben zu Ende gefrühstückt, da erschien die Leitende Schellenberger in der Tür: „Jan? Mach dich bitte fertig. In einer Viertelstunde kommt ein Hubschrauber und holt dich ab.“

Jan zuckte zusammen. Gertrud fasste sich ans Herz. „Nein!“, schrie sie. „Nicht Jan!“

Die Leitende blickte kühl und distanziert: „Bitte keine Szene, ja? Ihr wollt doch nicht, dass die Demobilisierung angewandt wird, oder?“ Sie nahm Jan aufs Korn: „Also dann! In einer Viertelstunde! Hinterm Hauptgebäude. Der Helikopter landet direkt beim Haus. Wegen der Feinde im Umland kann er nur kurz herunterkommen. Es muss alles schnell gehen. Keine unnötigen Abschiedsszenen! Verabschieden könnt ihr euch vorher!“

Die Schellenberger drehte sich um und ging. Sie verließ sich darauf, dass Jan ihre Order befolgen würde.

Jan stand auf. Gertrud sprang auf und krallte sich an ihm fest: „Jan! Nicht!“

Er blieb stehen und nahm sie in die Arme: „Gertrud, ich muss. Das weißt du. Ich kann nichts tun.“ In seinen Augen stand die nackte Angst. „Lass uns nach draußen gehen“, bat er. „Ich will noch einmal die Natur um Haus Webenheim sehen, die Wiesen, den See, die Gärten. Ich will mich daran erinnern, wenn sie mich …“ Seine Stimme brach.

Jan drehte sich schwerfällig um. Er bewegte sich wie ein Greis. Langsam schritt er aus dem Raum, Gertrud an seiner Seite. Die Kinder und Jugendlichen folgten ihnen.

Auf der Wiese standen sie still da. Niemand sagte ein Wort.

Gertrud klammerte sich an Jan. Sie weinte.

„Gertrud“, sagte er. Er klang erstaunlich ruhig und gefasst: „Gertrud, bitte!“

Sie schluchzte lauf auf und presste das Gesicht in seine Halsbeuge.

„Gertrud, ich möchte dir etwas sagen. Bitte schau mich an.“

Sie schaute zu ihm auf.

Jan blickte sie mit traurigen Augen an: „Gertrud, ich liebe dich. Ich will, dass du das weißt. Ich glaube, ich habe es dir nie gesagt. Wir waren immer zusammen, seit Ewigkeiten schon, und ich habe dich immer geliebt, aber gesagt habe ich es nie. Nun tue ich es.“

„Jan!“, sagte sie unter Tränen. „Jan!“

„Ich wollte, ich könnte es ändern“, sagte er und strich ihr über die Wange. „Aber wir können nichts tun. Für mich geht es nun zu Ende.“ Er drückte sie an sich:

„Ich liebe dich. Vergiss das nicht, Gertrud."

„Nein", sagte sie. „Nein, das vergesse ich nicht. Ich liebe dich auch. Ich hab's immer getan."

„Ich bin froh um die Zeit, die wir hatten", sagte Jan. In der Ferne ertönte das Klopfen eines Helikopters. Es kam rasch näher. Sie kamen ihn holen.

„Unglaublich", sagte er und in seiner Stimme schwang Bitterkeit mit. „Meine Eingeweide sind so wertvoll, dass sie mitten im Krieg einen Hubschrauber schicken. Wahrscheinlich ein hohes Tier, das auf meine Organe wartet, oder gleich eine ganze Bande. Hohe Parteibonzen vielleicht."

Noch einmal blickte er Gertrud ins Gesicht: „Du hast aufgehört zu weinen. Danke, Gertrud. So will ich dich in Erinnerung behalten." Jan schaute sich um. Er sah alle Kinder und Jugendlichen an. Er schaute zu den Gärten: „Die Bohnen sind bald so weit. Nächste Woche könnt ihr sie ernten." Ein leises Lächeln schlich sich in sein Gesicht: „Ich habe unsere selbst eingeschnittenen Bohnen geliebt. Nichts schmeckt besser als selbst gemachte saure Bohnen."

Hinten überm Wald erschien der Hubschrauber. Wie ein riesiges Insekt näherte er sich Haus Webenheim.

Jan drückte Gertrud an sich: „Ich liebe dich!"

„Ich liebe dich, Jan", sagte sie. Sie kämpfte tapfer gegen die Tränen an.

Noch einmal drückte und küsste er sie: „Ich liebe dich. Ich liebe dich. Ich liebe dich." Er wiederholte die Worte, bis sie im Donnern und Dröhnen des landenden Helikopters untergingen.

An der Seite des Hubschraubers öffnete sich eine Luke. Jemand winkte. Jan duckte sich und lief unter den drehenden Rotorblättern hindurch. Er stieg ein. Augenblicklich schloss sich die Luke hinter ihm. Die Turbinen des Kopters heulten auf und er hob ab. Einen Moment hing er in der Luft, eine fette Hummel aus Stahl und Aluminium. Dann kippte er mit der Nase leicht nach unten und setzte sich in Bewegung. Nach wenigen Sekunden war er hinterm Wald verschwunden. Man hörte nur noch das Klopfen der Rotorblätter.

Gertrud stand da und starrte dem Helikopter nach. Sie gab ein schauerliches Geräusch von sich, eine Art stöhnendes Keuchen. Dann klappte sie zusammen.

Sie brach in die Knie und fiel zu Boden. Sie krümmte sich zusammen und verkrallte die Hände in die Luft.

Aus ihrer Kehle kam ein Schrei, ein Kreischen, so schrill wie Möwengeschrei. Nur ein einziges Mal schrie sie. Sie schrie laut und schrill. Dann lag sie still da, die Augen glasig und tot.

Sie standen um sie herum und wussten nicht, was sie tun sollten. Ein kleiner Junge von neun Jahren, Pascal aus der vierten Jahrgangsstufe, ging schließlich zu ihr und beugte sich über sie. Er fasste scheu nach ihrer Hand und zog sie hoch.

Gertrud stand auf und ließ sich wie ein verirrtes Fohlen zum Haus führen. Sie sprach kein Wort.

Von diesem Tag an sang sie nie wieder.

*

Sie saßen draußen auf der Wiese hinterm Hauptgebäude. Das Tagewerk im Garten war geschafft. Auf den Leinen flatterte die Wäsche im Wind. Es hätte ein friedliches Bild sein können, aber in der Ferne grollte Kanonendonner und die Motoren der Südpanzer dröhnten. Immer wieder sahen sie weiter weg Flugzeuge im Tiefflug über die Landschaft rasen.

Diemut saß bei Julian. Gertrud war bei ihnen. Seit man Jan abgeholt hatte, sprach sie kaum noch. Sie war still und in sich gekehrt.

Diemut lauschte auf die Kampfgeräusche. Sie schienen näher als sonst zu sein. Sie verursachten zwiespältige Gefühle in ihrem Herzen. Manchmal hoffte sie fast, die Südhorden würden Haus Webenheim überrennen und sie befreien. Aber dann fürchtete sie sich wieder. Was würde geschehen, wenn Südsoldaten sich dem Internat näherten?

Würde die Direktorin die Demobilisierung einsetzen? Wenn sie gelähmt am Boden lagen, konnte man sie leicht töten. Dazu genügte ein scharfes Messer.

Die Angst saß ihnen allen im Nacken und doch bemühte sich jeder, sie nicht hochkommen zu lassen, vor allem nicht der kleineren Kinder wegen. Stattdessen nährten sie Hoffnungen und Sehnsüchte, auch wenn es ihnen unvernünftig erschien. Aber wozu vernünftig sein im Angesicht des bevorstehenden Todes? Warum sich hinhocken und stumpf oder heulend das Ende abwarten?

Jede Stunde Leben ist gelebtes Leben, hatte Christof gesagt, und daran hielten sie sich.

Im Moment erschufen die Großen für die Kleinen und auch ein bisschen für sich selbst ein herrliches Fantasiegebilde; sie inszenierten einen selbst gedrehten Spielfilm, der in ihren Köpfen ablief, eine Dokumentation, die ständig durch Zwischenfragen der Kinder erweitert und um zusätzliche Details bereichert wurde.

Sie waren alle im Altland. Der Reihe nach erzählten Julian und seine Altersgenossen vom Besuch im Museumsländle und dem gemütlichen altmodischen Leben dort. Dieses Leben wie früher übte auf die Kinder und Jugendlichen eine starke Faszination aus, vielleicht weil sie selbst gerne in den Gärten arbeiteten und später auf die Farmen gehen wollten. Kaum jemand wollte in einer großen Stadt leben, wenn er erwachsen war.

Sie waren Landkinder.

Julian spielte das Freiheitslied auf der Mundharmonika. Diemut lauschte hingerissen. Sie hatte die kleine Melodie lange nicht mehr gehört. Sie musste daran denken, wie erschrocken ihre Leitende damals gewesen war, als Julian den Titel seines selbst komponierten Liedchens bekannt gab.

Freiheit … dafür waren wir nicht vorgesehen. Kein Wunder, dass die Leitende erschrak.

Sie lehnte sich an Julian und drückte den kleinen Robert, der auf ihrem Schoß saß.

„Gibt es im Altland auch junge Hunde?“, wollte der Junge wissen.

Julian beendete sein Mundharmonikaspiel und nickte lächelnd: „Natürlich, Robby. Und junge Kätzchen und junge Lämmer. Wenn du ihnen das Fläschchen gibst, wedeln ihre Schwänzchen wie kleine Propeller.“

„Im Museumsländle kommst du mit vielen anderen kleinen Kindern in den Dorfkindergarten“, sagte Diemut. „Ihr macht die tollsten Sachen: basteln,

Versteck spielen und Bauernhöfe besuchen und Eisenbahn fahren."

„Mit einer Dampflok?", wollte Robert wissen.

„Natürlich", sprang Julian Diemut bei. „Dort gibt es nur Dampflokomotiven. Sogar auf der Straße fahren Dampfmaschinen und Wagen, die von Pferden gezogen werden."

„Pferde!" Die zwölfjährige Ruth machte ein schwärmerisches Gesicht: „Ich liebe Pferde!"

„Dann wirst du auf einen Hof kommen, auf dem es Pferde gibt", meinte Julian gut gelaunt. „Und ich gehe jede Woche einmal in die Glasbläserei. Ich will lernen, wie man tolle Sachen aus Glas macht. Ansonsten kümmere ich mich um Maschinen und Apparate."

Diemut saß still und in sich gekehrt da. Wenn sie es schaffte, den drohenden Tod für einen Moment aus ihrem Kopf auszusperren, war es fast schön. Dann konnte sie glauben, sie würden wirklich eines Tages ins Altland gehen. Liebe Frau Schwarz. Sie hatte versucht, sie und Julian ins Museumsländle zu vermitteln. Leider hatte sie es nicht hinbiegen können.

Um ein Haar wären Diemut die Tränen in die Augen gestiegen, als sie an das längst vergangene Gespräch mit ihrer Leitenden dachte, aber sie zwang sich dazu, die Tränen zu unterdrücken und die Traurigkeit von sich wegzuschieben.

Stattdessen fing sie an, den Kindern zu erzählen, welch großen Spaß es machte, eine Herde Ziegen zu hüten und zu versorgen: „Dort ist überall weiches Gras. Ihr könnt im Sommer den ganzen Tag barfuß laufen. Ihr führt eure Ziegen zu den Stellen, an denen die besten Gräser und Kräuter wachsen, und sie danken es euch mit hervorragender Milch. Abends werden die Ziegen mit der Hand gemolken. Die Milch könnt ihr trinken oder sie zur Käserei bringen. Dort macht man leckeren Käse aus eurer Ziegenmilch und ihr bekommt euren Anteil zum Essen."

„Ich kümmere mich lieber um die Kaninchen", rief Frederik. „Ich gebe ihnen jeden Tag frisches Gras und ich mähe die Wiese mit einem Pferd mit Grasmäher dahinter. Das Gras trockne ich und daraus wird Heu für den Winter."

„Das ist prima, Freddie. Heu ist unheimlich wichtig. Gut, dass du daran gedacht hast."

So ging es weiter. Jeder meldete sich mal zu Wort und steuerte seinen Teil zu der wunderschönen Fantasie bei. Sie schafften es, das Grauen, das ihnen bevorstand, zu vergessen und ganz in den herrlichen Gedankengebilden aufzugehen.

Das aufdringliche Bimmeln der Hausglocke zerriss jäh das schöne Bild, an dem sie gemeinsam gearbeitet hatten.

Julian erhob sich seufzend: „Wir müssen ins Haus. In der Aula findet eine Versammlung statt." Er schaute Diemut an. Sie verstand seinen Blick. Sie erkannte seine Furcht. Würde die oberste Leitende ihnen mitteilen, dass LKWs unterwegs waren, um sie abzuholen?

Mit einem mulmigen Gefühl im Bauch ging Diemut neben Julian her zur Schule.

Die Direktorin erwartete sie in der Aula. Sie wirkte gehetzt: „Schnell, schnell, Kinder! Holt euer Alarmgepäck! Wir müssen Haus Webenheim auf der Stelle verlassen! Eine Einheit der Südhorden ist im Anmarsch auf unser Internat. Beeilt euch!"

Sie liefen auf ihre Zimmer und holten die vorbereiteten Rucksäcke mit dem Notgepäck.

Warum können wir nicht abhauen?, fragte sich Diemut voller Verzweiflung. Dieses verfluchte Implantat! Wir können nichts machen. Wir müssen der Leitenden Wagner gehorchen, auch wenn sie uns in den sicheren Tod führt. Wenn wir uns weigern, demobilisiert sie uns. Wenn wir nur hierbleiben könnten! Die Südsoldaten würden uns bestimmt helfen.

Aber für diesen Fall war vorgesorgt. Wenn sie sich versteckten, würde die Direktorin die Kinder über die Grenze von Haus Webenheim führen und danach für den Bereich des Internats den Lähmungsbefehl geben. Wer versuchte, heimlich zurückzubleiben, würde demobilisiert werden. Vielleicht konnten sie die geklonten Menschenkinder sogar per Funk töten.

In der Ferne hörte Diemut Kanonendonner und das Röhren von Panzermotoren.

Kommt doch! Bitte kommt hierher, bevor sie uns wegschaffen!, flehte sie in

Gedanken. Helft uns! Rettet uns vor dem Geschlachtetwerden!

„Zum Hinterausgang hinaus!", rief die Direktorin. „Wir gehen um den See herum und nehmen das hintere Tor! Schnell! Lauft!" Sie trieb ihre Schützlinge vor sich her und zur Schule hinaus.

Alles aus!, dachte Diemut, als sie über die Wiese liefen. Sie bringen uns weg. Von dort, wo wir hingehen, gibt es keine Wiederkehr. Sie musste sich bemühen, nicht in Tränen auszubrechen. Sie marschierten in den sicheren Tod.

Die Luft war plötzlich erfüllt von Motorendonner. Etwas kam direkt aus der Sonne auf die Erde gestürzt. Überm Röhren der Motoren und dem Heulen der Luftschrauben ertönte ein schrilles Kreischen, so laut, dass es in den Ohren schmerzte.

Ein Dämon aus Metall kam aus den Wolken herabgestürzt, eine riesige Harpyie. Die beiden Motoren des Sturzkampfbombers brüllten, die Jerichofanfare kreischte. Das Heulen füllte alles aus.

Sie warfen sich auf den Boden. Kaltes Entsetzen packte sie und presste ihnen die Herzen zusammen. Sie versuchten, in den Boden hineinzukriechen.

Überm Motorendonner und dem schaurigen Kreischen der Sirene ertönte das Hämmern großer Maschinenwaffen. Um sie herum spritzten Dreckfontänen auf. Die Kinder schrien in Todesangst.

Jetzt!, dachte Diemut. Jetzt ist er weit genug unten, um seine Bombe abzuwerfen. Jetzt sterben wir!

Dann war das Heulen über ihnen weg und zog davon.

„Da kommt noch einer!", kreischte jemand.

„Zurück ins Haus!", brüllte die Direktorin.

Erneutes Motorengebrüll erfüllte die Luft. Die Sirene des Bombers kreischte.

Sie sprangen auf und rannten um ihr Leben. Wie Wiesel rasten sie über das Gras. Die Maschinenwaffen hämmerten. Rechts und links von ihnen spritzte der Wiesengrund auf.

Sie hechteten durch den Hintereingang ins Haus zurück.

„In die Schutzkeller!", rief die oberste Leitende. „Dort sind wir vor den Bomben sicher!"

Bomben! Diemut fühlte, wie sich ihr Herz verkrampfte. Ihr ganzer Körper verkrampfte sich. Sie hatte wahnsinnige Angst. Den Kindern und Jugendlichen um sie herum ging es nicht besser.

Sie stürzten vorwärts zur Aula. Dahinter lag die Treppe, die in den Keller führte.

Sie hörten ein weiteres Flugzeug im Sturzflug angreifen. Dann ertönten vom Vordereingang Gewehrschüsse. Sie waren gerade in der Aula angekommen. Es herrschte wildes Durcheinander.

„Da kommen Soldaten!", schrie der Leitende Meyer. „Sie kommen von vorne! Wir schaffen es nicht mehr in die Keller!"

„Wieder nach hinten!", befahl die Direktorin.

„Halt! Stehen bleiben!" Die donnernde Stentorstimme brachte sie alle dazu, stehen zu bleiben. Von zwei Seiten quollen Soldaten mit Sturmgewehren in die Aula. Sie nahmen am Rand des großen Raumes Aufstellung.

Diemut schluckte. Das Herz schlug ihr hart gegen die Rippen. Diese Soldaten machten ihr Angst. Sie sah steinerne Gesichter hinter vorgehaltenen Schusswaffen. In den Augen dieser Männer und Frauen stand keinerlei Milde oder Freundlichkeit; nur Aggression und Feindschaft.

Einer löste sich aus der Formation und kam nach vorne. Sein Gang war breitbeinig und er zog ein Bein nach. Man merkte es nur, wenn man genau hinschaute. Mit einer geradezu eleganten Bewegung warf er sich das Gewehr über die Schulter. Kalte blaue Augen musterten sie.

Der Blick des Soldaten wanderte über die Anwesenden. Sein Kopf drehte sich mit den Augen.

Wie das Visier eines Waffensystems, dachte Diemut. Sie klammerte sich an Julian fest. Agnes hatte sich in ihr rechtes Bein verkrallt. Das kleine Mädchen drückte sein Gesicht in die Falten von Diemuts Rock. Es war totenstill in der Aula. Man hätte eine Stecknadel fallen hören können.

Der Soldat begann zu sprechen. Seine Stimme war hart wie Glas und genauso kalt wie seine Augen: „Wisst ihr, wer und was ihr seid?“ Sein Kopf drehte sich langsam weiter. Wenn er einen Schritt machte, knarrten seine Stiefel. „Hat man euch gesagt, wer ihr wirklich seid?“

„Vor Kurzem erst.“ Ausgerechnet die stille Kerstin antwortete dem fremden Soldaten. „Vorher wussten wir es nicht. Man hat es vor uns geheim gehalten.“

Der Soldat gab ein unwilliges Grunzen von sich: „Genau wie in den anderen Aufzuchtstationen!“

Diemut zuckte zusammen. Wie sprach der Mann von Haus Webenheim? Aufzuchtstation? Aber war es nicht genau das? Hier zog man die neuen Menschen auf, um sie anschließend in den Krankenhäusern zu „verwerten“.

Der Soldat schritt vor ihnen auf und ab. Alles an dem Mann schien zu knarren. Seine Bewegungen waren beinahe lässig; die Bewegungen eines Raubtiers.

„Klone!“, sprach er mit dieser schrecklichen kalten Glasstimme. „Künstlich erzeugt. Konstruiert und patentiert. Rechtlos wie Tiere.“

Sein Kopf ruckte herum: „Mensch, Leute! Warum seid ihr nicht getürmt, nachdem ihr es rausgefunden habt?“

„Wir konnten nicht.“ Wieder die stille Kerstin. „Wir haben Implantate.“ Mit stockender Stimme berichtete sie von dem elektronischen Chip, den jedes Klonkind in sich trug.

Der Soldat hörte regungslos zu. Auch seine Leute rührten sich nicht. Sie standen da wie aus Eisen gegossen. Man hörte nicht einmal ihren Atem.

„Funkortung“, sagte der Anführer der Südsoldaten. Er begann wieder damit, langsam auf und ab zu schreiten. Jedes Mal, wenn er an Diemut vorbeikam, verkrallte sich Agnes noch fester in ihren Rock. „Satellitenortung. Demobilisierung durch einen speziellen Nervenimpuls. Teuflisch!“ Die Augen des Mannes waren eisig. Sie sahen aus wie nasse Kieselsteine. Er blieb stehen - unmittelbar vor Diemut. Sie schmiegte sich noch fester an Julian.

„Aber …“ Der Soldat schüttelte den Kopf. „Aber … warum habt ihr stillgehalten, nachdem ihr es rausgefunden habt? Dieser Chip … kapiert. Okay. Aber wieso wartet ihr ergeben auf den Tod? Sie werden euch abholen. Das hatten sie vor.

Schon bald. Und ihr habt das gewusst, nicht wahr?“

Er wartete keine Antwort ab: „Warum dieses Stillhalten? Wenn ich weiß, dass die Dreckschweine mich umbringen werden, dann halte ich doch nicht still wie ein Schaf, das sich willenlos zur Schlachtbank führen lässt.“

Er machte eine Geste zur Decke hin: „Dann steige ich aufs Dach dieses wundervollen Instituts oder auf einen Turm und winke von oben: „Hallohoo, ihr Schwachköpfe! Huhu, ihr Chirurgenwichser und Ausweider! Guckt mal, ich habe meine erste Flugstunde! Dann den Stinkefinger hoch und Hü-Hüpf! Im Fliegen ruf ich: Und jetzt viel Spaß beim Auseinanderdröseln des Matschberges, wenn ich unten angekommen bin! Dann macht es WLATSCH und die Deppen können zusehen, wo sie bleiben. Die schneiden mir jedenfalls keine funktionierende Leber oder ein komplett erhaltenes Herz aus dem Leib. Nicht aus einem Haufen Knochenmatsch.“

Der Soldat musterte die Leute in der vordersten Reihe: „Warum habt ihr keinen Selbstmord begangen? Damit hättet ihr sie drangekriegt, so richtig gefickt.“

Diemut hatte Angst vor der eisigen Kälte in den Augen dieses fremden Südstaatensoldaten. Der Mann war kalt und ohne jedes Gefühl. Er sah sie nicht als menschliche Wesen. Sie spürte die kleinen Händchen von Agnes, die sich an ihr festkrallten.

„Es ist wegen der kleinen Kinder“, sagte sie. Sie bemühte sich, ihre Stimme ruhig klingen zu lassen, konnte aber ein Zittern darin nicht verhindern.

Der Kopf des Soldatenführers kam langsam herum. Eiskalte Augen starrten sie aus einem steinernen Gesicht an.

„Die Kinder …“, fuhr Diemut fort. „Die ganz Kleinen … die verstehen es doch nicht, Herr Soldat.“ Ihre Stimme zitterte jetzt ganz schlimm. Sie konnte nichts dagegen tun. Sie fürchtete sich vor diesen kalten Augen. Es waren die Augen eines Reptils. „Wir konnten die Kinder nicht … wir konnten sie doch nicht töten! Und wir mussten für sie da sein. Sie hatten solche Angst, nachdem man es uns gesagt hatte. Diese Kinder haben sonst niemanden auf der Welt. Die Leitenden sind kalt und gefühllos. Die haben keine Zärtlichkeit für die Kinder übrig. Für die sind wir nichts als Tiere. Sie sehen uns nicht als menschliche Wesen.“

Diemut schlug das Herz bis zum Hals. Unter dem eisigen Blick des Soldatenführers wurde ihr mit jeder Sekunde mulmiger. Sie hatte furchtbare Angst. Das waren keine freundlichen Befreier. Das waren ausgebildete Killer. Sie konnten jeden Moment zuschlagen.

Sie streichelte über Agnes´ Köpfchen: „Ja, die Kinder ... Das war das eine. Das andere ..." Sie suchte verzweifelt nach den richtigen Worten: „Wir haben fast kein Leben mehr. Wir wussten, es würde bald vorbei sein. Uns blieb nur noch ein klitzekleines, jämmerliches bisschen Rest vom Leben, nur ein winziger Splitter.

A-Aber, Herr Soldat, wenn man so wenig nur noch hat, wenn man fast gar nichts mehr hat, dann kann dieses Wenige unter Umständen sehr wertvoll für einen Menschen sein. Eine Stunde Leben kann dann sehr viel bedeuten. Denn es ist eine Stunde, in der man noch ein Mensch sein kann und darf, ei-eine Stunde, in der man mit anderen Menschen zusammen sein kann, in der man fühlen und lieben darf, in der man miteinander reden darf und ..."

Diemuts Stimme erstarb. Sie spürte, wie Julian sie an sich drückte. Das gab ihr Mut. Sie drängte die aufsteigenden Tränen zurück und blickte diesem Soldaten mit den kalten Reptilaugen ins Gesicht: „Sie haben uns alles genommen. Wir haben nichts mehr - fast nichts. A-A-Aber dieses winzige bisschen Leben, das wir noch hatten, das war uns sehr wichtig. Wirklich wichtig.

Können Sie das verstehen, Herr Soldat? Dass man an diesem jämmerlichen kleinen Rest festhält, weil man sonst gar nichts mehr hat auf der Welt außer Angst? Außer Todesangst? Können Sie das verstehen?"

Die eisigen Reptilaugen musterten sie ohne jegliche menschliche Regung. Diemut fühlte sich klein und schutzlos unter diesem kalten Blick.

„Ja", sagte der Soldat. „Das kann ich verstehen. Ist ja auch verständlich."

Für eine Sekunde kam Leben in seine Augen. Zuerst dachte Diemut, sie könne freundliche Zustimmung darin erkennen, aber dann wurde ihr klar, dass nur Wut in diesen Augen aufstieg; eisige Wut.

Mit einer einzigen fließenden Bewegung nahm der Mann sein Gewehr von der Schulter. Sie hörte das leise Klicken, als er die Schusswaffe entsicherte.

„Fertig werden!", bellte er. Ringsum klickte es. Diemut hörte ein lautes Knacken, gefolgt von einem Krachen. Jemand hatte ein neues Magazin in seine Waffe eingesetzt und das Gewehr durchgeladen.

Ihr Magen zog sich zu einem kleinen heißen Ball zusammen.

Nein!, dachte sie. Nein! Bitte! Bitte nicht!

Der Soldat hob sein Gewehr. Seine Stimme war laut und kalt: „Abschießen! Legt sie alle um! Keine dieser Kreaturen verlässt das Gelände lebend!"

Diemuts Herz verkrampfte sich. Sie verkrallte sich in Julian.

Sie waren gekommen. Sie waren da.

Die Totmacher!

Ihr Albtraum war Wirklichkeit geworden. Die Totmacher waren da und sie waren nicht länger gesichtslos. Sie hatten Gesichter wie aus Gusseisen.

Diemut sah, wie sie ihre Waffen fertig machten. Es war, als wäre die Zeit stehen geblieben. Sie nahm alles wie in Zeitlupe wahr. Alles schien gebremst. Alles bewegte sich wie durch zähen Sirup.

Auch sie selbst konnte sich nicht richtig bewegen. Sie war wie gelähmt. Sie drängte sich an Julian. Sie spürte ihn neben sich. Sie wollte mit ihm sprechen, ihm schnell noch sagen, dass sie ihn liebte, dass es schön gewesen war mit ihm.

Sie wollte den Soldatenführer bitten, nicht zu schießen. Sie wollte ihn anflehen, sie zu verschonen; es nicht zu tun.

„Bitte nicht", wollte sie rufen. „Bitte erschießen Sie uns nicht! Wir sind Menschen! Wirkliche Menschen! Wir haben eine Seele!"

Aber sie brachte keinen Ton hervor. Eisiges Entsetzen lähmte ihren Körper und ihren Geist.

Hilflos musste sie mitansehen, wie der Soldat sein Gewehr in die Schulter presste und es in Position brachte. Auf dem Rohr glühte ein schreckliches rotes Auge auf, der Leitstrahl eines Laservisiers. Das Auge glotzte sie an. Es glomm wie das Auge des Teufels.

Diemut sah das schwarz gähnende Loch des Rohrs darunter. So klein war dieses Loch vorne im Lauf der Waffe, und doch brachte es den sicheren Tod.

Sie sah, wie der Soldat den Finger am Abzug krümmte, wie die Waffe die

Schulter des Soldaten mit einem Ruck nach hinten drückte. Dann kam das Geschoss aus dem Rohr. Es ritt auf einem Feuerstrahl und auf Pulverdampf. Fast meinte sie, die schnelle Drehung um die Längsachse des kleinen Dings zu sehen, dieses lächerlich kleinen Dings, das ihr das Leben entreißen würde.

Jetzt!, dachte sie und alles in ihr verkrampfte sich in Todesangst. Jetzt werde ich totgemacht!

Die Zeit lief mit einem Mal wieder normal schnell ab. Sie hörte das Brechen des Schusses. Der Knall war tief und so laut, dass ihre Ohren anfingen zu klingeln. Sie hatte nicht gewusst, wie irrsinnig laut ein Schuss aus nächster Nähe klang.

Etwas raste erschreckend nahe an ihrem Gesicht vorbei. Ein heißer Luftzug ließ ihre Haare hochwirbeln. Dann spürte sie einen harten Schlag gegen ihr linkes Bein. Sie knickte ein und wäre umgefallen, wenn Julian sie nicht gehalten hätte.

Seltsam, sie spürte keinen Schmerz, obwohl ihr Bein getroffen war. Da war nur ein taubes Gefühl, sonst nichts.

Rund um sie tackerten die Sturmgewehre. Die Kinder schrien in Todesangst. Schüsse krachten. Im Innern der Aula hörten sie sich an wie Donnerschläge.

Diemut sah Agnes vor ihr auf dem Boden liegen. Das Mädchen war hingefallen.

Erschossen?

Mein Bein! Mein Bein ist getroffen. Und gleich schießen sie mir in die Brust oder in den Kopf!

Ihre Panik steigerte sich noch. Sie war halb irre vor Todesangst. Um sie herum nur Schreie und wildes Schluchzen.

Die Waffen schwiegen. Sie hatten ihre laute Sprache nur kurz gesprochen. So kurz …

Diemut klammerte sich an Julian.

Ich lebe. Man hat mich nicht totgemacht. Man hat … mein Bein …

Sie schaute an sich herunter. Dort unten erkannte sie eine Masse aus blutigem Brei und Haaren. Erschrocken zog sie ihr Bein an. Die Masse drehte sich und ein Gesicht zeigte sich. Zwei Augen starrten blind nach oben. Ein drittes Auge dräute in der Stirn, brandig rot, das Einschussloch des Geschosses, das die

Leitende Schellenberg getötet hatte.

Die Leitende …

Diemut hielt sich an Julian fest. Sie schaute sich um. Um sie herum standen weinende Menschen. Viele kauerten auf dem Boden. Die meisten hielten sich aneinander fest. Kein Schüler war erschossen worden.

Aber die Sturmgewehre der Südler hatten die Leitenden aus der Masse der Leute in der Aula herausgeschnitten wie Chirurgenmesser. Der Leitende Meyer lag verkrümmt vorm Podium. Die Leitende Ruby hockte an der Seitenwand, einen Ausdruck absoluten Erstaunens im erstarrten Gesicht. Auch sie hatte ein Loch in der Stirn. Mitten zwischen einigen laut weinenden Zweitklässlern lag der Leitende Paulus. Er hatte drei Löcher im Brustkorb.

Diemut sah, wie der Anführer der Soldaten sich das Gewehr über die Schulter warf. Er kniete am Boden und hob Agnes auf, die zusammengekrümmt auf dem Holzparkett lag und schrie.

„Ist ja gut", sagte er. „Es ist nichts passiert. Wir haben nur die Kakerlaken abgeknallt."

Mit einem Aufschrei verkrallte sich Agnes in den Mann. Heulend wie ein sterbendes Tier klammerte sie sich an dem Soldaten fest.

Der blickte auf. Wildheit stand in seinem Blick. Er nickte einigen seiner Leute zu: „Da fehlen welche! Sofort die ganze Bude durchsuchen!"

Fünf Mann rückten im Laufschritt ab, die Gewehre in Vorhalte.

Ich bin nicht tot, dache Diemut verwundert. Erst jetzt bemerkte sie, dass sie am ganzen Leib zitterte. Wenn Julian sie nicht gehalten hätte, wäre sie zusammengeklappt.

Sie blickte Julian an. Sie haben uns nicht erschossen, sprachen ihre Lippen stumm. Er umfing sie mit den Armen und drückte sie an sich.

„Ich liebe dich", sagte er. „Ich liebe dich so sehr, Diemut."

Um sie herum hörte das Schluchzen allmählich auf.

Nur Agnes schrie und weinte immer noch, in den fremden Soldaten verkrallt.

„Ist ja gut", brummte der. Die Situation schien ihm unangenehm zu sein. „Nun hör doch auf zu weinen, Kind." Er umarmte Agnes und drückte sie vorsichtig. „Ist ja gut." Seine Stimme wurde fast zwei Oktaven höher und sanft wie Taubengurren, als er Agnes tröstende Worte zumurmelte.

Es dauerte lange, bis das kleine Mädchen sich beruhigte.

„Ist jetzt gut?", fragte der Soldat. Er stand auf. Augenblicklich schrie Agnes auf. Sie streckte verzweifelt die Arme aus. Der Anführer gab einen unwilligen Ton von sich. Dann bückte er sich und hob Agnes hoch und hielt sie im Arm an sich gedrückt. Agnes wurde still.

Diemut sah, wie die beiden Frauen des Soldatenteams sich angrinsten, als sie die Szene beobachteten. „Mutti", sagten sie gemeinsam. Sie feixten. „King Kong ist \`ne Mutti."

Der Anführer warf ihnen einen mörderischen Blick zu: „Liebt ihr eigentlich eure Zähne? Wollt ihr, dass die dort bleiben, wo sie angewachsen sind?!"

Die zwei Frauen ließen sich nicht stören. „Mutti", flöteten sie und lachten.

Die kleinen Lautsprecher an den Kragen aller Soldaten quäkten gleichzeitig los: „Chef! Wir sind im Büro der Direktorin. Wir haben eine Kakerlake in einem der Schränke gefunden. Das ist die Oberkuh dieser sauberen Institution. Daniela Wagner." Ein Lachen erklang: „Dani im Schrank. Sollen wir sie im Schrank einsperren, um sie später zu befragen?"

„Negativ", antwortete der Anführer der Soldaten. „Wir sind nicht hier, um Fragen zu stellen. Wir sind hier, um aufzuräumen. Erschießt sie!"

„Zu Befehl", quäkte es aus den Lautsprechern.

Diemut hörte eine schrille Stimme: „Nein! Nein!"

„Doch!" Ein Schuss krachte.

Wieder knackte es in den Lautsprechern: „Hier Adi und Esel im Keller. Zwei Kakerlaken ausgelöscht."

Der Anführer sprach in sein Kehlkopfmikrofon: „Waren das jetzt alle?"

„Ja. Alles erledigt, King Kong. Auftrag weisungsgemäß ausgeführt."

Der Anführer sah, wie Diemut die Leitende Schellenberger anstarrte, die tot zu ihren Füßen lag. „Wir sind ein Cleanerkommando", sagte er. „Wir machen für gewöhnlich keine Gefangenen. Wir werden geschickt; um aufzuräumen. Genauso haben wir es auch mit den Gasfabriken gemacht. Die Nordkommandos haben mit den Gasminen die Schulwege unserer Kinder kontaminiert und sie haben Gasgranaten auf Altenheime gefeuert. Bei solchen Leutchen macht man keine Umstände. Die gelten nicht als reguläre Soldaten. Die darf man umlegen." Er zeigte auf die Schellenberger: „Genau wie die da. Wachpersonal von Zuchtstationen. Menschen aufziehen und in den sicheren Tod schicken. Unser Befehl lautete, das Institut zu cleanen. Ihr braucht keine Angst zu haben. Euch geschieht nichts."

Julian hielt Diemut noch immer fest umarmt: „Herr Soldat?"

„Hoffmann", sagte der Mann. „Mein Name ist Oliver Hoffmann. Von mir aus Leutnant Hoffmann. Cleanereinheit 16C."

„King Kong", rief eine der Frauen. „Er heißt King Kong."

Agnes schaute Hoffmann mit einem großen Auge an: „Tust du echt King Kong heißen?"

Hoffmann rollte mit den Augen: „Nein, ich heiße Oliver, aber diese Idioten nennen mich so. Hier hat fast jeder einen Kriegsnamen." Er zeigte der Reihe nach auf seine Leute: „Das da ist der Indianer. Weil er gut Spuren lesen kann. Das ist Leberhard. Keiner kann so viel saufen wie er. Er hat eine Leber wie ein Atomkraftwerk. Das sind Plisch und Plum, auch Hanni und Nanni genannt. Frecke ist zu hause. Dem haben sie das Bein zerschossen. Das da ist Methan-Rudi. Er verwandelt hundert Gramm Bohnen in dreihundert Kubikmeter Furzgas. Wenn der im Feld einen abkoffert, fallen die Vögel von den Bäumen und selbst stärkster Panzerstahl beginnt sich zu runzeln. Das da ist Hypothalamus, unser Sanitäter."

Hoffman stellte weitere Leute vor. Es gab den Esel, der so hieß, weil er bei der Ausgabe von Weizenbier in seinem bayerischen Dialekt „I aa!" (Ich auch!) gebrüllt hatte, und den Igel, der kurze stachelige Haare hatte. Bombenwilly hieß eigentlich Wilhelm Bauer und er konnte jede Bombe basteln, die man brauchte. Auch im Entschärfen war er gut. Ein junger Mann mit langen Haaren hieß Jesus und ein großer mächtiger Bär trug den witzigen Namen Mäuschen.

Dann gab es noch den Storch, der lang und hager war, den Alligator, der einem Feind die Kehle durchgebissen hatte, Gurke, die Strohblume und andere interessante Leute.

Während Hoffmann erzählte, entspannten sie sich alle. Die Kinder hörten auf zu weinen. Stattdessen wagten sie erste zaghafte Fragen.

„Was machen Sie jetzt mit uns?“, wollte Ruth wissen.

„Nichts“, antwortete King Kong. „Ihr seid frei und könnt gehen, wohin ihr wollt.“

„Aber die Implantate“, sagte Julian. „Wenn jemand an die Kontrollmechanismen kommt, kann er uns lähmen.“

„Das wird nicht geschehen“, sagte King Kong. „Außerdem werden unsere Sanis euch die Dinger schon bald rausoperieren.“ Er schnaubte unwillig: „Von wegen, mit wichtigen Blutgefäßen und Nerven verbunden und nicht operabel! Das ist natürlich gelogen. Die haben euch ja ein Leben lang belogen und betrogen. Wahrscheinlich haben sie euch auch weisgemacht, dass der Süden den Krieg begonnen hat.“

„War es nicht so?“, fragte Julian.

Hoffmann schüttelte den Kopf: „Euer Präsident hat angefangen. Er hat seine Armeen klammheimlich in die Aufstellungsräume hinter der Mauer geführt. Unsere militärische Aufklärung hat tatsächlich nichts bemerkt. Dann haben sie mitten in der Nacht um halb drei Uhr morgens losgeschlagen. Die Panzerspitzen sind über hundert Kilometer in den Süden rein, bevor sie gestoppt werden konnten, und die Nordterrorkommandos haben Schulwege vermint und Bahnstrecken in die Luft gesprengt, wenn ein vollbesetzter Pendlerzug vorbeikam.

Es dauerte seine Zeit, bis wir die Nordarmee zurückdrängen konnten. Aber nun ist der Krieg so gut wie aus. Vor drei Stunden ist Berlin eingenommen worden. Euren sauberen Präsidenten haben wir nicht gefunden. Der ist getürmt. Es soll da weiter im Osten noch eine letzte große Festung geben.“

Hoffmann zuckte die Achseln: „Das war es. Ich schätze, Norden und Süden werden dann wiedervereinigt. In ein oder zwei Jahren wird es wohl Wahlen geben."

Er schaute Julian an: „Sie wollten mich etwas fragen, junger Mann."

„Ich wollte wissen, was jetzt aus uns wird", sagte Julian. „Wir kennen nur unsere Schule und die Farmen. Auf die Farm durften wir seit vielen Tagen nicht. Ich fürchte, dort sieht es schlimm aus. Die Tiere …"

„Wir funken mal durch, wie es in der Umgebung aussieht", versprach Hoffmann. „Wenn die Gegend sauber ist, können ein paar von euch dorthin und nach dem Rechten sehen. Ihr bekommt natürlich bewaffneten Geleitschutz von uns und die Vögel von der Luftwaffe werden die Augen offen halten nach marodierenden Haufen. Viele können es nicht mehr sein. Die sind alle auf dem Rückzug oder haben sich ergeben."

Er wandte sich an einen Soldaten: „Adi? Mach mal den Fernfunk auf. General Kordes."

Schon nach kurzer Zeit hörten sie die Stimme des Generals aus den Kragenlautsprechern: „Hier Kordes."

„Leutnant Hoffmann, 16C, General", meldete sich King Kong. „Auftrag ausgeführt. Institut gestürmt und eingenommen. Alle Wärter weisungsgemäß liquidiert. Keine Verletzten unter den Klonmenschen."

„Gute Arbeit, 16C", sagte der General. „So kenne ich euch."

„General?", fragte Hoffmann. „Was wird nun aus diesen Leuten? Wenn wir abrücken zum nächsten Auftrag, sind sie ganz allein und auf sich gestellt. Mit Verlaub, das sind vor allem kleine Kinder und Jugendliche und die wenigen Erwachsenen scheinen mir etwas unreif. Das ist keine Wertung meinerseits. Man hat ihnen viele Informationen vorenthalten und sie sozusagen ausgesprochen *simpel* erzogen. Naiv, könnte man sagen.

Das lässt sich schnell aufholen, gewiss, aber im Moment kommen mir diese Menschen etwas hilflos und unselbstständig vor. Sie allein zu lassen halte ich für keine gute Idee. Man sollte Leute schicken, die sich ihrer annehmen, sie anleiten und schulen, Leute, die sich kümmern."

„King Kong? Hast du eine ganze Packung Wellensittichfutter gefressen? Trill mit Sprechperlen?", quäkte die Stimme des Generals aus den Lautsprechern. Diemut legte den Kopf schief. Sie verstand nicht, wovon der General sprach. „So kenne ich dich ja gar nicht, Hoffmann. Du hast noch nie so viele Worte hintereinander von dir gegeben. Warum kümmert ihr euch nicht?"

„Wir?" King Kong traten die Augen aus dem Kopf: „Sollen wir etwa Kindermädchen spielen? So mit Eideidei und allem Drum und Dran?"

„King Kong, mach den Kopf zu!", ätzte Kordes aus den Lautsprechern. „Was glaubst du, wer du bist?! Wo soll ich Lehrer für diese Kinder und Jugendlichen herholen? Hier gibt's keine. Glaubst du, die wachsen auf Bäumen?"

„Aber wir sind keine Kindermädchen, wir sind ein Cleanerkommando!", blaffte King Kong. „Sie können doch nicht im Ernst …"

„Schnauze!", bellte es aus den Lautsprechern. „Neuer Befehl, 16C! Schulgebäude besetzen und sichern! Darin lebende Menschen schützen und versorgen! Dieser Befehl gilt bis auf Weiteres! Verstanden, 16C?"

Hoffmann sah aus, als hätte er gerade eine lebende Schnappschildkröte verschluckt. Er stand da wie Lots Weib, zur Salzsäule erstarrt.

„16C!", plärrte die Stimme von Kordes aus den Lautsprechern. „Gibt es ein Problem mit der Funkverbindung? Habt ihr mich verstanden?"

„Verstanden", knurrte King Kong.

„Dann ist doch alles bestens." Kordes klang leutselig. Hoffmann schaute drein, als wolle er dem General an die Kehle gehen. „Kümmert euch mal schön. Ich sag auch gleich dem Nachschub Bescheid, damit ihr über Funk Lebensmittel anfordern könnt."

„Hier gibt's Gärten", murrte Hoffmann. „Zum Bersten voll mit Gemüse und Salat. Die haben was von einer Farm gesagt. Kann sein, dass wir einiges am Tierbestand notschlachten müssen. Da war eine ganze Weile niemand, um sich zu kümmern. Wir gehen gleich nachher nachsehen."

„Dann ist ja alles in Butter, King Kong."

„Ich will unsere Schatzkiste!", rief Hoffmann. „Wenn wir hier schon mal festsitzen!"

„Kriegst du, Hoffmann. Kordes, Ende."

Die Verbindung wurde unterbrochen.

King Kong stand da, wie vom Donner gerührt: „Ich glaub das einfach nicht! Ich kann das einfach nicht glauben!"

Er wandte sich an seine Leute: „Ihr habt gehört, was der Alte gesagt hat. Seht zu, wo wir hier Quartier machen können. Vielleicht können wir ein oder zwei Klassenräume belegen. Schule ist im Moment eh nicht angesagt. Wir bleiben bis auf Weiteres hier."

Agnes lächelte ihn an und legte ihr Köpfchen auf seine Schulter.

„Muttiiii!", säuselten die beiden Soldatinnen.

„Kopp zu!", grollte King Kong. „Plisch und Plum! Ihr zwei teilt die Wachen ein. Rundumsicherung! Die Hecke können wir unmöglich halten. Wir sind zu wenige Leute! Stellt draußen ein paar getarnte Bewegungssensoren auf! Wir machen Vorfeldsicherung vom Gebäude aus. Dann reichen zwei Mann Dauerbesetzung. Wachplan aufstellen!"

„Jawohl, Mutti", sagten die beiden Frauen synchron. Sie traten ab.

Diemut schaute ihnen fassungslos hinterher. Die zwei waren rotzfrech und aufsässig, aber als der Anführer ihnen einen Befehl erteilte, gehorchten sie sofort und ohne Widerspruch. Sie blickte zu King Kong hin.

Warum befiehlt er den beiden nicht, dass sie mit ihren frechen Sticheleien aufhören? Man sieht doch, dass ihn das ärgert?

Sie verstand es nicht.

Agnes schaute King Kong mit ihrem verbliebenen Auge an.

Er stupste sie mit dem Zeigefinger auf die Nase: „Einäugel." Dann lächelte er und plötzlich wirkte er wie ein gänzlich anderer Mensch auf Diemut. „Braunauge", sagte er zu Agnes. „Haselaugenmädchen."

Agnes lächelte ihn an.

*

Sie kamen auf der Ladefläche eines Militärlasters sitzend von der Farm zurück.

Drei Tage waren inzwischen vergangen, seit das Cleanerkommando aus dem Süden Haus Webenheim befreit hatte. Diemut saß still neben Julian. Sie hielten sich an den Händen.

Die Farm hatte schlimm ausgesehen. Auf ihrem Rückzug hatte die Armee von Nordland alles verwüstet. Fast alle Tiere waren mitgenommen worden, ebenso die großen Landwirtschaftsmaschinen. Sie würden Probleme mit der Ernte bekommen. Zwar hatte King Kong zugesichert, nach Traktoren und Erntegerät zu fragen, aber die Südarmee hatte Besseres zu tun, als die Ernte des Nordens einzufahren.

Zwar hatte die Armee von Nordland inzwischen kapituliert, nachdem die letzte Festung im Osten gefallen war, aber viele Straßen waren vermint und überall galt es, Widerstandsnester auszuräuchern.

Diemut war froh, dass es in ihrer Gegend keine weiteren Kämpfe mehr gab. Auch Minen waren kein Problem. Als die Südstaatler ihre Panzerspitzen nach Norden getrieben hatten, war den Nordkommandos schlicht zu wenig Zeit geblieben, ihre Rückzugswege zu verminen. Aber sie hatten die Farmen geschleift, alles Vieh und die großen Geräte mitgenommen. Die standen jetzt irgendwo weiter im Norden herum und man musste erst alles registrieren und katalogisieren, um es zurückzuführen.

Diemut schaute zu King Kong hinüber. Der Leutnant der Cleanereinheit hockte mitten unter den Leuten und unterschied sich nur durch seine Militäruniform und das umgehängte Sturmgewehr von ihnen.

Agnes saß auf seinem Schoß und kuschelte sich an ihn. Die Kleine weigerte sich strikt, auch nur eine Minute von Oliver getrennt zu sein. Er durfte höchstens allein aufs Klo. Nachts schlief sie auf einer Matratze neben seiner. King Kong akzeptierte die Anhänglichkeit des Kindes mittlerweile mit grimmiger Resignation.

Es hatten sich mehrere Kinder an die Soldaten angeschlossen. Anhänglich verfolgten sie das jeweilige Objekt ihrer Verehrung und Zuneigung und die Kämpen aus dem Süden nahmen das mit einer Mischung aus Gleichgültigkeit und liebevoller Belustigung hin.

Der Esel sprach davon, den „Buam", den siebenjährigen Elias, der sich mit ihm angefreundet hatte, vielleicht zu adoptieren oder ihn zumindest seinen Eltern mitzubringen.

Keiner wusste so recht, wie es weitergehen würde. Die Zöglinge hatten den Soldaten all ihre Kameraden gemeldet, die im Laufe der Jahre abgeholt worden waren. Man fand auch entsprechende Einträge in Computern und Jahrbüchern. Es sollte nachgeforscht werden, ob einige von ihnen vielleicht noch am Leben waren.

Diemut hatte wenig Hoffnung. Es tat ihr leid um Gertrud. Sie hätte ihr wirklich von ganzem Herzen gewünscht, dass Jan noch lebte und zu ihr zurückgebracht wurde.

Sie schaute zu Hoffmann hinüber, der Agnes an den Rippen kitzelte und sie damit zum Quietschen brachte: „King Kong?"

Er schaute hoch: „Ja?"

„Ich wollte dich was fragen."

„Schieß los!", sagte er.

„Es ist … ich denke die ganze Zeit darüber nach … es lässt mich nicht los", begann Diemut. „Wenn ihr den Befehl bekommen hättet, anstelle der Leitenden die Klonkinder zu erschießen, hättet ihr es getan?"

Er blickte sie offen an. Lange. Dann nickte er: „Ja, Diemut. Wenn wir den Befehl erhalten hätten, hätten wir es getan. Ohne zu fragen. Wir sind eine Cleanereinheit."

Er musste das erschrockene Zucken in ihren Augen gesehen haben. „Tut mir leid, Mädchen, ich hätte dir gerne eine andere Antwort gegeben, aber ich kann Lügen nicht ausstehen und du hast eine ehrliche Antwort verdient."

„Aber … aber wir sind Menschen!", brach es aus Diemut heraus. „Wirkliche Menschen mit einer fühlenden Seele!"

„Die Leitenden auch", sagte King Kong. Alle auf der Ladefläche lauschten dem Gespräch in atemloser Spannung. „Und eure Soldaten auch. Sie sind Menschen, und doch haben wir gegen sie gekämpft und sie im Kampf getötet."

„Ich dachte, der Süden ist so demokratisch", sagte Diemut.

Oliver lachte auf: „Das hat doch damit nichts zu tun! Und was heißt schon Demokratie? Glaub bloß nicht an die Demokratie! Es hätte leicht sein können, dass die hohen Herren aus dem Süden das Scheißspiel mit euch Klonmenschen weitergespielt hätten, immer schön im Geheimen, versteht sich." Er grinste boshaft: „Aber es ist was durchgesickert. Gleich zu Anfang ging's los. Überall im Internet tauchten Bilder und Fakten auf, gepostet von anonymen Leuten. Es ist eine Sache, Minenleger zu erschießen, aber eine andere, die Gefangenschaft unschuldiger Menschen hinzunehmen und dabei zu wissen, dass sie nur leben, um irgendwann geschlachtet zu werden. Also haben wir alles hopplahopp ins Internet gestellt, damit es die ganze Welt erfährt.

Weißt du, wir sind nämlich auch Menschen.

Ob die Pisser in der Regierung alles von eurer Führung übernommen hätten, kann ich nicht sagen, aber wir haben ihnen jedenfalls einen Strich durch die Rechnung gemacht. Als bekannt wurde, was es mit den Aufzuchtstationen im Norden auf sich hat, kochte die Volksempörung hoch und unsere Regierung lenkte rasch ein und verlegte sich darauf, nach den Menschenrechten zu krakeelen und die ach so pitterpösen Nordler zu beschimpfen. Die waren ja sooo pöse!

Jedenfalls seid ihr jetzt in Sicherheit. Man wird eure Chips rausschnippeln und man wird nicht drum herumkommen, euch die vollen Menschenrechte zuzusprechen. Die tun das, verlass dich drauf. Die wollen nämlich wiedergewählt werden."

King Kong zeigte ein wölfisches Grinsen: „Schließlich ist auch die Stimme eines geklonten Menschen eine Stimme, um die man im Wahlkampf werben kann. Demokratie bedeutet nichts weiter, als dass eine Bande von Sauhunden die Macht so lange missbraucht, wie die Wähler sie lassen. Dann kommen die Nächsten dran, und die machen es kein bisschen besser. Das Dumme daran ist, dass es keine bessere Alternative zur Demokratie gibt."

Der Laster fuhr auf den Hof von Haus Webenheim. Sie klappten die hintere

Ladekante herunter und saßen ab. Unten wartete die achtjährige Monika und schaute aus großen blauen Augen hoch. Gleich hängte sie sich an King Kong und Agnes.

„Es sind große Laster gekommen", berichtete das Mädchen. „Die fangen morgen an, uns zu operieren. Der Chip soll raus."

Oliver strich ihr übers weißblonde Haar: „Prima. Wurde auch Zeit."

Die zwei Mädchen standen vor ihm und schauten zu ihm auf. Er lächelte sie an: „Blauweißchen und Haselbraun. Kommt, ihr zwei beiden. Sehen wir zu, dass wir was zu futtern kriegen."

„Der Esel tut den Elias aportieren", erzählte Monika. „Ich war dabei, wie er gesagt hat: Dös moch i! Da könns soang, wos's wollts! Und mei Oasch iss breit. Da könns mi olle kreizweis! Den Buam nehm i mit zhaus!" Monika nickte: „Genau das hat er gesagt."

„So, so", meinte King Kong. „Da kommt Hypothalamus."

Dennis Aulenbacher, der Sanitäter von 16C, kam um die Hausecke: „Hi, King Kong. Das OP-Team ist da. Morgen legen sie los. Die Implantate kommen alle raus. Soll eine unkomplizierte Angelegenheit sein. Ist schon an anderer Stelle gemacht worden."

Dennis nickte grimmig: „Von wegen, das könnte man nicht entfernen! War natürlich eine Lüge." Er schaute zu Diemut und Julian: „Ihr zwei! Geht mal nach hinten. Vor ein paar Stunden haben sie eine junge Dame gebracht, direkt aus dem Krankenhaus. Ich schätze, ihr freut euch, sie wiederzusehen."

Diemut und Julian liefen um die Hausecke zur Hinterseite von Haus Webenheim. Dort standen zwei Sanitätscontainer und davor gab es Tische und Bänke. An einem Tisch saß eine junge Frau in ihrem Alter. Sie sah auf, als sie um die Ecke kamen.

„Dagny!", schrie Diemut. Sie rannte los.

Dagny stand auf. Sie bewegte sich etwas wackelig und hatte einen unsicheren Stand. Diemut umhalste ihre Freundin. Auch Julian umarmte das Mädchen: „Mensch, Dagny! Dass wir dich noch mal wiedersehen würden! Ich freue mich ja so!"

„Ich mich auch", sagte Dagny. „Ich hätte nicht gedacht, dass ich überleben würde. Die Südsoldaten haben mich vor der Totalfinalisierung gerettet. Man hat mir nur ein Kniegelenk genommen und ein künstliches dafür eingesetzt. Jetzt läuft irgendein Parteibonze mit einem frischen, jungen Kniegelenk herum."

„Ach, Dagny", rief Diemut aus.

„Ist nicht so schlimm", meinte Dagny. „Hauptsache, ich lebe."

Diemut schaute sie fragend an: „Christof?"

Dagny schüttelte den Kopf: „Für den kamen die Soldaten zu spät. Wie für so viele. Ich mag gar nicht dran denken. Habt ihr das mit Haus Heilburg gehört?"

Sie schüttelten die Köpfe.

Dagny schluckte: „Alle tot. Als die Südarmee angriff, hat man sie demobilisiert und sie umgebracht. Einfach umgebracht! Weil man nicht wollte, dass sie frei kommen! Vielleicht auch, um alles zu vertuschen. Fast hundert Menschen ermordet! Hingeschlachtet wie Vieh!"

„Beim Obersten Leitenden!", rief Julian aus. „Diese Unmenschen!"

King Kong kam zu ihnen. Er hielt ein Fax in der Hand: „Bei dem brauchst du nicht zu fluchen, Julian. Dein Oberster Leitender war der Oberste der Unmenschen. Er ist übrigens immer noch auf der Flucht. Hat sich klammheimlich verpisst, als unsere Armee seine letzte Festung stürmte." Oliver wedelte mit dem Papier: „Wir kriegen hier noch ein paar Leute her. Wir sollten einige Klassenräume herrichten für die. Sie sind aus …" Er studierte den Zettel: „Aus Haus Landsweiler. Die werden auf fünf verschiedene Schulen verteilt. Bei der Erstürmung hatte einer der Piloten der Sturzkampfbomber den Finger ein wenig zu nahe am Abzug für die Bombe unter seinem Flieger. Der war wohl etwas nervös. Gott sei Dank war keiner im Gebäude, als der Vogel sein Ei legte. Aber die Schule ist hin.

Einige der Leute aus Landsweiler kommen jedenfalls zu uns. Wir müssen uns um Unterkunft kümmern. Es werden auch hier und da Gerettete aus den Krankenhäusern kommen wie die hübsche junge Dame hier." Er zeigte auf Dagny. „Wir brauchen Matratzen und Bettzeug."

„Mach ich gleich, Oliver", sagte Julian. „Geh nur. Ich kümmere mich."

Dagny schaute King Kong hinterher: „Wer war das?“

„Der Anführer der Soldaten, die Haus Webenheim befreit haben.“

„Habt ihr gesehen, wie lieb er zu den beiden Kindern ist?“ Dagny hatte einen seltsamen Glanz in den Augen. Sie schaute Diemut an: „Der hat bestimmt eigene Kinder, so wie der sich aufführt.“

Diemut schüttelte den Kopf: „Er hat nicht mal eine Frau. King Kong ist ledig.“

„King Kong?“

„Sein Spitzname. Seine Leute nennen ihn so.“

„Keine Frau“, sagte Dagny leise.

„Bei den Cleanerkommandos wurden nur Ledige eingesetzt“, erklärte Julian. „Vorzugsweise Menschen, die keine Familie mehr hatten. Die schienen wohl am besten geeignet, um … aufzuräumen.“

„Aufzuräumen?“

„Sie haben alle Leitenden erschossen“, berichtete Diemut. „Ohne lange zu fragen. Und dann hat der General King Kong befohlen, hier zu bleiben und alles zu regeln. Er macht das richtig gut. Dabei war er wahnsinnig knurrig, als er die Order von General Kordes erhielt.“

„Das müsst ihr mir erzählen“, verlangte Dagny. Sie humpelte zu den Tischen und ließ sich auf eine Bank fallen.

Der sechsjährige Heiko kam angelaufen und krabbelte auf Julians Schoß. Julian drückte den Kleinen. Zusammen mit Diemut berichtete er von der Erstürmung des Internats. Als Diemut erzählte, wie King Kong dumm aus der Wäsche geschaut hatte, als General Kordes ihn anwies, Haus Webenheim zu managen, lachte Dagny. „Das hätte ich gerne gesehen.“

„Das glaube ich dir“, meinte Diemut vergnügt. „Er sah aus, als hätte er einen Ochsenfrosch verschluckt. Dem hat das überhaupt nicht gepasst.“

„So knurrig wirkte er aber gar nicht auf mich“, sagte Dagny. Sie schaute zu den Gärten. Dort spazierte King Kong mit Agnes auf dem Arm und einem seiner Soldaten und Markus aus der letzten Jahrgangsstufe zwischen den Beeten entlang und begutachtete die Gemüseausbeute. „Mit Kindern kann er jedenfalls gut umgehen."

„Agnes hat ihn adoptiert", sagte Diemut. „Die hängt wie eine Klette an ihm. Er ist nicht mehr so grantig wie am ersten Tag. Ich glaube, er musste so hart sein, um seinen Job zu machen. Aber jetzt ist der Krieg für ihn aus und er kann sich als normaler Mensch zeigen."

„Will der ein Soldat bleiben?", fragte Dagny.

„Der? Das glaube ich nicht!" Diemut schüttelte den Kopf. „Soweit ich weiß, hat er sich kurz vor Kriegsausbruch einen Bauernhof gekauft. Der ist ein Landkind wie wir." Sie seufzte: „Wenn wir denn auf dem Land bleiben dürfen. Es weiß ja niemand Bescheid. Alles ist in der Schwebe. Wir möchten gern auf der Farm bleiben. Vielleicht könnte man Haus Webenheim mit unserer Farm zusammenlegen."

Dagny schaute unverwandt zu King Kong hin: „Einen Bauernhof hat der?" Sie lächelte in sich hinein: „Und Kinder mag er auch."

Diemut schaute Dagny an. So hatte sie ihre Freundin noch nie erlebt.

*

Am nächsten Tag traf ein Militärtransporter mit rund zwanzig Kindern und Jugendlichen aus Haus Landsweiler ein.

„Seht nur!", rief Monika, die neben King Kong stand, als die Neuankömmlinge abstiegen. „Das ist ja Paul! Paul aus der Klasse über mir!" Sie wandte den Kopf: „Aber ..." Ihr blieb der Mund offen stehen. Paul stand keine zwei Meter von ihr entfernt und er war ebenso erstaunt, sein exaktes Ebenbild vom Transporter herunterklettern zu sehen.

Dennis Aulenbacher stellte sich neben Oliver Hoffmann: „Wir haben dieses Handbuch der Klonzüchter durchgearbeitet. Sie haben versuchsweise Doppelgänger erzeugt, manchmal sogar Serien von einem runden Dutzend gleichartiger Kinder. Damit wollten sie erforschen, ob die Umstände des Aufwachsens eine Wirkung auf die Qualität der Organe und Gewebe haben.

Viele dieser Mehrfachkinder gibt es jedoch nicht. Die hatten wohl Angst, dass die Geschichte dadurch auffallen könnte. Es lief ja alles im Geheimen ab. Nur die Leitenden und die Leute in den speziellen Krankenhäusern wussten Bescheid und natürlich die Wissenschaftler und die Bürokraten, die den ganzen Schlamassel verwalteten."

Paul und Monika gingen Hand in Hand zu dem Jungen, der Paul aufs Haar glich.

„Hallo. Heißt du Paul?", fragte Monika.

Als der fremde Junge Paul erblickte, riss er die Augen auf. „Nein", sagte er. „Ich heiße Michael."

Ein größeres Mädchen legte ihm den Arm um die Schultern: „Das ist also einer der Doppelgänger, von denen sie uns erzählt haben. Wer weiß, vielleicht gibt es irgendwo in Nordland noch mehr von deiner Sorte, Michi."

Die beiden Jungen beäugten sich misstrauisch. Man steht sich selbst nicht jeden Tag gegenüber, wie Erich Kästner einmal schrieb.

Diemut trat zu den Kindern. Gerade wollte sie sich zu dem neuen Jungen hinabbeugen, da erstarrte sie mitten in der Bewegung. Mit großen Augen schaute sie eine junge Frau in ihrem Alter an, die gerade vom Laster stieg: „Luise!" Sie richtete sich auf: „Luise? Bist du das?"

Das Mädchen schüttelte den Kopf: „Nein. Ich heiße Rita. Kennst du eine, die wie ich aussieht?"

„Ja." Diemut nickte. „Sie würde heute so aussehen wie du. Ihr Name war Luise. Sie … sie wurde mit neun Jahren abgeholt. Sie lebt wohl nicht mehr." Diemut schlug die Hände zusammen: „Aber ich kenne noch eine wie dich! Ihr Name ist Andrea. Andrea aus Haus Niederkirchen in Schlesien."

„Vielleicht können die Soldaten etwas darüber herausfinden." Rita strich sich eine Haarsträhne aus dem Gesicht. Die Geste zu sehen, die sie von Luise so gut kannte, gab Diemut einen Stich ins Herz.

„Ja", sagte Diemut. „Das können die ganz bestimmt." Sie warf Oliver Hoffmann einen Blick zu.

Der schüttelte den Kopf: „Bis jetzt nichts über deine Kinderfreundin Luise. Wir müssen uns durch einen gigantischen Berg aus Daten wühlen. Das dauert."

„Ich glaube, sie ist längst tot", sagte Diemut. Sie fühlte Trauer in sich aufsteigen. „Sie haben sie damals total überhastet abgeholt. Wenn das geschah ..." Ihre Stimme erstarb.

„Gib die Hoffnung nicht auf", sage King Kong. „Manchmal geschehen Wunder."

„Wunder." Diemut machte eine unbestimmte Geste. „Ich glaube, für unsereins gibt es keine Wunder."

„Ihr seid Menschen wie jeder andere auch", sagte Dennis Aulenbacher.

Diemut warf dem Sanitäter von 16C einen schrägen Blick zu: „Das sagst ausgerechnet du?"

Hypothalamus nickte: „Ja. Das sage ausgerechnet ich. Wunder sind für alle da. Man muss nur an sie glauben."

„Glaubst du allen Ernstes, dass Luise noch lebt?", fragte Diemut.

Dennis stand einen Moment schweigend da. Dann drehte er sich um und ging.

Keine Antwort ist auch eine Antwort, dachte Diemut.

Sie wusste nicht, wieso es ihr dermaßen wichtig war mit Luise. Es stand doch zu hundert Prozent fest, dass sie tot war. Aber da war so ein kleines Etwas tief in ihr, etwas wie eine kleine, im Wind flackernde Kerzenflamme in weiter Ferne inmitten totaler Finsternis. Sie wollte glauben, dass Luise noch am Leben war, irgendwo da draußen.

Auch wenn sie es besser wusste.

Ihr Blick fiel auf ein dünnes neunjähriges Mädchen mit strähnigen dunkelblonden Haaren. Es stand neben dem Transporter und schaute aus großen ängstlichen Augen in die Welt.

Der Fahrer des Transporters, der eine Zigarette rauchend neben dem Führerhaus stand, bemerkte Diemuts Blick: „Das ist Bianka. Sie kommt direkt aus einem der Krankenhäuser. Die Cleanereinheit hat die Schweine mitten im Ausweiden überrascht. Sie haben die Herren Doktoren gezwungen, das Mädchen wieder zusammenzuflicken, aber ein Lungenflügel fehlt."

Diemut war geschockt. Ein Lungenflügel? Konnte man denn mit nur einem Lungenflügel leben? Anscheinend ja, denn das Mädchen lebte. Aber es sah schwach aus, richtig kaputt.

Sie ging zu dem Mädchen: „Bianka? Ich bin Diemut. Ich lebe hier in Haus Webenheim. Stimmt es, dass du eine schwere Operation hinter dir hast? Dann ist es wohl besser, wenn du ein richtiges Bett bekommst. Eine harte Strohmatratze ist nicht das Richtige für dich."

Das Mädchen schaute stumm zu ihr auf. Es rührte sich nicht. Erst als Diemut ihre Hand ergriff, folgte sie der jungen Frau.

Dennis Aulenbacher kam hinter dem Transporter hervor, hinter dem er vor Diemuts fragenden Augen in Deckung gegangen war. Er stellte sich neben Oliver: „Eine Schande ist das! Kaum zu glauben, dass die das all die Jahre geheim halten konnten."

„Weil sie die Kinder dezentralisiert aufzogen", sagte King Kong, „in kleinen Einheiten wie Webenheim. Das war aufwendig, aber die Kinder und Jugendlichen haben zu ihrem Unterhalt beigetragen, indem sie Gärten anlegten und sich teilweise selbst versorgten."

„Ja!" Aulenbacher nickte grimmig. „Und die Farmen haben den Rest beigesteuert und sogar Überschuss erwirtschaftet, den sie verkauften. Mein Gott, King Kong! Die haben an den armen Klonmenschen auch noch verdient! Die Fabrikarbeiter mussten ja auch einen Teil ihres Lohns abgeben."

„Und alle Welt hat die Organe aus Nordland gekauft", sagte King Kong. „Dieses System trug sich nicht nur selbst, es brachte Kohle ein. Jede Menge Devisen." Er schaute finster drein: „Es ist unglaublich, wo Menschen hinforschen, wenn für sie keinerlei Ethikgesetze gelten. Aber eins kapiere ich nicht: Warum zogen die umständlich ganze Menschen auf, nur um an ein paar Organe und ein bisschen Gewebe zu kommen? Warum haben sie in ihren Gebärmuttern keine puren Organe gezüchtet?"

„Vorgaben von oben", sagte Aulenbacher. „Man hat sie sturheil auf komplette Menschen als Organspender angesetzt. In andere Richtungen durften sie nicht forschen. Ziemlich dämlich, aber so funktioniert eine Diktatur.

Weißt du, was der Witz an der Sache ist? Unsere eigenen Leute hätten längst Ersatzorgane aus Stammzellen erzeugen können, wenn sie gewusst hätten, worin. Nun haben wir diese künstlichen Gebärmuttern der Nordländer. Ich sage dir, schon in zwei bis drei Jahren können wir Organe und Gewebe passend für jeden Empfänger züchten, ganz ohne einen Menschen ausnehmen zu müssen. Haut kann man ja heute schon herstellen."

*

Diemut brachte die kleine Bianka ins Hauptgebäude und suchte nach einem freien Bett für sie. Sie fand eines im Schlafsaal von Monikas Klasse.

„Hier kannst du schlafen", sagte sie zu dem Mädchen. „Ich besorge dir passende Kleidung in deiner Größe und Waschzeug. Dann stell ich dich deinen Kameradinnen vor." Sie lächelte Bianka aufmunternd an: „Du wirst sehen, bald hast du dich eingewöhnt."

Das Mädchen stand still neben dem Bett. Es schaute aus ängstlichen Augen zu Diemut auf.

„Was ist, Kleines?", fragte Diemut. „Hast du Heimweh nach deinem eigenen Haus?"

Bianka schwieg.

Diemut ließ sich auf die Knie nieder und sprach freundlich zu dem Mädchen: „Es kommt dir sicher unangenehm vor, aber Haus Webenheim ist deinem Heimathaus sehr ähnlich. Alle Schulen gleichen sich, weißt du? Du bist doch bestimmt schon ein paarmal auf die große Wanderung gegangen und hast mit deinen Freunden andere Internate besucht, oder? Dann weißt du das ja. Vielleicht fühlst du dich ein wenig allein, aber in ein paar Tagen hast du dich eingewöhnt."

Bianka schwieg noch immer.

Diemut fasste sie bei den Schultern: „Kind, was ist mit dir?"

Das Mädchen schaute sie weiter aus großen Augen an. Als sie schließlich sprach, war ihre Stimme so leise, dass Diemut sie fast nicht verstand: „Ich habe Angst, dass sie mich holen kommen."

„Holen? Wer?"

„Die Männer, die mich aufschneiden wollen."

Diemut schüttelte den Kopf: „Nein, Bianka. Die kommen nicht. Die gibt es nämlich nicht mehr. Soldaten wie King Kong und sein Team haben sie totgeschossen."

„King Kong?" Biankas Stimme war so leise wie Mäusefiepen.

Diemut lächelte: „Der Anführer der Südsoldaten. Seine Leute nennen ihn so." Sie schaute dem Mädchen tief in die Augen: „Bianka, du brauchst dich nicht zu fürchten. Niemand kommt dich holen und falls es doch jemand wagen sollte, bekommt er es mit King Kong und seinen Soldaten zu tun. Dir kann nichts geschehen."

„Wirklich nicht?", piepste Bianka.

„Großes Ehrenwort", sagte Diemut.

„Schwörst du beim Obersten Leitenden?", fragte Bianka.

Diemut fühlte ein unangenehmes Ziehen im Bauch. Ausgerechnet der Präsident, der Anführer der Verbrecher, die ihnen das alles angetan hatten. Aber Bianka war noch zu klein, um das zu verstehen.

Also legte Diemut die Hand aufs Herz und sagte: „Ich schwöre beim Obersten Leitenden. Dir passiert nichts in Haus Webenheim." Dann nahm sie das Mädchen vorsichtig in die Arme. Sie wagte nicht, Bianka zu drücken, weil sie frisch operiert war. Sicher hatte sie noch Schmerzen.

Das kleine Mädchen schmiegte sich mit einem Seufzer an sie.

*

Am Tag darauf operierte man Dagny. Der Eingriff fand unter Narkose statt, aber sie durfte danach gleich wieder aufstehen. Das OP-Team arbeitete im Akkord.

Reihenweise wurden die Klonmenschen die abscheulichen Implantate los.

Oliver kam zusammen mit Agnes aus dem Büro der Direktorin, wo die Soldaten ein provisorisches Hauptquartier eingerichtet hatten. Er hielt ein Fax in den Händen. Als er um die Ecke bog, sah er gerade noch, wie Dagny vor der Treppe zum ersten Stock ins Straucheln geriet und hinfiel. Mit einem Aufschrei krümmte sie sich am Boden zusammen.

„Oh, Scheiße!" Oliver steckte das Papier ein, stellte Agnes auf den Boden und lief zu Dagny. Er kniete nieder und umfasste sie von hinten. Dagny stöhnte laut und gab ein Würgen von sich.

King Kong wusste genau, wie sie sich fühlte. Er hatte den Sturz beobachtet. Das Mädchen war mit der Kniescheibe genau auf die Kante der untersten Treppenstufe geknallt.

„Tief durchatmen, Dagny", sagte er und wiegte sie in seinen Armen. „Nicht kotzen! Versuche zu atmen. Und wenn du doch kotzen musst, dann atme nicht ein. Kotze in der Lunge ist nicht gut. Überhaupt nicht gut!"

Sie zitterte in seinen Armen. Er sah, wie ihr Tränen in die Augen schossen. Sie war auf das Knie gefallen, das man operiert hatte. Ausgerechnet.

„Ich kenne das", sagte er und hielt sie weiter fest. „Als kleiner Junge bin ich beim Rollschuhlaufen mal mit dem Knie auf die Bordsteinkante geknallt. Ich habe die Englein im Himmel singen gehört. Nur mit dem kleinen Zeh volle Kanne gegen einen Bettpfosten stoßen ist noch schöner."

Sie gab einen atemlosen Laut von sich und krümmte sich noch mehr. Er hielt sie fest.

„Wenn du weinen musst, weine ruhig. Das hilft, die Schmerzen abfließen zu lassen." Er drückte sie wie ein kleines Kind: „Gleich geht es dir besser."

Endlich holte sie Luft. Ihr Atem normalisierte sich. Sie drehte sich in seinen Armen und legte die Stirn an seine Brust. Halb kniete, halb lag sie. Sie war kreidebleich. Sie weinte.

Agnes kam herbei und streichelte Dagny unbeholfen: „Hat sie schlimm weh?"

King Kong nickte: „Ja, Agnes. Ganz, ganz schlimm weh. Aber gleich wird's besser."

„Geht's wieder?" fragte er.

Ihre Antwort war ein gehauchter Schmerzenslaut.

„Ausgerechnet deine neue Prothese", brummte Oliver. „Hypothalamus muss sich das ansehen. Kann ja sein, dass es was zerlegt hat. Kannst du aufstehen?"

Sie schüttelte den Kopf. „Nein!", keuchte sie. „Nicht! Warte!" Sie hielt sich an ihm fest.

„Schon gut", tröstete er. „Lass dir Zeit. Ich halte dich."

„Ja", sagte sie. Sie lehnte sich an ihn. Allmählich entspannte sich ihr Körper. Sie hörte auf zu zittern. „Beim Obersten Leitenden! Tut das weh!"

Oliver erhob sich. Vorsichtig richtete er sie auf: „Kannst du gehen? Wenn nicht, trage ich dich."

Sie lag in seinen Armen: „Warte bitte."

Er gab ihr einige Minuten. Dann humpelte sie in seinen Armen mit zum Sanitäter von 16C.

Dennis Aulenbacher sah sich Dagnys Knie an und befühlte es: „Tut das weh?" Er drückte an einer bestimmten Stelle.

Dagny schüttelte den Kopf: „Nur vorne. Direkt unter der Kniescheibe."

Dennis verzog das Gesicht: „Die Kniesehne geprellt. Ziemlich unangenehm, und das, wo du gerade eine Operation hinter dir hast." Er schaute auf: „Sogar zwei. Die haben doch heute deinen Chip rausgeholt, stimmt´s?"

„Ja", sagte Dagny.

Dennis erhob sich und machte sich an seinem Koffer zu schaffen: „Ich gebe dir eine Spritze. Sollst dich nicht unnötig quälen." Er setzte eine Injektion: „Ein wirkungsvolles Mittel. Nimmt die Schmerzen und wirkt gegen Schwellungen und Prellungen. Heute Nachmittag kannst du wieder ganz normal laufen." Er lächelte schief: „Spring aber bitte nicht gleich wieder auf eine Treppenstufenkante, ja?"

Dagny lächelte: „Versprochen."

Dennis schaute Agnes an: „Wie geht es deinem Auge, Prinzessin? Tut das noch weh?“

Agnes schüttelte den Kopf: „Nein. Aber ich kann nicht mehr damit sehen und das tut mir hier weh.“ Sie zeigte auf ihr Herz.

„Ja“, sagte der Sanitäter. „Das tut im Herzen weh, Kleines.“

King Kong half Dagny aufzustehen: „Wo soll ich dich hinbringen? Willst du dich hinlegen? Ich muss zu Diemut.“

„Die ist draußen“, sagte sie. „Hinterm Gebäude bei den Containern, wo sie die Kinder operieren. Sie tröstet die Kleinen, wenn sie Angst haben. Nimm mich mit.“

Er hielt sie fest: „Dann komm mal.“

Diemut saß auf einem Klappstuhl bei den OP-Containern. Bianka war bei ihr. Sie sah King Kong mit Dagny im Arm aus dem Haus kommen. Agnes klebte wie üblich an King Kong. Dagny humpelte schlimm.

„Was ist denn, Dagny?“, fragte sie besorgt.

„Sie ist gestolpert“, erklärte Oliver Hoffmann. „Ist hingefallen. Auf die Kante einer Treppenstufe. Ausgerechnet mit dem frisch operierten Knie. Das war ja noch nicht fertig ausgeheilt.“

Diemut verzog das Gesicht: „Uuh! Mit dem Knie!“

„Hypothalamus hat ihr eine Spritze verpasst“, sagte King Kong. „Das Knie ist okay. Sie hat sich nur die Kniesehne geprellt.“

Diemut zog die Brauen hoch: „Nur?“

„Ich weiß, wie sich das anfühlt.“ King Kong lieferte einen Bericht über einen Rollschuhunfall, bei dem er sich ebenfalls die Kniesehne geprellt hatte. „Ich bin damals drei Tage lang gehumpelt wie ein alter Mann. Mir hat keiner eine Spritze gegeben.“ Er holte ein Papier aus der Tasche: „Nachricht für dich, Diemut.“

Diemut blickte den Soldaten an. Sie versuchte, in seinem Gesicht zu lese King Kong sah aus wie am ersten Tag, als seine Einheit das Interna hatte. Sein Gesicht war wie aus Stein gemeißelt.

„Schlechte Nachrichten?", fragte sie.

Er nickte: „Tut mir leid."

Sie wusste sofort, was er meinte: „Luise!"

Er nickte. Nun spiegelte sich Mitgefühl in seinen Gesichtszügen: „Tot. Am gleichen Tag, als man sie abholte. Sie wird keine Angst gehabt haben. Wenigstens das blieb ihr erspart. Wenn man nur ein Organ geholt hätte ..." Er schluckte. „Wir hatten Funk mit anderen Cleanerkommandos. „Die haben Krankenhäuser eingenommen, wo die Kinder zu Dutzenden in engen Krankenzimmern lagen und vor Angst nicht ein noch aus wussten. Wenn man erst einmal damit angefangen hatte, sie aufzuschneiden ..." Er stockte, als sein Blick auf Bianka fiel, die ihn aus weit aufgerissenen Augen anstarrte.

Er hielt noch immer Dagny im Arm, aber nun sah es so aus, als hielte er sich an ihr fest: „Ist eine verdammte Sauerei, die da passiert ist. Es ist unfassbar."

Julian kam mit Gertrud vorbei. Heiko war bei ihm. Der kleine Junge hopste um ihn herum wie ein Flummi.

Julian sah sofort, dass mit Diemut etwas nicht stimmte. Er trat zu ihr und umarmte sie: „Schlechte Nachrichten?"

Sie lehnte sich an ihn: „Luise." Mehr sagte sie nicht.

Er verstand sofort: „Sie ist tot."

Diemut nickte. „Am ersten Tag noch. Sie musste nicht leiden."

Er drückte sie schweigend an sich.

Plisch und Plum kamen aus einem der OP-Container. Sie führten einen Jungen aus der fünften Jahrgangsstufe zwischen sich, der von der Narkose noch etwas enommen war.

Setz dich hier hin", sagte Eva Hercher und bugsierte den Jungen auf einen gestuhl. „Ruh dich aus. In einer halben Stunde bist du wieder fit. Aber heute wilden Spiele, ja?"

etrachtete die beiden Frauen. Plisch und Plum. Die zwei Hunde aus der

Geschichte von Wilhelm Busch. Einer war klein und dick, der andere größer und dünn. Eva Hercher war klein und schrankförmig, ihre Kameradin Nathalie Dahl war hochgewachsen und schmal. Die Spitznamen passten, auch weil die beiden ebenso frech waren wie die Hunde in Wilhelm Buschs Geschichte. Sie musste daran denken, dass King Kong die zwei oft als Flintenweiber bezeichnete.

Nun schauten beide Flintenweiber hochinteressiert zu ihrem Anführer hin, der noch immer Dagny im Arm hielt. Sie sagten nichts, aber sie blickten einander mit sprechenden Augen an.

Julian wandte sich an Oliver: „Geht es dir immer noch auf den Wecker, dass du bei uns Kindermädchen spielen musst?"

Diemut schaute den Soldaten an, während ihr Freund die Frage stellte.

King Kong schwieg einen Moment. Dann schlich sich ein listiges Grinsen in sein Gesicht: „Nicht mehr. Eigentlich hat der Alte uns einen Gefallen getan, als er den Befehl gab, das Internat zu besetzen und auf euch aufzupassen. Für uns ist der Krieg zu Ende. Anderen Cleanerkommandos ging es nicht so gut.

Beim Sturm auf die letzte Festung eures Obermuftis nahmen acht Cleanereinheiten teil. Sie bildeten gewissermaßen den Rammsporn, der gegen die Festung gerichtet war."

King Kong verzog das Gesicht: „Die Festung wurde geworfen, aber die C-Kommandos wurden dabei fast vollständig aufgerieben. Blieb kaum ein Dutzend Männer und Frauen übrig.

Ehrlich gesagt hatte ich vom Krieg die Schnauze gestrichen voll. Von Anfang an. Ich habe den Krieg nicht angezettelt und wollte kein Soldat werden. Ich habe genug Leute sterben sehen und mehr als genug eigenhändig umgebracht. Ich hatte keine Lust mehr und meine Leute ebenso wenig.

Also war es ganz gut, als General Kordes uns befahl, Haus Webenheim zu besetzen. Aber wir halten die Augen auf. Noch könnten versprengte Reste der Nordarmee in den Wäldern stecken. Man weiß nie. Zwar ist der Krieg beendet, aber wenn das welche nicht akzeptieren, was dann?"

„Hat man den Präsidenten inzwischen gefunden?"

King Kong schüttelte den Kopf: „Der ist wie vom Erdboden verschluckt. Aber ewig kann er sich nicht verstecken. Ein paar Leute glauben, er will sich nach Kuba absetzen."

Der Esel kam aus der Hintertüre: „Chef! King Kong! S ham unser Schatzkistl bracht!"

„Das nenn ich mal eine gute Nachricht", meinte Oliver.

Hinter dem Esel tauchte Adrian Stelbrink auf. Der Funker hielt ein Fax in Händen. Damit kam er zu ihnen. Er wandte sich an Julian: „Da habt ihr es schriftlich, Leute. Man hat euch heute alle Menschenrechte zugesprochen. Ganz offiziell. Es darf auch kein Mensch mehr geklont werden. Der Zusatz zu den Ethikgesetzen ist bereits durch."

„Glückwunsch", sagte King Kong. „Jetzt braucht ihr wirklich keine Angst mehr zu haben, dass euch einer ausnimmt." Er lächelte schief: „Aber ich wette, man wird demnächst an euch herantreten und euch bitten, einen Organspenderausweis bei euch zu tragen. Eure Organe sind halt besonders *kompatibel*. Keiner kann euch zwingen, so einen Ausweis anzunehmen. Es ist euer gutes Recht, eine Organentnahme nach eurem Tod zu verweigern."

Er winkte ab: „Egal. Heute Abend wird gefeiert. Wir zünden hinterm Haus auf der großen Wiese ein Lagerfeuer an."

Zwei Mann trugen eine große Militärkiste um die Hausecke.

„Unsere Schatzkiste ist angekommen", meldeten sie.

Der Esel ging gleich hin und klappte den Deckel auf. Elias war bei ihm. Neugierig sah der kleine Junge zu, wie der Esel ein riesiges Holzding aus der ste fischte.

Was ist denn das?", wollte er wissen.

ös iss mei ganz bsondres Oipnhorn", verkündete der Esel vergnügt. Er setzte ing an die Lippen und produzierte einen dunklen, röhrenden Ton. „A loo iss dös", erklärte er. „Hoit Oamt spüi mer damit am Lagerfeuer zsamm mit die Trommeln. Wirst sehn, dös wird a Gaudi."

„Ein Ditscheridu?", fragte Elias. „Das klingt ja fast wie Känguru."

„Dös is emt so", meinte der Esel augenzwinkernd. „Woi die sans olle zwoa aus Australien. Dös Känguru und dös Didgeridoo."

*

Abends feierten sie. Nur die eingeteilten Wachen versahen ihren Dienst und diejenigen, die später die Wache übernehmen würden, tranken keinen Alkohol.

Alle anderen aber waren ausgelassen. Von der Farm hatte man zwei große Eisenpötte mitgebracht, in denen man auf offenem Feuer einen Eintopf kochte mit allem, was die Gärten hergaben, und Kaninchenfleisch und Hühnerfleisch drin. Dazu gab es verschiedene Salate, die man auf Tischen in großen Schüsseln darreichte.

16C hatte beim Nachschub Limonade, Bier und Apfelwein bestellt sowie Naschzeug wie Bonbons und Schokolade für die Kinder des Internats.

Die Soldaten hatten einen doppelten Kreis aus zersägten Baumstämmen auf die Wiese geschafft. In der Mitte dieses Kreises war Holz aufgeschichtet für ein Lagerfeuer. Das sollte am Abend angezündet werden.

Neben dem Lagerfeuerkreis hatten sie ein Stück Wiese kurz gemäht. Es diente als Tanzfläche.

Eine Kapelle in ständig wechselnder Zusammensetzung aus Soldaten und Internatszöglingen jeglichen Alters spielte Musik und man tanzte dazu.

Diemut flog in Julians Armen über das kurz geschnittene Gras. Noch trugen sie beide ihre Implantate, aber in den nächsten Tagen würden auch sie an die Reihe kommen. Die beiden OP-Teams leisteten gute Arbeit. Jeden Tag entfernten si drei Dutzend Implantate.

Diemut fühlte sich wohl wie lange nicht. Zum ersten Mal in ihrem Leben e sie sich wirklich frei. Das mit dem Implantat war nur noch eine Form ie sah, wie die Großen und Kleinen tanzten. Bei langsamen Stücken t gny mit King Kong, der sie wie ein rohes Ei behandelte.

Später setzten sie sich an einen Tisch und futterten Eintopf bis zum Platzen. Neben der Tanzfläche orgelte, flötete, fiedelte und trompetete das Orchester ohne Unterlass weiter. Einer der Soldaten spielte Saxofon, ein anderer hatte eine elektrische Gitarre nebst Verstärker und Lautsprecher aufgebaut.

Dann stellten sich die ganz Kleinen auf die Tanzfläche und sie brachten im Chor ein paar Kinderlieder dar, begleitet von älteren Kindern auf Flöten und Mundharmonikas. Auch Agnes, Heiko und Monika sangen mit. Bianka nicht. Sie blieb neben dem Tisch von Diemut und Julian stehen. Sie konnte nicht herumhopsen. Dazu war ihre Operationsnarbe noch zu frisch.

Das Mädchen war es zufrieden, den anderen Kindern beim Rumtoben zuzusehen.

Nachmittags führten die Soldaten mit nacktem Oberkörper Schaukämpfe auf. Sie traten Mann gegen Mann an und zeigten, wie man im Zweikampf mit Ringen, Judo und Krav Maga einen Gegner zu Boden schicken konnte.

King Kong und der Esel warfen mit ihren Kampfmessern nach einem dünnen Holzpfahl, den sie in den Boden geschlagen hatten. Auf fünf Meter Entfernung trafen sie ohne Probleme.

Agnes und Monika zogen King Kongs zwei Messer aus dem Pfahl und brachten sie ihm.

„Danke, Blauweißchen und Haselbraunchen“, sagte er augenzwinkernd und strich ihnen über die Köpfe.

„Muttiiiii“, witzelten Plisch und Plum, die gerade vorbeikamen.

„Flintenweiber!“, rief er lachend.

„Was wird eigentlich mit all diesen Kindern?“, fragte Eva Hercher. „Mal im rnst.“

Kng Kong zuckte die Achseln: „Keine Ahnung. Ich schätze, man wird eine trale Adoptionsstelle einrichten. Sie können ja nicht ohne Erwachsene in n Schulen bleiben. Vielleicht übernimmt aber auch der Staat die Internate ht die Kinder und Jugendlichen auf, wie sie es von klein auf gewöhnt sind.“

Als es Abend wurde, versammelten sich alle um den Holzstapel. Sie setzen sich auf die Baumstämme. Das Feuer wurde angesteckt und man feierte weiter mit Bier und Apfelwein. Die Kinder brieten Stockbrot im Feuer und teilten es einträchtig mit den Großen.

Sie sangen Lieder in trauter Runde. Das Feuer knisterte und knackte. Funken stiegen in den Abendhimmel und die Flammen malten alle Gesichter orangerot an.

Diemut saß an Julian gelehnt und sang mit. Sie sah links von sich King Kong sitzen. Rechts und links von ihm saßen Dagny und die kleine Monika, beide an den Mann angelehnt. Agnes saß auf seinem Schoß und sang lauthals mit.

Plötzlich kam Bewegung in die Soldaten. Etliche standen auf. Sie holten verschiedene Trommeln und der Esel und Adrian Stelbrink holten ihre Didgeridoos.

Die Trommeln begannen ihre laute und rhythmische Sprache zu sprechen. Der Rhythmus ging ins Blut. Noch nie hatte Diemut eine derart aufreizende Perkussion gehört. Dann setzten die großen Didges ein. Sie röhrten dumpf in den dunklen Abendhimmel.

Etliche Leute standen auf und tanzten zu den aufreizenden Rhythmen. Eine halbe Stunde lang bliesen Adi und der Esel auf ihren Didgeridoos.

Ganz zum Schluss saßen alle still und in sich gekehrt rund ums Feuer und starrten in die Flammen.

Diemut stupste Julian an: „Spiel bitte, Augustian.“

Er schaute sie lächelnd an. „Wie?“

Sie stupste ihn noch einmal: „Mach!“

„Diemut!“ Er küsste sie lange und zärtlich. Dann griff er zur Mundharmoni

Sie lehnte sich an ihn und lauschte dem Freiheitslied, jenem einfache

Liedchen, das ihr Herz schon als Kind berührt hatte. Man hörte nich

Mundharmonika und das leise Knacken des Lagerfeuers.

Diemut fühlte Frieden und Dankbarkeit im Herzen.

So sollte es immer sein, dachte sie.

Ja, so sollte es sein.

Für immer.

*

Am nächsten Tag ging Dagny zu Hanni und Nanni. Sie wartete, bis die beiden „Flintenweiber“ alleine zugange waren. Sie schraubten an einem der Militärgeländewagen herum, den man 16C zugeteilt hatte, um die Farmarbeiter zwischen der Farm und Haus Webenheim hin und her zu fahren.

„Kann ich kurz mit euch sprechen?“, fragte Dagny schüchtern.

Natalie Dahl gab Eva Hercher einen Stoß in die Seite. Als Eva aufsah, nickte Natalie mit dem Kopf in Richtung Dagny. Die beiden sahen sich vielsagend an.

„Ja bitte?“, fragte Eva, als Dagny keinen Piep von sich gab.

„Ich wollte …“, setzte Dagny an. „Ich … warum sagt ihr solche Sachen über Oliver?“

Eva schaute zu Natalie auf, dann zu Dagny hin: „Sachen? Was denn für Sachen?“

„Die Namen, die ihr ihm gebt“, stotterte Dagny. „Das … findet ihr es nicht ein bisschen … unhöflich? Ihr sagt so Sachen wie Mutti und so. So Verarschungen halt …“

Eva produzierte ein schnarchendes Geräusch, eine Art abgewürgtes Lachen: „Ach Gott, Mädchen! Das ist bloß Spaß. Ein Ulk, sonst nichts.“

Ulk?“, fragte Dagny. „Er sieht nicht so aus, als fände er das lustig.“

„Wir tun’s halt“, sagte Natalie. „Wir alle machen das. Wir treiben untereinander emlich derbe Späße. Oliver ist nicht anders. Er knurrt uns an, er nennt uns tenweiber und manchmal Otzen und wir zahlen es ihm in gleicher Münze . So baut man Druck ab. Alles nur Spaß, um Druck abzubauen. Der Job in anereinheit ist nicht leicht.“

Natalie fuhr sich durchs kurz geschnittene Haar: „Gott! Wenn wir ernsthaft aufeinander losgingen! Wir sind als Killer ausgebildet. Wir sind dafür ausgebildet, mit bloßen Händen ein Genick zu brechen oder drei Leute gleichzeitig mit einem Kampfmesser auszuschalten. Das geht Hack-Metzel-Filetier! Und schon ist die Tomatensoße angerichtet!

Das Gefrotzel, das sind bloß grobe Späße, um Aggressionen abzubauen."

Dagny schluckte zweimal hintereinander, bevor sie sprechen konnte: „Ich … ich glaube, ihr verletzt ihn damit. Ich habe sein Gesicht gesehen, in der Scheibe gespiegelt. Er hat getan, als müsse er lachen, aber als er dachte, keiner sieht ihn, sah er sehr traurig aus. Bitte … könnt ihr nicht damit aufhören?"

Eva und Natalie schauten sich an. Dann zuckten sie mit den Schultern.

„Von mir aus", sagte Natalie. „Okay. Weil du es bist. Wir nennen ihn nicht mehr Mutti. Wir werden versuchen, ihn nicht mehr zu ärgern."

„Danke", sagte Dagny leise. „Wisst ihr … habt ihr eine Ahnung, wo er ist?"

„Wer?", fragte Eva. „Mu … Oliver?" Sie warf Natalie einen Seitenblick zu. „Abgezogen ist er. Mit Adi, Leberhard, Jesus, dem Storch und dem Esel. Ausflug in die Etappe. Erholungsurlaub zum Saufen und Rumhuren. Militärische Entspannungsübungen halt."

Dagny stand still da und sagte kein Wort.

„Hat er dir wohl nicht gesagt, was?", fragte Natalie.

Dagny schüttelte den Kopf: „Nein." Sie drehte sich um und ging weg. Es sah aus, als wäre jeder einzelne Schritt Schwerstarbeit für sie.

Eva schaute zu Natalie auf. Sie zog die Brauen in die Höhe. Natalie zuckte die Achseln. Dann griff sie zum Schraubenschlüssel und machte sich am Heck des Geländewagens zu schaffen.

*

Oliver Dahl saß neben Adi, der den Truck steuerte. Im Radio dudelte irische Folkmusik. Er mochte diese Musik, aber komischerweise schlug sie ihm jetzt ganz böse aufs Gemüt. Er war schon den ganzen Tag schlecht drauf gewesen. Immer wieder musste er daran denken, dass er nicht als unbeschriebenes Blatt aus dem Krieg heimkehren würde. Dazu hatte er zu viele Menschen umgebracht.

Sicher, die meisten von denen waren echte Scheißkerle gewesen. Wer Gasminen auf den Schulwegen von Kindern verlegte, war ein Scheißkerl. Aber er war trotzdem ein Mensch. Wahrscheinlich hatten viele in den Terrorteams des Nordens ihren Job nicht freiwillig gemacht. Die waren eingezogen und ausgebildet worden wie er selbst und dann hatte man sie losgeschickt, um richtig viel Scheiß anzurichten.

Und er hatte sie mit seiner Einheit massakriert. Ausgelöscht. Kaltgemacht. Ausgeknipst. Männern und Frauen den Docht abgedreht. Einfach so.

Rein, um sich ballern, raus.

Hin, alles kaltmachen, weg.

So war es gelaufen, seit der Scheiß-Krieg angefangen hatte und seine Wut hatte sich noch gesteigert, als er den Hüfttreffer eingesteckt hatte. Die Wut hatte ihn vorwärts gepeitscht und ihn wahllos töten lassen. Was ihm vors Rohr kam, wurde umgelegt. Er hatte nicht gefragt.

Ein Cleanerkommando war nicht dazu da, Fragen zu stellen. Ein Cleanerkommando war dazu da, aufzuräumen.

Sie hatten mit dem Nordpack aufgeräumt, und das nicht zu knapp. Sie hatten im Akkord Menschenleben ausgelöscht, zehnfach, hundertfach - irgendwann hatte Oliver aufgehört zu zählen.

Mit der Zeit waren sie alle abgestumpft, aber gerade diese Abgestumpftheit war das Schlimmste von allem. Es war einem irgendwann egal, wie viele man killte. Man tat es einfach. Man erledigte den Job, wie ein Postbote, der ein Paket auslieferte. Nur, dass 16C den Tod geliefert hatte.

Es würde seine Zeit brauchen, all das loszulassen. Er musste erst wieder lernen, ein Mensch zu werden. Es würde ihm nicht vollständig gelingen, das war ihm klar. Der Krieg und das, was er getan hatte, würden immer an ihm haften. Er würde es nie ganz loswerden. Es würde wie Scheiße an ihm kleben und stinken.

Ich muss aufhören, ständig darüber nachzudenken, dachte er. Das Grübeln macht mich fertig. Ich kann es ja nicht ändern. Ich muss anfangen nach vorne zu schauen.

Es fiel ihm schwer. Obwohl aus der Heimat nur gute Nachrichten kamen. Sie warteten auf ihn. Es ging voran.

Die Irvings hatten ihm geschrieben. Sie hatten die alte Bahnstrecke gekauft.

Glückwunsch, dachte Oliver.

Die Irvings waren erst vor einem Jahr nach Deutschland gekommen. Maria Irving war Süddeutsche und nachdem John und sein älterer Bruder nach ihres Vaters Tod das Familienvermögen der Irvings geerbt hatten, hatte John seinem Bruder den Familiensitz in Großbritannien überlassen und war mit seiner Hälfte vom Erbe nach Deutschland gegangen. Er und Maria hatten ein kleines Jagdschlösschen gekauft, das in einem riesigen Park lag, und angefangen, eine Straße zu bauen, auf der britische Traction Engines und Dampflaster fahren sollten.

Gleichzeitig hatten sie die Fühler ausgestreckt, um die alte Bahnstrecke zu ergattern. Unglaubliche achtundfünfzig Kilometer lang war sie und sie führte direkt an dem Schlösschen vorbei.

Wenn ich es schaffe, bei uns weiter im Süden die andere aufgegebene Strecke zu kriegen, hätten wir zusammen fast hundert Kilometer Schienenweg, überlegte Oliver. Wir müssten nur das fehlende Stück dazwischen schließen. Das wären weniger als zehn Kilometer. Alles schönste Nebenstrecken in herrlicher Natur, genau richtig, um darauf Dampflokomotiven fahren zu lassen.

Herrgott! Vielleicht schaffen wir es eines Tages wirklich, eine Mischung aus Eisenbahnstrecken und Straßen quer durch Deutschland laufen zu lassen bis rauf an die Küste und auf der anderen Seite des Kanals geht es bei den Engländern weiter. Das wäre einfach geil.

Fehlt dann bloß noch eine Familie, flüsterte die kleine Stimme in seinem Kopf, diese Stimme, die er nicht besonders mochte. Sie sagte meistens Dinge, die er nicht hören wollte.

Familie! Oliver schnaubte.

Adrian schaute ihn von der Seite an: „Is was?"

„Nee", brummte Oliver. „Hab bloß gerade an zu Hause gedacht. Ist noch lange hin, bis wir heimkommen. Scheiß-Krieg!"

„Ja!", bestätigte Adrian. „Scheiß-Krieg! Aber heute war es ja mal schön. Ab und zu braucht man ein positives Erlebnis."

Oliver sagte nichts.

Familie, flüsterte die blöde Stimme in seinem Kopf.

Was für eine Familie, schrie er sie in Gedanken an. Was denn für eine Kotz-Fotz-Arschfick-Sauscheiß-*Familie*? Ich doch nicht! Wie soll ich eine *Familie* kriegen?!? Mich nimmt keine Frau mehr! Nicht nach allem, was ich getan habe! Ich bin ein Mörder! Ein Auftragskiller! Wie einer von einer SS-Einsatzgruppe! Schuss-Peng-Kill! Von wegen *Familie*!

Kurz erschienen Bilder vor seinem inneren Auge. Er sah Agnes vor sich, wie sie ihn mit ihrem verbliebenen Auge fragend anschaute, und Monika, die sich immer öfter in seiner Nähe herumtrieb. Wo er auch war und mit wem er auch diskutierte, sie war immer dabei.

Und Dagny.

Dagny! Mann, vergiss es! Die doch nicht! Die weiß bis ins kleinste Detail, was du alles getan hast. Die hat mit aufgerissenen Augen zugehört, als der Esel und Jesus erzählt haben, was wir alles getan haben. Die weiß, dass du nach den Maßgaben der Genfer Konvention ein Kriegsverbrecher bist, nur gedeckt durch einige ganz spezielle und megabesondere Ausnahme-Militärgesetze.

Aber Verbrecher bleibt Verbrecher.

Einer, der anderen Leuten mit dem Messer die Augen aussticht und ihnen dann eine Dynamitstange ans Bein bindet und die Lunte anzündet! Einer, der drei Autos mit der Bazooka hochgejagt und die Leute, die herausgelaufen kamen, mit dem Flammenwerfer gegrillt hat. Einer, der in der Giftgasfabrik heimlich alle Gasmasken unbrauchbar gemacht hat, sich dann seine eigene aufsetzte und die Rohre kaputt schoss, in denen die Giftbrühe floss! Du hättest die Leutchen sauber erschießen können, Mann! Aber nein! Du wolltest zusehen, wie sie sich in Panik die unbrauchbar gemachten Masken aufsetzten und vor deinen Augen verreckten wie Wespen, die mit Paral eingesprüht wurden!

Nein, mein Guter. So einen wie dich will ein Mädchen wie Dagny nicht. Ganz bestimmt nicht, du Pisser. Du bist ein Stück Dreck, und das wissen sie alle. Den Dreck bekommst du nie wieder von dir runter. Nie wieder. Das bleibt für immer.

Mörder bleibt man ein Leben lang.

Da hilft auch nicht, dass du hinten im Truck eine tolle Überraschung für die lieben Webenheimer dabei hast.

Der Militärtruck hielt vor Haus Webenheim. Die Hupe gellte. King Kong saß vom Beifahrersitz ab. Er winkte einen Jungen zu sich, der an der Haustüre herumlungerte: „Ralf? Rufst du bitte mal die Gertrud? Es ist wichtig." Der Junge stürzte los. Unterwegs verkündete er seinen Auftrag immer wieder lautstark.

So kam es, dass bereits etliche Leutchen neugierig um den Laster mit der geschlossenen Ladekabine herumlungerten, als Gertrud mit Ralf eintraf.

„Sie war im Garten", rief Ralf. „Deshalb hat es so lange gedauert, bis ich sie herbringen konnte."

„Schon gut, Großer", sagte Oliver.

Inzwischen waren auch Diemut und Julian eingetroffen, zusammen mit Dagny.

„Ich war mit ein paar Kerls in der Etappe, um ein bisschen auszuspannen", sagte King Kong. Er grinste: „Dabei fand eine Verwandlung mit mir statt. Ich habe mich ins Sandmännchen verwandelt." Er lief mit seinem breitbeinigen Gang zum Heck des Trucks und zog den Verschlussriegel auf: „Und nun, ihr Kinder, gebt fein acht! Ich hab euch etwas mitgebracht."

Er zog an den Türen und die beiden Flügel schwangen nach rechts und links auf. Jesus und der Storch standen dort oben und sie ließen eine Klapptreppe aus Metall herunter.

„Platz da, für Mazda!", rief der Storch. Er klapperte die Treppe hinunter. Jesus schwebte hinterher. Aus dem Hintergrund der Ladefläche kam ein Junge zur Treppe.

Die unten Stehenden rissen die Augen auf.

„Christof!", rief Diemut. Sie konnte es nicht glauben. „Aber … sie haben gesagt

..."

Der Storch grinste breit: „Jesus hat ihn wieder zum Leben erweckt."

Jesus trat ihm vors Schienbein: „Schweige er sich in Hüllen, idiotischer Welcher!"

Der Storch begann lauthals zu deklamieren: „Und ob ich auch wandelte im finsteren Tal, sah ich doch gut und ohne Qual. Ich fand auch im Dunkel der Nacht meinen Tritt. Denn Jesus hatte seine Taschenlampe mit."

King Kong stellte sich neben die Treppe: „Da hat jemand die Namen verwechselt. Es war nicht unser Christof, der ... ihr wisst schon. Sie wollten aber." Er nickte grimmig. „9C ist in dem Krankenhaus aufgetaucht und hat den Metzgern den Docht abgedreht, bevor sie es tun konnten.

Dann ist Christof auf der falschen Liste gelandet und gleich drauf auch noch im falschen Auffanglager. Leberhard hat es im Etappenbordell zwischen zwei Durchgängen von einem Kameraden gehört und uns sofort alarmiert. Wir ließen alles stehen und liegen und sind los, um Chris abzuholen."

Der Storch griente: „Wir ließen unsere Pinsel stehen und die willigen Weiber liegen und sind los, um Chris abzuholen." Er wieherte lauthals.

Diemut sah, wie Dagny zusammenzuckte.

Christof kam die Treppe herunter. „Hallo", sagte er und schaute in die Runde. „So fühlt es sich also an, wenn man wiederaufersteht. Mensch, ich dachte, die bringen mich um. Ich hatte mit dem Leben abgeschlossen. Ich bin so froh, euch alle wieder zu sehen."

Reihum umarmten ihn die Menschen.

Gertrud stand bei der Treppe und versuchte in den Truck zu sehen, aber die Ladefläche war dunkel.

Der Esel trat an die Ladekante: „Ja, dös is ja die Gertrud. Für di hamma aa wos, Dirndl. Aber vorsichtig musst sein, dasz ean ned zerdruckst. Er hott nämlich a riasngroße Narbn. Oiso hold di zruck, Dirndl!"

Er half Leberhard dabei, jemanden zu stützen. Gertrud stieß einen schrillen Schrei aus. „Jan!"

Sie hatten Jan gebracht.

„Den hatten sie schon aufgemacht, als das Cleanerkommando die Klinik überrannte", erklärte King Kong. „Aber sie kamen nicht mehr dazu, ihn auszuweiden. Sie mussten ihn wieder brav zunähen. In drei Wochen springt er wieder rum wie ein junger Hirsch."

Leberhard und der Esel bugsierten Jan die Treppe hinunter. Gertrud fiel ihm weinend um den Hals.

King Kong machte sich dünn. Ihm war die rührende Szene sichtlich peinlich. Er ließ sich von Agnes anfallen und wuschelte Monika durch den dichten Schopf und zog von dannen. Dass Dagny hinter ihm hersah, schien er nicht zu registrieren.

Adrian Stelbrink kam aus dem Führerhaus. Er ging zu Diemut: „Ich glaube, ich habe da was für dich. Du hast mir von euren Geheimzeichen erzählt und von deiner Freundin Luise. Schau mal. Könnte es sein, dass die von Luise stammt?" Er hielt Diemut eine selbst gemachte Stoffpuppe hin.

Mit zitternden Händen ergriff die das alte, abgeliebte Ding. Neben ihr hing Gertrud noch immer weinend an Jans Hals und Christof wurde reihum umarmt und gedrückt und beglückwünscht.

Ja, Diemut erkannte die Puppe. Sie war in Haus Webenheim hergestellt worden. Sie erinnerte sich sogar noch an die Stoffreste, aus denen sie die Puppenkleider genäht hatten. Sie zog das Kleidchen der Puppe hinten hoch und warf einen Blick auf den Rücken der Puppe. In den Stoff war ein kleines Gesicht eingestickt mit einem breiten Grinsemund und einem Zwickauge.

Diemuts Herz zog sich schmerzlich zusammen. Zwickauge. Luise hatte nie Zwinkerauge oder Augenzwinkern gesagt. Stets hatte sie Zwickauge gesagt.

„Ist sie von Luise?", fragte Adrian.

Diemut nickte: „Ja. Es ist ihr Zeichen. Luise hat diese Puppe gemacht." Sie fühlte unendliche Traurigkeit in sich aufsteigen. Das war alles, was von ihrer Freundin übrig geblieben war: eine alte, schmuddelige Puppe in fadenscheinigen Puppenkleidern.

„Ich bekam sie von einem Soldaten", berichtete Adrian. „Wir haben die Sachen, die du uns erzählt hast, in den Rechner eingegeben und ein spezielles Luise-

Profil erstellt, damit man sie uns melden kann, wenn man sie findet. Wie du weißt, konnte man sie nicht mehr finden. Weil sie längst tot war.

Aber als der Soldat von 14C diese Puppe fand, erkannte er das Zeichen auf dem Rücken. Er hat uns benachrichtigt und uns die Puppe in der Etappe übergeben."

„Wo hat er sie her?", fragte Diemut. Neben ihr klammerte sich Gertrud noch immer wie eine Ertrinkende an Jan.

„Ein totes kleines Mädchen hielt sie im Arm", sagte Adrian. „Es war zu spät, als unsere Leute kamen. Man hatte sie ausgenommen wie eine Weihnachtsgans. Aber man hat ihr die Puppe nicht mehr wegnehmen können."

Diemut hielt die Puppe fest: „Dann hat Luises Puppe diesem kleinen Mädchen wenigstens ein bisschen Trost gespendet."

Adrian Stelbrink nickte: „Ganz bestimmt."

*

Sie hatten es sich draußen am Badesee gemütlich gemacht. Oliver und Jesus hatten für die Kinder primitive kleine Segelschiffchen gebaut, die die Kinder mit Begeisterung zu Wasser ließen. Sie schauten zu, wie die kleinen Boote im Wind davonfuhren, und verfolgten sie am Ufer, bis sie auf der anderen Seite des flachen Badegewässers ankamen, um sie von dort aus zurückschwimmen zu lassen.

Oliver Hoffmann hatte es sich mit Diemut, Julian, Gertrud, Jan und anderen Zöglingen und ein paar seiner Leute auf der Wiese beim See gemütlich gemacht. Sie hatten sich aus der Küche etwas zu essen mitgebracht und hielten Picknick.

Wie üblich klebte die kleine Agnes an King Kong. Sie wich praktisch nie von seiner Seite. Es war ein drolliger Anblick, fand Diemut, der große breite Kerl mit seinem stampfenden Gang und das kleine Ding, das eifrig neben ihm her trippelte, wenn es nicht in seinem Arm auf seiner Hüfte ritt.

Diemut musste lächeln. War es denn mit ihr und Bianka anders? Das stille neunjährige Mädchen hielt sich stets in ihrer Nähe auf. Bianka stellte keinerlei

Forderungen. Sie war ruhig und nie aufdringlich. Sie schien nur nahe genug bei ihr und Julian sein zu wollen.

Wenn der kleine Heiko auf Julians Knien ritt, lächelte sie leise in sich hinein. Noch nie hatte Diemut Eifersucht bei dem Mädchen bemerkt. Sie war mit so wenig zufrieden.

„Die wollen demnächst die kleinen Kinder zur Adoption freigeben", erzählte Adrian Stelbrink, der Funker. Er biss in ein Roggenbrötchen mit Leberwurst und Gurke. „Ewig können die ja nicht in den Internaten bleiben."

Diemut merkte auf. Sie wollten die Kinder wegholen? Fort aus ihrer gewohnten Umgebung? Sie war alarmiert. Auch Julian spannte sich an. Sie konnte es spüren.

„Adoptieren?", fragte Eberhard Pohl. „Was, wenn die Kinder das nicht wollen?" Er machte eine Geste, die ganz Haus Webenheim umfasste: „Sie sind hier aufgewachsen. Das ist ihre Welt."

Adi griff sich ein neues Brötchen, diesmal mit Zwiebelringen: „Ich sage nur, was ich im Funk aufgeschnappt habe. Die wollen mehrgleisig fahren. Kinder, die zu Eltern wollen, werden zur Adoption freigegeben. Die anderen bleiben in den Schulen. Kann sein, dass man da einige Internate zusammenfassen muss. Es wird diskutiert, ehemalige Zöglinge zu Erziehern auszubilden und natürlich Erzieher aus Südland herzuschicken. Das Problem ist, genügend Freiwillige zu finden.

Nordländer sollen eher nicht in den Internaten arbeiten und wenn, dann nur Leute, die in Nordland nicht politisch engagiert waren. Gestalten, die die Kinder nach Art des entschwundenen Präsidenten indoktrinieren, kann man nicht gebrauchen." Brötchen Nummer zwei verschwand zwischen seinen mahlenden Kiefern. Stelbrinks Augen huschten über das Handtuch, auf dem weitere kulinarische Köstlichkeiten seiner harrten. Er nahm ein Brötchen mit Ölsardinen ins Visier.

Eberhard „Leberhard" schaute zu, wie Adi sein drittes Brötchen nahm: „Wo frisst du das nur alles hin? Wenn ich so zulangen würde, könnte man mich in einem Monat rollen." Er schnaubte: „Hat man den sauberen Herrn Präsident immer noch nicht geschnappt?"

Adrian schüttelte den Kopf: „Nein. Er ist wie vom Erdboden verschluckt."

„Vielleicht hockt er in einer geheimen Bunkeranlage?“, schlug Jesus vor. Er kam vom Seeufer heran, setzte sich neben Adrian Stelbrink ins Gras und begann an der Brötchenvernichtungsschlacht teilzunehmen - Salami mit gekochtem Ei und Kresse.

„In einem Bunker?“ Leberhard verzog das Gesicht. „Glaube ich nicht. So lange hält es keiner in einem betonierten Loch aus. Das ist ja wie lebendig begraben.“

„Wenn man muss, kann man viel aushalten“, meinte Oliver. Er schnappte dem verdutzten Jesus ein Brötchen mit Ei und Gurke vor der Nase weg. „Es heißt, er wartet ab, bis seine Getreuen eine Schiffspassage nach Kuba angeleiert haben. Wer weiß - vielleicht ist er längst inkognito auf einem Frachtschiff unterwegs. Hoffentlich geraten die in einen Sturm und der Kahn säuft ab!“

„Dann kann man ihm ja nicht mehr den Prozess machen“, warf Jan ein. Er hielt Gertrud im Arm. Inzwischen ging es ihm gesundheitlich besser.

King Kong rollte mit den Augen: „Prozess? Wozu soll das gut sein? Das würde zu einer lächerlichen Farce werden! Genau wie mit den anderen hohen Tieren eures Ex-Staates! Wir Cleanerkommandos wurden losgeschickt, um in den Gasfabriken und später in den Internaten aufzuräumen. Wir haben alle Lehrkräfte umgebracht. Da wurde nicht lange gefackelt. Waren das denn alles linientreue Parteigenossen? Oder waren da auch welche dabei, die den Weg ihres Staates nicht mochten? Egal. Die wurden umgelegt.“

Oliver schnaubte wütend: „Und die hohen Tiere? Von denen ist kaum einer erschossen worden. Man hat sie festgenommen und interniert. Denen macht man den Prozess. Und?!? Die kriegen ein paar Jahre aufgebrummt und landen im Knast. Die werden nicht an die Wand gestellt.

So läuft es doch immer: Die Kleinen hängt man auf, die Großen lässt man laufen. Zum Kotzen ist das! Ich bin froh, wenn meine Zeit als Besatzer um ist und ich endlich nach Hause kann.

Ich träume nachts schon von meinem Steamland. Es wird Zeit, dass ich es anpacke.“

Agnes, die neben ihm im Gras saß und an ihn lehnte, schaute hoch: „Schtiemlänt? Was ist das?“ Ihr einzelnes Auge schaute verwundert.

„Steamland", erklärte King Kong, „ist britisch und bedeutet Dampfland. Das baue ich auf, sobald ich wieder daheim bin." Er nickte mit dem Kopf: „Jawoll, meine Herrn!"

„Was ist ein Dampfland?", wollte Agnes wissen.

Monika kam vom Seeufer her. Sie trug ihre Schuhe in der Hand, weil sie mit den Füßen im Wasser gewesen war. Als sie hörte, worüber gesprochen wurde, quetschte sie sich zwischen Julian und King Kong und sperrte die Ohren auf.

„Das Dampfland ist ein ganz besonderes Land", begann Oliver. Diemut sah einen Glanz in die Augen des Mannes treten. „Wir sind ein paar Leute, die daran mitwirken wollen, und es kommen ständig neue dazu. Wir wollen Eisenbahnstrecken, die nicht mehr benutzt werden, wieder in Betrieb nehmen und Dampfzüge darauf fahren lassen. Wir planen auch, Schmalspurbahnen zu bauen. 600 Millimeter - Feldbahn nennt man das. Parallel zu den Gleisen sollen Straßen verlaufen, auf denen Dampflokomobile und Dampflaster fahren. Wer an diese Straße ziehen will, muss sein Haus möglichst originalgetreu nach Vorbildern aus der alten Zeit bauen."

King Kong begann in schillernden Farben ein Traumland zu beschreiben. Straßen wie früher, mit Kopfsteinpflaster oder sogenannte Gravelroads nach altem englischem Vorbild sollten kleine Dörfchen miteinander verbinden.

Die Menschen sollten leben wie früher. Modernes Zeugs war verpönt.

„Direkt an der Straße wird alles mit Dampf betrieben", erklärte Oliver. Inzwischen hatten sich viele Leute um ihn versammelt und alle lauschten mit großen Augen. Diemut sah Dagny ein wenig abseits stehen. Sie wirkte geknickt.

„Die Bahn und die Straße werden der Kern des Dampflandes sein", fuhr Oliver fort. „Es wird Straßen geben, die von der Hauptstraße abzweigen und fortführen zu Dörfern im Wald oder im Moor. Wir denken an ganz spezielle Schilder in unterschiedlichen Farben. Eine Farbe wird für reine Dampftradition stehen. Folgt man diesen Schildern, landet man abseits der Hauptstraße in Dörfern, in denen große Traction Engines die Felder pflügen. Da stehen sich zwei solcher dampfenden Ungetüme im Abstand von dreihundert Metern gegenüber und sie ziehen mittels eines starken Drahtseils einen mehrscharigen Pflug zwischen sich hin und her.

Eine andere Farbe wird in die Vintagewelt weisen. Dort gibt es dann schon etwas modernere Maschinen, zum Beispiel stationäre Dieselmotoren und alte Traktoren. Die Briten sind total wild auf das Zeug und ich finde es auch cool.

Also herrscht auf der Hauptstraße König Dampf und weiter von der Straße weg im Umland wird es etwas moderner, aber wir haben trotzdem die gute alte Zeit.

In diesem Land sollen Menschen sich ansiedeln, die wie früher leben möchten, als kleine Selbstversorgerbauern oder Handwerker, als Müller in alten Wasser- und Windmühlen, Weber und was weiß ich.

Gleichzeitig wollen wir Tourismus aufbauen. In jedem Dörfchen wird es eine oder zwei familiäre Pensionen für Feriengäste geben und die Bauern können Fremdenzimmer bereitstellen.

Keiner wird reich, aber alle kommen gut über die Runden.

Den Touristen wird es gefallen. Wir planen sogar, sie mit den passenden Klamotten auszustatten, damit sie ins Bild passen. Das wird ein ganz großes Ding. Ich habe bereits Land gekauft, einen riesig langen Schlauch quer durch meine Heimat und wir kriegen wahrscheinlich auch eine alte Bahnstrecke. Wir werden uns mit zwei Leutchen aus Großbritannien zusammentun, die in Süddeutschland leben, die ebenfalls Land raffen, wo sie es kriegen können. Wir wollen uns zusammenlegen, damit es größer wird."

King Kong geriet mehr und mehr ins Schwärmen. Der harte Zug um seinen Mund verschwand. Diemut sah einen jungen Mann Ende zwanzig, der einen Traum hatte und der diesen Traum verwirklichen wollte, komme, was wolle.

„Der große Traum wäre natürlich eine Straße durch ganz Deutschland", sagte Oliver. „Vielleicht sogar mit Abzweigungen, die durch verschiedene Bundesländer führen. Bis zur Nordseeküste soll es gehen, immer Straße und Schiene - entweder parallel oder sich abwechselnd.

Dann machen wir den Sprung über den Ärmelkanal und drüben in England geht es im gleichen Stil weiter, aber halt *very british*."

Oliver seufzte: „Mann, das wär`s doch!"

Diemut und Julian blickten sich an.

„Altland!“, sagte Julian und seine Augen begannen genauso zu glänzen wie die von Oliver Hoffmann. „Das Museumsländle!“

„Das was?“, fragte Oliver. Er stibitzte Jesus ein Brötchen mit Teewurst und Senf weg, teilte es und fütterte Monika und Agnes damit.

„Altland“, sagte Julian. „Dort waren wir mal während unserer jährlichen Sommerwanderung. Es ist ein Museumsland mit zehn kleinen Dörfern, einer Dampfeisenbahn und altertümlichen Straßen. Dort leben Menschen wie früher. Sie tun es freiwillig, weil es ihnen gefällt. Eigentlich ist es genau das, was du mit deinem Dampfland vorhast.“

Er und Diemut erzählten vom Museumsländle.

„Wir wollten als Erwachsene gerne dort leben und arbeiten“, schloss Diemut ihren Bericht. „Wir haben unsere Leitende Schwarz gefragt, ob das möglich wäre.“ Sie lächelte schief: „Das war natürlich, bevor wir herausfanden, was uns als Erwachsenen angetan werden sollte. Frau Schwarz hat versucht, uns im Altland unterzubringen, aber sie hat es leider nicht geschafft.“

„Schwarz?“, schaltete sich Adrian ein. „Die steht im Hauptrechner. Sie ist irgendwann abgegangen und hat in einer normalen Schule neu angefangen.“

„Sie war die einzige Leitende, die Herz gezeigt hat“, sagte Diemut.

„Tatsächlich?“ Adi schnappte Jesus ein Brötchen mit Streichkäse weg. Jesus packte seine Hand und biss ihm in den Zeigefinger.

„Au! Du Sau!“, schrie Adrian. „Das tut wau! Äh …nee. Tut weh! Oh je!“

Leberhard fiel über das heruntergeplumpste Brötchen her und verschlang es mit kannibalischer Gier.

„Sie hat uns als Kinder auch mal in die Arme genommen“, berichtete Julian. „Die Leitende Schwarz war anders als ihre Kollegen. Sie war nicht so kalt und gefühllos. Wahrscheinlich ist sie deshalb weggegangen. Weil sie es nicht mehr aushielt, ihre Schützlinge zu belügen. Sie wusste ja, was uns blühte.“

Er seufzte: „Sie hat wirklich alles versucht, uns im Altland unterzubringen. Leider hat es nicht geklappt.“

„Mit diesem Museumsland muss ich unbedingt Kontakt aufnehmen", sagte King Kong. Er wollte ein Mettwurstbrötchen greifen, zog jedoch schnellstens die Hand zurück, als Jesus mit gebleckten Zähnen nach seinen Fingern schnappte. „Vielleicht können wir uns mit denen zusammentun." Er schaute Julian und Diemut an: „Was euren Wunsch angeht: Im Museumsländle kommt ihr vielleicht nicht unter. Aber wenn ihr wollt, könnt ihr mit mir in den Süden gehen. Ich würde euch an der Straße ein schönes Stück Land geben."

„Das würdest du tun?" Diemuts Stimme kiekste vor Aufregung. Sie packte Julian so fest am Oberarm, dass er zusammenzuckte.

King Kong nickte. Jesus hielt ihm ein Salamibrötchen hin. „Danke." King Kong fraß.

„Ich hab Rattengift draufgetan", jodelte Jesus voller Boshaftigkeit.

„Scheißkerl!", knurrte Oliver. Er futterte seelenruhig weiter.

„Ja", sagte er dann zu Diemut und Julian. „Ich hab mir das so vorgestellt: Sobald ich zurück bin, leiere ich das Ding an. Leute, die Bock auf Landleben haben und gerne wie früher leben möchten, können von mir ein Stück Land haben. Billig wie nie. Ich hab ja genug Kohle durch meinen Lotteriegewinn. Für den Anfang könnte man auf jedes Stück Land ein Holzhaus stellen, so ein größeres Gartenhäuschen, wie man sie im Baumarkt bekommt. Natürlich müsste man außen Vierkanthölzer aufnageln oder schrauben und eine zusätzliche Lage Bretter drüber. Dadurch hätte man eine doppelte Wand. Das isoliert gut im Winter. Da friert man sich nicht den Hintern ab.

Das kleine Häuschen kann man vorne direkt an die Straße stellen. Dahinter hebt man dann den Keller für das richtige Bauernhaus aus und mauert ihn aus. Dann die Decke drauf und das Haus hochziehen. Man wohnt quasi an der Baustelle. Wenn viele Leute mithelfen, geht das fix."

„Würdest du uns wirklich mit zu dir nach Hause nehmen und uns Land geben?" Diemut war fassungslos. Damit hatte sie nicht gerechnet.

„Aber klar doch", meinte King Kong gut gelaunt. „Ich will unbedingt Leute in meinem Dampfland haben, die so richtig wild auf dieses Leben sind, und bei euch weiß ich es absolut sicher, dass ihr es euch wünscht.

Die Fuzzis von der Regierung haben durchblicken lassen, dass jeder Klonmensch von Papa Staat eine Art Starthilfe erhalten soll, also Knete. Damit wärt ihr abgesichert."

Diemut schaute Julian an: „Ja?"

Er nickte: „Ja, Diemut! Unbedingt! Mensch, wir können es doch noch erleben! Altland! Unsere eigene kleine Farm!"

„Ein bisschen größer wäre sie schon", sagte Oliver. „Ich habe mal nachgedacht: Wer wirklich als Selbstversorger leben will, sollte gut und gerne drei bis vier Hektar Land haben. Wer die Landwirtschaft nur nebenbei betreiben will, kommt mit einem Hektar aus. Das reicht für einen großen Bauerngarten, eine Obstwiese und etwas Grasland zum Heumachen für Kleinvieh."

„Dürfen wir wirklich mit?" Diemut musste einfach nachbohren. Sie konnte es immer noch nicht glauben.

King Kong nickte: „Ja. Jeder, der will. Ich nehme jeden von euch, der Lust auf altmodisches Landleben hat. Pferde zum Pflügen, Dampfpflüge, selbst Brot backen und all das."

„Die Häuser", sagte Julian. „Wie bauen wir die? Können wir Ziegel nehmen?"

„Aber immer", sagte Oliver. „Gibt es etwas Schöneres als ein mit roten Ziegelsteinen gemauertes Haus?"

„Ja", mischte sich Jan ein. Er strahlte: „Ein Ziegelhaus mit Strohdach. Wir haben im Altland gesehen, wie solche Dächer gedeckt werden."

„Ja! Stroh! Das wäre super!"

Sie redeten alle durcheinander. Es stellte sich heraus, dass Jan und Gertrud auch mit in King Kongs Dampfland kommen würden und noch etliche andere.

Diemut sah ringsum freudige Gesichter mit geröteten Wangen und leuchtenden Augen.

Nur Dagny stand abseits. Sie wirkte nicht fröhlich. Sie schaute traurig aus.

*

Dagny beendete das Telefongespräch mit dem Hof an der Nordseeküste. Draußen hörte sie King Kong, Julian und Jan reden. Oliver sprach von vielen alten Landrassen, die im Norden erhalten worden waren, weil es neben großen Staatsfarmen auch immer viele kleinere Einheiten gegeben hatte. Der Norden hatte die totale Autarkie angestrebt. Dazu gehörte auch private Subsistenzwirtschaft. Viele Arbeiter hatten im Nebenerwerb ein kleines Stück Land bewirtschaftet.

„Eure alten Hühnerrassen, die sind noch was richtig Gutes“, hörte sie Oliver sagen. „Zweinutzungshühner mit gescheiten Legeleistungen. Sie wachsen langsamer als unsere Batteriehühner; dafür haben sie aber ein exzellentes Fleisch. Und erst die alten Ziegen- und Schweinesorten!“

So ging es immer weiter. Man plante und man schwelgte in Zukunftsträumen. Dagny spitzte aus dem Fenster. Oliver saß mit den beiden jungen Männern an einem Tisch. Agnes saß auf seinem Schoß, Monika neben ihm.

Die beiden hat er lieb, dachte sie bei sich. Sie fühlte Traurigkeit aufsteigen. Seit Tagen wurde es immer schlimmer. Deswegen hatte sie sich entschieden, zu gehen.

Bald würde sie ihre staatliche Unterstützungszahlung bekommen. Ein Konto hatte sie bereits. Es tat ihr in der Seele weh, Haus Webenheim zu verlassen. Sie war hier aufgewachsen. Hier lebten all ihre Freunde. Aber nicht mehr lange. Etliche wollten King Kong in den Süden folgen.

Nur ich nicht, dachte Dagny mit wundem Herzen. Er will nichts von mir wissen. Für die Kinder hat er vielleicht Mitgefühl, aber ich als junge Frau zähle für ihn nicht. Ich bin kein richtiger Mensch. Ich bin ein Klon. Wer weiß, vielleicht hat er bei einem seiner Besuche im Puff eine Doppelgängerin von mir gesehen; vielleicht sogar mit ihr Sex gehabt.

Er fährt mit seinen Kameraden ins Bordell und ich stehe hier herum.

Sie drehte sich weg und ging. Sie wollte seine Stimme nicht mehr hören. Sie wollte nur noch fort; irgendwohin, wo sie sich verkriechen und ihre Wunden lecken konnte.

Auf der Farm an der Küste war sie willkommen. Dort hatten sich zwei Dutzend

Klonmenschen in ihrem Alter zusammengetan. Man wollte eine Landwirtschaft hochziehen und auf Kredit einen kleinen Fischkutter anschaffen. Fischfang war ein lukratives Geschäft und Fisch auf dem Tisch war etwas Gutes.

Dagny seufzte. Sie dachte immer wieder an jenen Abend am Lagerfeuer, als sie an Oliver gelehnt in die Flammen geschaut und dem Röhren der Didgeridoos gelauscht hatte. Damals hatte sie geglaubt, es könne etwas mit ihnen werden.

Aber King Kong hatte sie anscheinend nur aus Mitleid im Arm gehalten, weil sie mittags auf ihr Knie gefallen war. Hinterher hatte er keinerlei Anstalten mehr gemacht, auf sie zuzukommen.

Sie hatte darauf gewartet, Tag um Tag, aber er schien über sie hinweg zu sehen. Es war, als gäbe es sie nicht für ihn.

Manchmal hatte sie sich vorgenommen, ihn anzusprechen, aber mit jedem neuen Tag wurde es schwerer für sie. Sie traute sich nicht.

Es hätte eh keinen Sinn, überlegte sie. Er will mich nicht. Weil ich kein richtiger Mensch bin.

*

Diemut stand neben Julian. Sie war drei Stunden zuvor aus der Narkose erwacht. Man hatte ihr Implantat herausoperiert. Endlich! Sie fühlte sich unbeschreiblich wohl. In ihrer Brust saß ein kleiner Schmerz. Es tat nicht wirklich weh, aber sie spürte, dass man sie geschnitten hatte.

Es war ein guter Schmerz. Der kleine Schmerz teilte ihr mit, dass sie frei war.

Und nun war Julian an der Reihe als einer der Letzten für heute. Die OP-Teams hatten ganze Arbeit geleistet. Noch ein oder zwei Tage, und alle Webenheimer und die Neuen würden ihr Implantat los sein.

In dem Container vor ihnen gab es einen Rumms, begleitet von Klirren. Ein lauter Fluch folgte.

„Das kann doch wohl nicht wahr sein!", brüllte jemand. „Verdammter Mist!"

Aus dem zweiten Container kam jemand heraus: „Was ist denn da los?"

Der Operator kam aus Container Nummer 1. „Mein Narkosegerät ist hin!", maulte er. „Aus der Wandhalterung gefallen! Stell dir das mal vor! Einfach rausgefallen. Die Halterung war kaputt. Ist auf den Fußboden geknallt. Wenn ich nicht ganz fix die Hufe eingezogen hätte, wären meine Zehen jetzt gebrochen. Verdammt!"

Der Mann schaute zu Julian hin: „Tut mir aufrichtig leid, Leute. Für heute ist Schluss mit den Operationen. Ohne Narkosegerät kann ich nicht arbeiten. Ich bestelle gleich ein neues per Notruf, aber der Hubschrauber bringt es erst morgen früh. Ihr müsst leider warten. Das ist echt Pech."

„Macht nichts", sagte Julian. „Dann warten wir eben. Auf einen Tag kommt es nicht an."

Diemut spürte seine Enttäuschung. Er wäre sein Implantat gerne heute schon losgeworden. Aber da war nichts zu machen.

Julian umarmte sie. „Ist ja egal", meinte er. „Dann fahr ich eben zusammen mit Olaf und Brinja mit zur Farm raus. Wir müssen uns um die Tiere kümmern." Er küsste sie. „Bis später."

Monika kam zu ihm: „Kann ich mitkommen? Brinja hat gesagt, die Kaninchen haben Junge."

Er wuschelte ihr durchs Haar: „Gerne. Im Auto ist noch Platz."

„Junge Kaninchen?" Agnes schob sich neben Monika. „Darf ich auch mit?"

Julian hob sie hoch: „Klar doch!"

Zu dritt machten sie sich auf den Weg, um Brinja und Olaf zu suchen. Wenig später hörte Diemut sie wegfahren.

*

Vorm Haus hielt ein Auto. Zwei Personen stiegen aus. Dagny stand neben Diemut. Sie hatten gerade Salat im Garten geholt, der fürs Abendessen bestimmt war: „Nanu! Besuch?"

Ein Mann und eine Frau stiegen aus dem Militärfahrzeug. Sie holten prall gefüllte Seesäcke von der Ladefläche.

Dagny fasste nach Diemuts Arm: „Aber das ist ja unsere Leitende, Frau Schwarz!"

Die Schwarz kam mit dem Mann zu ihnen.

„Hallo Dagny und Diemut", begrüßte sie die Mädchen. Sie lächelte: „Ich bin froh, euch zu sehen, und ich bin froh, dass es euch gut geht."

„Guten Tag, Leitende Schwarz", sagte Diemut.

Die Schwarz verzog das Gesicht: „Nur Frau Schwarz bitte. Leitende und solche Ausdrücke möchte ich nicht mehr hören. Das ist vorbei, und das ist auch besser so." Sie stellte ihren Seesack ab und umarmte die Mädchen.

„Kommen Sie uns besuchen?", fragte Dagny.

„Ich bin gekommen, um hierzubleiben", sagte Frau Schwarz. Sie stellte ihren Begleiter vor: „Das ist mein Kollege Ernst Leutwein. Wir werden ab heute Haus Webenheim betreuen. Bald werden weitere Kollegen eintreffen und wir wollen Freiwillige zu Erziehern ausbilden. Alle Kinder und Jugendlichen, die nicht adoptiert werden möchten, dürfen in Haus Webenheim bleiben und hier aufwachsen."

„Das ist ja ein Ding!" Diemut freute sich. „Das finde ich klasse, dass Sie sich um die Kinder kümmern wollen. Es gibt eine ganze Menge, die nicht von hier fort wollen. Sie waren ja anders als die anderen Leitenden, Frau Schwarz." Sie lächelte. „Sie waren immer gut zu uns. Ich glaube, Ihnen hat nicht gefallen, was aus uns werden sollte."

„Nein, Diemut, das hat mir nicht gefallen." Frau Schwarz schüttelte den Kopf. „Und Ernst auch nicht. Wir sind ziemlich viele, musst du wissen. Natürlich konnten wir früher nicht geradeheraus sagen, dass wir das Vorgehen des Staates, euch Klonkinder betreffend, nicht guthießen. Da wäre manch einer schnell in einem Umerziehungslager gelandet. Man hört Schreckliches über diese geheimen Lager. Dort sind Menschen gefoltert und umgebracht worden."

Frau Schwarz lächelte: „Aber das ist vorbei. Wir wollen nach vorne schauen."

Vier Soldaten kamen um die Hausecke: „Ah, da ist Leutnant Hoffmann. Der hat mich angerufen."

Frau Schwarz grüßte King Kong, der mit Hanni und Nanni und dem Esel zu ihr kam: „Guten Tag, Leutnant. Danke für Ihren Anruf. Ich bin gleich mit Sack und Pack aufgebrochen."

Oliver grüßte militärisch und reichte ihr dann die Hand: „Schön, dass Sie kommen konnten, Frau Schwarz. Die Kinder brauchen Menschen, die sie kennen und denen sie vertrauen." Er grüßte Herrn Leutwein: „Hallo. Noch einer, der nicht so ganz systemkonform war. Willkommen an Bord. Sie bekommen hier eine Menge zu tun. Vorläufig bleiben wir noch, aber bald wird unsere Einheit abgezogen."

„Ich fürchte mich nicht vor Arbeit", sagte Ernst Leutwein. Er wirkte vergnügt: „Vor allem nicht, wenn ich weiß, dass hier ein Ableger des Altlands entstehen soll. Im Vertrauen: Ich bin ein riesengroßer Dampfliebhaber. Wussten Sie, dass die Schmalspurstrecke, die in vier Kilometern Entfernung vorbeiführt, einen Abzweig ins verlassene Dorf erhalten soll?"

King Kong nickte: „Jesus hat es mir erzählt. Der hat das angeleiert. Er hat Verwandtschaft im Norden - eine Cousine mit ihrem Mann. Die waren auf der Suche nach einem Selbstversorgerhof. Das alte Dorf soll wieder instand gesetzt werden. Sie wollen es Webenheim nennen. So hieß es früher. Es ist vor fast hundert Jahren aufgegeben worden, als eine Choleraepidemie den ganzen Landstrich entvölkert hat. Die Bausubstanz der Häuser ist völlig in Ordnung. Man muss sich nur um neue Dächer kümmern." Er grinste: „Die Naturstraße zum Dorf ist allerdings nur noch ein Fußweg. Da muss man dran arbeiten."

„Das werden wir", sagte Ernst. Seine Augen glänzten: „Wir sollen zwei Dampfwalzen und eine Lokomobile erhalten. Dazu einen Steinbrecher und anderes Gerät. Wir werden eine Straße wie anno dazumal bauen. Es wird die Keimzelle unseres eigenen Altlandes. Wir sind nicht die Einzigen. Es gibt bereits vier weitere Orte, wo die Menschen Ihre Idee leben wollen, Herr Hoffmann."

„Oliver", sagte King Kong. „Bitte nennen Sie mich Oliver."

„Dann musst du mich Ernst nennen." Leutwein zeigte auf Frau Schwarz: „Das ist Elisabeth. Wir wollen demnächst heiraten."

In der Ferne ertönte ein Schrei: „Hilfe!"

Sie fuhren auf.

Auf der Zufahrtsstraße kam ein Kind gerannt. Es war Monika. „Hilfe!" schrie sie. „Hilfe!"

Atemlos kam sie bei der kleinen Gruppe an. Sie warf sich in Olivers Arme: „King Kong! Schnell! Soldaten haben uns angegriffen! Sie haben Julian und Brinja gelähmt! Und Olaf mit einem Gewehr niedergeschlagen! Und sie haben Agnes gefangen! Sie haben sie alle mitgenommen! Ich konnte weglaufen! Einer hat mit einem Gerät auf mich gezeigt und dauernd einen Knopf gedrückt. Der wollte mich lähmen, aber ich bin ja operiert."

Monika keuchte. Sie zitterte am ganzen Körper.

„Ich habe kein Implantat mehr. Aber Julian und Brinja! Sie haben sie mitgenommen! Und Agnes haben sie auch geschnappt! Sie wollen ihnen was antun! Ihr müsst ihnen helfen, King Kong!"

Mit Oliver fand eine unglaubliche Verwandlung statt. Er fuhr auf und bellte Befehle in sein Kehlkopfmikrofon.

„Vollalarm! Entführung von vier Schutzpersonen durch Nordsoldaten! Alarmbewaffnung! Geländefahrzeuge! Ortungsgeräte!"

King Kong rasselte vier Nummern herunter.

Er kennt unsere Klon-Nummern! Diemut fiel die Kinnlade herunter.

Von allen Seiten strömten Soldaten zusammen. Zwei Militärjeeps jagten mit aufheulenden Motoren heran. Gewehre wurden verteilt. King Kong bellte Befehle: „Plisch und Plum! Haus sichern! Holt euch noch die vier Freigestellten dazu. Der Rest aufsitzen!"

Sie stürzten in die Jeeps.

„Hast du eine Ortung?", schrie King Kong Adrian Stelbrink an.

„Nordosten. Zwei Kilometer und dreihundert!", rief Adi.

„Ruf die Luftwaffe an! Sie sollen ein oder zwei Vögel schicken, wenn sie grad was in der Luft haben! Raus hier! Vollgas!"

Die Jeeps rasten davon.

„Wo hatten die so schnell die Gewehre her?“, fragte Elisabeth Schwarz. „Das war unheimlich. In weniger als drei Minuten waren die kampfbereit.“

„Das ist eine Cleanereinheit“, sagte Monika. Sie kam allmählich wieder zu Atem.

„Julian!“ Diemut wurden die Knie weich. Sie musste sich setzen. Dagny führte sie zu einer Bank an der Hauswand.

„Julian!“, wiederholte Diemut. „Oh, bitte nicht! Nicht jetzt noch! Es war doch alles gut! Ausgerechnet, wo sie sein Implantat nicht operieren konnten. Was wollen diese schrecklichen Menschen von ihm? Wollen sie seine Organe stehlen, um verletzte Kameraden zu heilen? Oh, bitte nicht!“

Diemut fing an zu weinen: „Das halte ich nicht aus! Ohne Julian kann ich nicht leben! Wenn ihm etwas zustößt, gehe ich Organe spenden!“

Dagny legte den Arm um sie: „Nicht, Diemut! Sag so etwas nicht! Sie finden sie und bringen sie zurück.“

*

„Leberhard, gib Gas!“, brüllte King Kong. „Fahr zu!“

„Ich hab Vollgas“, schrie Leberhard zurück. Er jagte den Jeep in halsbrecherischer Geschwindigkeit über einen schmalen Waldweg.

„Ortung?“, bellte Oliver.

„Im Visier“, gab Adi zurück. Er behielt seinen Empfänger im Auge. „Zielobjekte bewegen sich mit hoher Geschwindigkeit weiter nach Nordosten.“ Er schaute King Kong an: „Wahrscheinlich ein Militärtruck.“

„Unser Vorteil“, rief Leberhard über den Lärm des Motors. „Die sind groß und sperrig. Wir sind schneller.“ Er riss das Lenkrad herum: „Ducken!“

Sie zogen die Köpfe ein, als der Jeep in einen Weg einbog, der den Namen Fußpfad kaum verdiente. Über ihnen peitschten Äste durch die Luft.

„Abkürzung!“, verkündete Leberhard.

Der zweite Jeep blieb auf dem bisherigen Weg. Sie machten eine

Zangenbewegung, um den Feind einzuschließen.

Eine zweimotorige Kolbenmotormaschine heulte über den Wald.

„Sichtkontakt", knisterte es aus den Kragenlautsprechern. „16C! Die sind von euch aus gesehen auf elf Uhr. Folgt dem Weg. Der wird gleich breiter. Sie fahren auf die Landstraße nach Norden zu."

„Scheiße! Dort können sie ordentlich Gas geben!", fluchte Leberhard. „Diese Nord-Military-Trucks haben getunte Motoren! Die hängen uns glatt ab!"

„Vogel?", rief King Kong ins Mikrofon. „Könnt ihr den Kerlen die Straße direkt vor der Motorhaube hochjagen?"

„Ja, 16C. Ich fliege eine Schleife. Habe gute Stelle ausgemacht. Straße führt nach vierhundert Metern durch eine Hohle. Rechts und links hohe Böschung. Scharfe Rechtskurve. Ich jage zwei Raketen rein, kurz bevor die dort drin sind. Haltet euch bereit. Jeep zwo? Biegt in vierhundertfünfzig rechts ab. Der Weg führt auf die Wiese und ihr landet genau über der Hohle. Dann könnt ihr sie in die Zange nehmen."

„Danke, Vogel", schnappte King Kong. Er lud sein Gewehr durch: „Klar zum Gefecht! Es gibt kein Pardon! Wir müssen unsere vier Leute da rausholen, koste es, was es wolle! Fertig werden!"

Gewehrverschlüsse krachten. Der Jeep holperte mit heulendem Motor über den Waldweg.

*

„Sie haben Empfänger", sagte Diemut. Sie schaute Dagny aus großen Augen an. „Sie können jeden von uns orten, der noch ein Implantat trägt."

„Es müssen Geräte von unseren Leuten sein", sagte Dagny. „Das ist doch gut. So finden sie Julian und die zwei anderen."

„Und dann?" Diemut war verzweifelt. „Die wehren sich doch, diese Nordsoldaten! Und wenn sie merken, dass sie keine Chance haben, töten sie

Julian!“

„Nein, bestimmt nicht“, sagte Dagny. „Sie brauchen ihn doch, wofür auch immer.“

Elisabeth Schwarz setzte sich auf die Bank neben Diemut: „Sie werden sie retten.“

„Ich weiß nicht“, sagte Diemut. Sie weinte noch immer. „Ich kann ohne Julian nicht sein. Das kann ich nicht. Er war doch immer bei mir.“ Sie schniefte. „Ich kann mich gar nicht mehr an meine Kleinkinderzeit erinnern, an die Zeit ohne ihn. Mein Leben begann an dem Tag, an dem wir zusammenkamen.

Vorher war da immer so eine Einsamkeit und Kälte in meinem Herzen und das verzweifelte Bedürfnis nach Liebe und Geborgenheit, die Sehnsucht nach jemandem, der mich wirklich wahrnahm, sich mit mir abgab und mich mal in die Arme nahm und drückte.“

Sie schaute ihre ehemalige Lehrerin aus nassen Augen an: „Ich weiß noch, als wäre es gestern erst gewesen, wie wir zusammenkamen. Ich ließ meine kleine Spielzeugpuppe in meinem Aufziehauto fahren. Es war weiß und hatte eine Aufschrift aus schwarzen und roten Buchstaben. Die konnte ich damals noch nicht einmal lesen.

Dann fuhr das Auto nicht mehr. Es ließ sich nicht mehr aufziehen. Es war kaputt. Ich war am Boden zerstört. Dieses kleine Auto bedeutete mir sehr viel. Es war ein Geschenk. Sie haben es mir mitgebracht, als Sie für ein paar Tage verreisten, Frau Schwarz. Sie haben es mir geschenkt. Ich war so stolz darauf und ich liebte dieses Spielzeugauto.“

Elisabeth Schwarz lächelte: „Ich erinnere mich. Das Auto fand ich in einem kleinen Laden im Hamburger Bahnhof. Ich hatte ein paar Tage Urlaub bei meiner Familie gemacht und war auf dem Rückweg nach Haus Webenheim. Als ich das Aufziehauto sah, dachte ich daran, wie fasziniert du von einem ähnlichen Auto gewesen warst, das du während einer Wanderung gesehen hattest. Ein Junge in einem Dorf hatte so eines und ließ es auf der Straße fahren. Du wolltest gar nicht mehr weiterlaufen. Du wolltest dort bleiben und zuschauen, wie der Junge das Auto aufzog und fahren ließ. Also brachte ich dir das kleine Auto mit."

Diemut sah sie an: „Es war hin. Es funktionierte nicht mehr. Das tat richtig weh. Dann kam Julian und hat es auseinandergebaut. Ich dachte, der macht es erst recht kaputt, und bereitete mich schon drauf vor, laut loszuheulen, da zog er es auf und stellte es auf den Boden und es fuhr! Er hatte es repariert.

Er sagte, die Feder sei rausgesprungen. Ich habe nicht verstanden, was er meinte, aber ich war überglücklich, dass ich mein Auto wiederhatte.

Julian und ich spielten den ganzen Nachmittag miteinander. Einträchtig zogen wir das Auto auf und ließen es fahren. Wir wechselten uns ab, ohne je in Streit zu geraten. Von da an waren wir zusammen. Immer. Unser ganzes Leben lang."

Diemut lehnte sich an ihre Lehrerin: „Das fühlte sich einfach so … so richtig an. Es war richtig und es war gut. Ich suchte Julian immer und wenn ich ihn sah, ging ich zu ihm und wir machten alles zusammen. Wir waren wie Zwillinge. Es war etwas ganz Besonderes mit uns beiden.

Beim Schwimmen tunkte er mich nie zum Spaß, weil ich ihm mal gesagt hatte, dass ich davon Panik bekomme."

Diemut lächelte in sich hinein. Ihre Tränen trockneten: „Aber nach dem Schwimmen machten wir gerne ein Kämpfchen miteinander. Immer war ich es, die Julian dazu aufstachelte. Wenn wir auf der Decke lagen, pikte ich ihn mit der großen Zehe in die Rippen. Er rief: „Eeh! Hör auf!"

Aber ich triezte ihn so lange, bis er mich bestrafte. Er fiel über mich her und kitzelte mich erbarmungslos durch. Dann überwältigte er mich. Er warf mich auf den Rücken, kam über mich und kniete auf meinen Oberarmen, dass ich mich nicht mehr rühren konnte. Dann grinste er. Ich liebte es, von ihm auf diese Art besiegt zu werden. Das war irgendwie schön."

Diemut seufzte. „Alles war schön. Immer. Oh bitte, sie müssen ihn mir zurückbringen! Bitte!"

*

Der Jeep flog aus dem Waldweg heraus wie ein Sektkorken aus dem Flaschenhals. Für eine Sekunde fuhr er auf zwei Rädern und drohte umzukippen. Leberhard fluchte lauthals. Dann gelang es ihm, das Fahrzeug abzufangen. Mit Vollgas raste er die Straße hinauf. Sie kamen aus dem Wald heraus auf freies Wiesengelände.

Dreihundert Meter voraus fuhr ein Militärlaster aus Nordland die Straße entlang. Der Truck beschleunigte. Dann musste er abbremsen, um die Kurve zu durchfahren, die zwischen zwei Böschungen hindurchführte. Die Straße war in die Hügelkuppe eingeschnitten.

„Da kommen die nie raus", schrie King Kong. „Leberhard, halt drauf! Gleich haben wir sie!"

„Jeep zwo von rechts", bellte Adrian. „Wir haben sie in der Zange. Wo bleibt der Vogel?"

Wie zur Antwort ertönte über ihnen das dumpfe Dröhnen zweier Flugzeugmotoren und die Jerichofanfare begann zu kreischen. Der Sturzkampfbomber kam von hinten herabgestürzt.

Für einen Moment sah es so aus, als würde er sich mit heulenden Schrauben in den Grund bohren. Aber kurz vorm Aufschlag fing der Pilot die Maschine ab. Zwei Raketen lösten sich aus den Halterungen unter den Tragflächen und ritten auf Feuerstrahlen auf den Boden zu. Sie hörten überm Brüllen ihres Jeepmotors und dem Heulen der Luftschrauben und der Fanfare das laute Zischen der Raketengeschosse.

Direkt hinter der Kurve auf der Hügelkuppe schlugen sie ein.

„Ja!", schrie Leberhard. „Wir haben sie." Er schaltete einen Gang höher und beschleunigte.

Auf der Hügelkuppe bremste der Militärtruck ab. Sie konnten den großen Allradlaster schlingern sehen.

Von rechts kam Jeep zwo heran und bremste. Der Wagen stellte sich oben an der Böschung quer. Leute quollen heraus wie Ameisen aus einem Bau. Sie nahmen den Laster sofort unter Feuer.

„Festhalten!", schrie Leberhard. Er brachte den Jeep direkt hinter dem Truck zum Stehen.

Sie sprangen alle ab und nahmen an dem Schlachtfest teil.

Oliver funktionierte wie ein Automat. Vorne links kam der Fahrer des Trucks mit gezogener Maschinenpistole aus der Kabine. Er hatte nicht einmal den Hauch einer Chance, die Waffe zu benutzen. Von hinten schoss Oliver und von vorne feuerte Bombenwilly. Der Kopf des Nordstaatlers zerplatzte wie ein Kürbis.

King Kong hörte jemanden schreien: „Oh, Scheiße!" Eine Handgranate ging krachend hoch und riss die Böschung auf der rechten Seite auf.

Julian lag auf der Seite. Er konnte sich nicht rühren. Man hatte ihn mittels seines Implantats gelähmt. Oliver und Brinja ging es nicht besser. Auch sie waren per Funk außer Gefecht gesetzt. Agnes trug kein Implantat mehr. Sie war schon vor einigen Tagen operiert worden. Ein Nordsoldat hielt das kleine Mädchen fest.

Der Militärlaster war schaukelnd und rumpelnd dahingebraust. Dann hatte es einen lauten Knall gegeben und der Truck war zum Stehen gekommen.

Draußen war Gewehrfeuer zu hören. Eine Handgranate ging hoch. Schreie, Schüsse, Donnern.

Da schießt jemand mit einer Bazooka, dachte Julian. Ihm war eiskalt vor Angst. Er konnte nur einen kleinen Ausschnitt sehen, weil er seinen Kopf nicht bewegen konnte, aber er sah nicht nur den Soldaten, der Agnes festhielt. Da waren mindestens zwei weitere.

Wenn jemand hier reinkommt, schießen sie, dachte er. Entweder auf die Eindringlinge oder auf uns Klonmenschen. Diemut! Oh, Diemut, wir werden uns nie wiedersehen! Nun geschieht es doch noch!

Julian fühlte Verbitterung aufsteigen. Der Krieg war vorbei. Der Norden hatte verloren. Die Klonkinder waren befreit worden. Und doch sollte er jetzt einen vollkommen sinnlosen Tod sterben.

Zwei Schüsse bellten. Er hörte es hinter sich krachen. Jemand schoss auf die Verriegelung der Hecktüren des Lasters.

Jetzt, dachte Julian. Jetzt öffnen sie die Türen und dringen ein und dann wird geschossen.

Er schloss mit seinem Leben ab. Sein letzter Gedanke galt Diemut. Es war ein Gedanke voller Angst und voller Liebe.

Am Rande seines Gesichtsfeldes öffnete sich eine Luke. Ein Soldat kam von vorne in den Laderaum. Dort, hinter der Fahrerkabine, befand sich ein Eingang. Der Soldat schoss sofort. Es knallte zweimal. Julian hörte einen unterdrückten Schrei. Etwas Schweres fiel auf seine Unterschenkel. Der Soldat hatte jemanden erschossen - zwei Jemande! Julian erkannte den Soldaten. Es war King Kong. Oliver Hoffmann war in den Truck eingedrungen und hatte mit zwei Leuten kurzen Prozess gemacht.

Agnes schrie schrill auf. Der Nordler, der sie gepackt hielt, zerrte sie an seine Brust und hielt sie brutal fest. Olivers Gewehr machte einen Schwenk. Julian sah dem Mann ins Gesicht. Dort stand nichts Menschliches mehr.

Der Nordler, der Agnes festhielt, ließ sein Gewehr fallen. Er sah ein, dass er es nicht schnell genug heben konnte, um auf den Eindringling zu feuern. Er zog blitzschnell ein Messer, um es Agnes an die Kehle zu halten - seine einzige Chance, Oliver aufzuhalten. Der Südstaatler würde wohl kaum auf ein kleines Kind schießen. „Die Waffe runter!", brüllte der Nordler.

Julians Herz krampfte sich zusammen.

Er wird Agnes töten! Wenn King Kong die Waffe nicht senkt, schneidet er ihr die Kehle durch.

Er sah die Wildheit in Olivers Augen. Der Mann senkte die Waffe, aber nur kurz. Sofort kam das Gewehr wieder hoch. Der Lauf beschrieb einen kleinen Bogen, einen Dreiviertelkreis. Es sah aus wie in dem Film, den Julian als Kind gesehen hatte. Zwei Männer hatten mit Degen gegeneinander gefochten. Einer hatte dem anderen den Degen mit genauso einer Kreisbewegung aus der Hand geschlagen.

Oliver schlug dem Nordstaatler das Messer aus der Hand. Es flog in hohem Bogen davon. Der Nordsoldat war hilflos.

Julian sah in Olivers Augen. Er wird ihn umbringen! Er wird den Mann erschießen, obwohl er ihn gerade entwaffnet hat und Agnes in Sicherheit ist. Er braucht sie nur hochzuheben, während er den Mann mit der Waffe in Schach hält.

Aber er sah King Kong an, dass der keinen Gefangenen machen würde. Sein Gewehr schwenkte blitzartig auf den Kopf des Nordlers hoch. Der Mann stieß einen erschrockenen Laut aus. Er ließ Agnes los und hob die Hände.

Jetzt!, dachte Julian. Er fühlte absolutes Grauen. So war das also, wenn ein Cleaner-Kommando zuschlug! Mord und Totschlag. Es gab kein Erbarmen. Keine Gnade. Keine Gefangenen.

Da ließ Oliver sein Gewehr fallen. Verblüfft sah Julian zu, wie seine linke Hand nach vorne schnellte. Er packte das Gesicht des Nordsoldaten und riss den Mann mit schierer Körperkraft in die Höhe.

Was?, konnte Julian gerade noch denken, da schoss King Kongs Rechte vor. Er packte die Kehle des Mannes und drückte zu. Dann riss er den Arm zurück. Julian vernahm ein entsetzliches Geräusch, eine Art schlabberiges Ratschen. Die Kehle des Nordlers war nur noch ein blutiges Loch.

Oliver warf den Mann achtlos nach hinten und schmiss den Fleischbrocken, den er in der Rechten hielt, hinterher. Er wischte sich die Hand an der Hose ab und bückte sich, um sein Gewehr und Agnes aufzuheben. Das Mädchen klammerte sich schluchzend an ihn.

Julian war außer sich vor Entsetzen.

Oliver kam herum. Noch immer stand der wilde Ausdruck in seinen Augen. Er machte drei rasche Schritte. Dabei streifte er Julians Kopf und sein Sichtfeld änderte sich. Nun sah er, was auf seine Unterschenkel gefallen war. Es war ein Nordsoldat. Der Mann war verwundet, aber nicht tot.

King Kong baute sich über dem Soldaten auf. „Wo ist der Funksender für die Implantate?“, bellte er. Der Lauf seiner Waffe zeigte auf den Verwundeten. „Los, Maul auf! Wer hat ihn?“

Der Nordstaatler grinste ihn an: „Such ihn doch, Dreckskerl!“

King Kong senkte den Lauf des Gewehrs. Zwei Schüsse krachten. Zwei Treffer im linken Knie des verwundeten Soldaten. Der Lauf schwenkte nach rechts. Zwei Schüsse. Zwei Knietreffer.

Der Mann am Boden schrie wie am Spieß. Er wand sich heulend am Boden.

King Kong presste ihm den Lauf seines Gewehrs gegen die Geschlechtsteile: „Wo ist der Funksender?“

„Der Gruppenführer hat ihn!“, kreischte der Mann am Boden. „Der Gruppenführer! Der Kerl, dem du die Kehle aufgerissen hast! In der linken Brusttasche. Das kleine rote Kästchen!“

King Kong nahm die Waffe hoch. „Besten Dank“, sagte er und schoss dem Mann in den Kopf.

Er setzte über Julian hinweg. Es dauerte nur Sekunden, dann spürte er ein Ziehen in der Brust und plötzlich war die Lähmung weg. Stöhnend richtete er sich auf.

Oliver stellte Agnes auf die Füße. „Bleib bei Julian!“, sagte er mit völlig ruhiger Stimme. „Er passt auf dich auf. Ich muss raus und weiterkämpfen, Einäugel. Da draußen sind noch viele böse Männer. Wir müssen sie alle totschießen, damit sie dir nichts mehr antun können.“

Er schob das kleine Mädchen in Julians Arme und machte einen Satz nach hinten. Er schlug mit dem Gewehrkolben dreimal in schneller Folge gegen die Hecktüren.

„Laderaum gecleant! Ich komme jetzt raus!“, brüllte er. Dann riss er die Hecktüren auf und sprang hinaus. Julian sah, wie er seitwärts weglief und sofort anfing zu schießen. Hinter dem Truck standen Jesus und der Esel mit schussbereit erhobenen Gewehren.

Oliver mischte sich unters kämpfende Volk. Um ihn herum tobte der Kampf.

„Da türmt einer! Schießt! Schießt doch! Mein Gewehr streikt!“

„Vorsicht auf neun Uhr!“

Gewehrfeuer überall. Geschosse pfiffen durch die Luft und rasten als jaulende Querschläger durch die Gegend.

Es dauerte keine zwei Minuten. Zwei Mann in der Fahrerkabine und drei Mann auf der Ladefläche. Vier weitere Tote lagen auf der Straße.

„Da hinten rennt er!", schrie der Storch. „Der haut ab. Verdammt! Meine Knarre hat einen Klemmer!" Wütend schlug er auf sein Gewehr ein.

Oliver rannte die Böschung hoch. Fast zweihundert Meter weit weg rannte ein Nordsoldat über die Wiese auf den Waldrand zu. Wenn der Kerl erst mal im Wald war, würden sie ihn nicht mehr finden.

Er riss das Gewehr hoch und presste es an die Schulter. Im gleichen Moment kam der Sturzkampfbomber zurück. Mit kreischender Sirene kam er aus dem Himmel herab. Seine großen Maschinenkanonen hämmerten.

Oliver sah Dreckfontänen hochspritzen. Dann verschwand der feindliche Soldat in einer Wolke aus Blut und Erdklumpen.

King Kong wandte sich ab. Er sprang die Böschung hinunter: „Der ist hin. Der Vogel hat ihn zerlegt." Über Funk wandte er sich an den Flugzeugpiloten: „Gute Arbeit. Firma dankt."

„Nichts zu danken", quäkte es aus dem Empfänger. „Weiter oben im Norden bewegt sich eine Kolonne von Nordlastern. Ihr könnt die nicht mehr einholen. Aber aus drei Uhr rückt eine Einheit an. Die werden sich die Leutchen kaufen. Ich drehe ab, um denen Luftunterstützung zu geben."

Oliver kam gerade noch recht, um zu sehen, wie drei ziemlich bleiche junge Menschen von der Ladefläche des Trucks abstiegen. Es waren Julian, Brinja und Olaf. Julian trug Agnes im Arm.

Das Mädchen zappelte sich frei und fiel Oliver mit einem Aufschrei in die Arme. Er hob sie hoch und drückte sie an sich.

„Seid ihr okay?", wollte er von den Befreiten wissen.

Sie nickten.

„Ich habe eine Beule", sagte Olaf. Er fasste sich an den Hinterkopf. „Sonst geht es mir gut. Danke für die Rettung."

King Kong wandte sich an Adrian Stelbrink: „Adi, funk das Internat an und sag ihnen, dass wir alle vier gesund und munter rausgeholt haben. Was ist?"

Der Storch hatte ihn am Arm gepackt. Er zeigte auf die Böschung. Dort hatte die Handgranate ein großes Loch gerissen: „Das war der Alligator. Als meine

Wumme streikte, hat einer von den Nordies mir eine Handgranate hingeworfen." Der Storch atmete schwer. Er schluckte heftig. „Alligator hat sie mitten in der Luft aufgefangen und hat sich damit in die Böschung geschmissen."

„Verdammt!", flüsterte King Kong. „Verdammt noch mal!"

Sie kamen alle zusammen, auch die Entführten. Der Storch ließ sich auf den Boden sinken. Er schlug sein Gewehr auf den Asphalt: „Diese verflixte Knarre! Hat mittendrin aufgehört zu feuern. Verschlussklemmer! Der Alligator hat es gesehen." Er blickte zu ihnen hoch: „Er wusste es. Wir haben gestern drüber geredet - King Kongs Dampfland. Ich sagte, ich geh mit und ich ruf meine Eltern an. Die wollten schon immer einen eigenen kleinen Hof. Ob sie vielleicht einverstanden wären ... diese Adoptionsgeschichte ... ich wisst doch, dass der Esel den Buben adoptieren will."

Der Storch schaute zu Boden. Er sah mit einem Mal zu Tode erschöpft aus. „Ich habe es ihm erzählt - dem Alligator. Dass ich vielleicht ein oder zwei Kleine mitnehmen könnte, wenn meine alten Herrschaften einverstanden wären." Storch blickte wieder auf: „Wisst ihr, was er zu mir sagte? Er sagte: Das ist nichts für mich. Kinder? Ich? Ein Berufsmörder? Ich haue ab und verstecke mich in einer großen Stadt, wenn all das hier vorbei ist. Aber kann man sich vor dem verstecken, was man getan hat?

Er sah total fertig aus, als er das sagte, und dann ..." Der Storch musste ganz schlimm schlucken: „Dann hat er ... er sagte: Besser wär's gewesen, es hätte mich beim letzten Einsatz das Leben gekostet. Dann hätte ich es hinter mir und diese bösen kleinen Stimmen in meinem Kopf würden endlich das Maul halten. Die sind unerträglich. Ich hätte nicht überleben sollen.

Genau das hat er gesagt."

Storch starrte den Krater in der Böschung an: „Als sich ihm die Gelegenheit bot, hat er sie genutzt. Verflucht noch mal! Verdammt!"

Die Lautsprecher in ihren Kragen knackten: „Hier Kampfbomber! 16C, as ist eine ganz große Sache. Die haben den Obermufti gefangen genommen, den

Präsidenten von Nordland. Die entführten Klonmenschen waren für den bestimmt. Habt ihr gewusst, dass er Diabetes hat?

Er brauchte mal wieder eine neue Bauchspeicheldrüse und seine Nieren waren auch nicht mehr so gut und er hatte Netzhautablösung im rechten Auge. Er wollte sich noch schnell zusammenflicken lassen und vielleicht ein paar Organspender auf Vorrat mit nach Kuba nehmen. Na, jetzt landet er im Kahn. Kuba ist nicht. Dem wird der Prozess gemacht. Freunde, der Krieg ist jetzt offiziell aus. Hipp, hipp, hurra!"

„Ja", sagte der Storch. Er kam auf die Beine. „Jetzt ist der Krieg aus. Auch für Alligator. Verdammt!"

*

Dagny stand bei Diemut, als die Jeeps zurückkamen.

„Julian!" Mit einem Aufschrei fiel Diemut ihrem Freund um den Hals. Sie fing an zu weinen.

Dagny sah zu, wie der Junge sie umarmte und leise auf sie einredete: „Es ist nichts passiert. Sie haben uns rausgeboxt, Diemut. Weine nicht." Aber sie weinte laut. Er hielt sie fest.

„Wir haben Alligator verloren", sagte King Kong. „Einer von den Nordheinis hat mit einer Handgranate nach dem Storch geschmissen. Alligator hat sie aufgefangen und sich mit ihr in die Böschung geworfen. Damit hat er dem Storch und sicher auch ein oder zwei anderen von uns das Leben gerettet."

Der Storch schilderte den Vorfall in allen Einzelheiten.

„Der wollte nicht mehr", schloss er seinen Bericht. „Hat die Gelegenheit beim Schopf ergriffen, um sich auf immer aus dem Dienst abzumelden."

Ringsum schauten die Leute betroffen.

„Die vier Leutchen aus Webenheim waren übrigens für ein ganz hohes Tier bestimmt", sagte Adrian Stelbrink. „Der Präsident persönlich wollte sich die Ehre geben, ihre Organe zu erhalten. Stattdessen haben sie ihn geschnappt. Der kommt vor Gericht." Adi verzog das Gesicht: „Leider. Schade, dass bei der Festnahme kein … kleiner Unfall passiert ist."

„Dann wäre der Kerl zum Märtyrer geworden", sagte King Kong. „Die wussten das. Drum haben sie ihn lebend gefangen genommen."

Diemut wandte sich an Oliver: „Wird er zum Tode verurteilt?"

Er schnaubte. „Wahrscheinlich nicht. Sonst würde er ebenfalls ein Märtyrer. Ich schätze, der bekommt lebenslänglich. Soll er im Kahn verfaulen!"

Dagny sah von Diemut zu Oliver. Diemut lag noch immer in Julians Armen. Ihre Tränen trockneten. Sie schmiegte sich an den Jungen.

Dagny betrachtete King Kong. Er schenkte ihr keine Beachtung.

Sie atmete tief durch: „Ich gehe fort."

Alle schauten sie an, selbst Oliver.

„Ich habe mich auf eine Stelle auf einer Farm an der Küste gemeldet. Wir können ja frei wählen, wohin wir gehen."

„Aber Dagny", sagte Diemut. „Willst du nicht …?"

„Übermorgen fahre ich ab", sagte Dagny. Sie wartete, ob Oliver etwas sagen würde. Aber der drehte sich wortlos um und ging zum Haus.

Dagny senkte den Blick. Sie hatte gehofft, er würde sie bitten, nicht zu gehen. Bis zuletzt hatte sie darauf gehofft.

*

Zwei Tage später kam sie mit ihrem spärlichen Gepäck nach unten. Sie hatte per Telefon ein Taxi angefordert. In der Aula waren Tische und Stühle aufgebaut. Formulare lagen bereit. Heute sollten die Leute kommen, die Kinder adoptieren wollten.

Dagny schritt langsam aus. Sie ließ sich Zeit. Dann war sie an der Tür und draußen hupte das Taxi. Sie konnte es nicht länger hinauszögern. Sie ging zum Taxi. Sie warf ihren Seesack in den Kofferraum und stieg ein. Dann schloss sie die Tür hinter sich. Das Taxi, ein weißlackierter Transit, fuhr los.

King Kong hatte sich nicht blicken lassen.

*

Diemut spazierte mit Julian durch die Gärten. Sie klebte förmlich an ihm. Sie wollte ihn keine Sekunde aus den Augen lassen.

„Mir war schlecht vor Angst", erzählte sie. „Als du weg warst, habe ich gezittert; das hörte nicht auf." Sie schmiegte sich in seinen Arm. „Da habe ich wieder gemerkt, wie sehr ich dich brauche. Du musst einfach da sein, Julian. Ich liebe dich. Ich mag nicht ohne dich sein."

„Als ich auf der Ladefläche des Lasters lag, habe ich die ganze Zeit an dich gedacht", sagte er. „Sie haben uns per Funk demobilisiert. Ich konnte mich nicht rühren. Du weißt, wie entsetzlich das ist. Man ist gelähmt, aber der Verstand ist hellwach. Ich war verzweifelt wie noch nie. Der Krieg war doch aus und sie hatten uns gesagt, es droht keine Gefahr mehr."

„Ausgerechnet du!", sagte Diemut. „Und das, wo sie dich am Tag vorher nicht operieren konnten, weil dieses Gerät kaputtgegangen war. Als wollte das Schicksal verhindern, dass wir zusammenbleiben." Sie drückte ihr Gesicht an seine Brust: „Es war furchtbar. Ich hatte solche Angst um dich. Aber ohne Implantat hätten dich King Kong und seine Männer nicht gefunden."

Julian nickte: „Sie haben uns per Funk geortet. Adi hat es mir erzählt. Du kannst dir nicht vorstellen, was da abgegangen ist. Ich konnte mich ja nicht bewegen und musste alles hautnah miterleben, ohne etwas tun zu können.

Zuerst hörte ich das Heulen des Sturzkampfbombers, dann die Explosionen. Der Flieger hat die Straße vor uns mit Raketen aufgesprengt. Der Laster bremste und dann waren sie auch schon überall und schossen, was das Zeug hielt. King Kong kam in den Laster. Er ..."

Julian schluckte hart. Dann erzählte er haargenau, was sich zugetragen hatte.

„Ich wusste, dass er ein Cleaner ist", sagte Julian. „Aber ich konnte mir nie richtig vorstellen, wie das ist. Ich dachte, die kämpfen besonders hart und effektiv und ..." Er musste eine Pause machen. „Er hat den Mann nicht erschossen. Er hat ihn in Fetzen gerissen - schlicht in Fetzen gerissen. Das war Absicht! Es war entsetzlich. Aber soll ich dir was sagen? Im Nachhinein fiel mir etwas auf: Er hat sich so hingestellt, dass Agnes nichts sehen konnte. Das ist absolut irre! Er ist über den Nordsoldaten hergefallen wie ein tollwütiges Tier und hat gleichzeitig Agnes beschützt. Sie musste nicht mitansehen, wie er den Mann zerriss."

Julian schnaufte.

„Sie waren so schnell, Diemut! Das war das Erschreckende daran. Alles ging ruckzuck. Rein, bummbumm, raus. Sie überrannten die Nordler wie ein Heuschreckenschwarm. Und sie waren absolut gnadenlos."

Er umarmte sie und drückte sie an sich: „Es war eigenartig. Es hat mich überhaupt nicht berührt, weißt du? Vorher hatte ich schreckliche Angst, dich nie wiederzusehen. Ich musste die ganze Zeit an dich denken. Als ich begriff, dass wir befreit werden, empfand ich nichts für diese Leute. Dass sie erschossen wurden, war mir egal. Ich dachte nur, dass ich dich wiedersehen werde. Nur das war mir wichtig. Alles andere war mir wurscht. Ich war seltsam kalt in meinem Innern. Ich glaube, wenn ich eine Schusswaffe gehabt hätte, ich hätte geholfen, die Nordsoldaten zu töten; nicht voller Kampfeswut, sondern kalt und emotionslos.

Ich glaube, ich kann ein Stück weit verstehen, wie dieser Alligator sich fühlte und warum er keinen Lebenswillen mehr hatte. Das war sowieso immer ein ganz Stiller. Er hat kaum geredet und sich von allem zurückgezogen. Er ist innerlich gestorben. Zum Schluss hat er nur seinen Körper hinterhergeholt. Ein armer Mensch."

Sie gingen aufs Hauptgebäude zu.

„Ich glaube, sie sind alle ein wenig wie dieser Alligator", sagte Diemut. „Ist dir aufgefallen, wie leer und ausdruckslos King Kongs Gesicht manchmal wird, wenn er denkt, dass niemand ihn anschaut?"

Julian nickte: „Ja. Bei den anderen kann man es auch gelegentlich beobachten. Diese Eva, die so resolut rüberkommt ... Bianka hat mir erzählt, sie hat sie auf der anderen Seite des Sees beobachtet. Sie saß auf dem roten Felsen und weinte. Bianka hat gesagt, die Frau hätte so geweint, so hätte sie noch nie einen Erwachsenen weinen sehen."

„Sie sind alle ein Stück weit wie tot", sagte Diemut. „Der Krieg und das, was sie auf Befehl tun mussten, hat sie innerlich kaputt gemacht. Ich glaube, da kann nur ganz viel Liebe helfen."

Sie gingen ins Haus. An der Tür zur Aula stand ein Pulk Kinder aus Haus Webenheim. Einige schauten hinein. Sie beobachteten fremde Männer und Frauen, die früh am Morgen eingetroffen waren. Sie ordneten ihre Formulare und hielten ihre Klappcomputer bereit.

Monika, Klein-Agnes und zwei Jungen standen an einem der Fenster, die nach vorne hinausgingen.

„Es kommt keiner", sagte der neunjährige Walter. „Der Mann, der wo die Adoptionsleute anführen tut, hat gesagt, ab acht Uhr zehn kann man Kinder mitnehmen." Er schaute zur großen Uhr über der Tür zur Aula: „Neun Uhr." Wieder blickte er zum Fenster hinaus. „Keiner zu sehen. Warum kommt niemand?"

Monika stand am Fenster. Sie umarmte Agnes von hinten und wiegte sie sanft.

„Uns will niemand haben", sagte sie. Ihre Augen blickten in die Ferne. Eine schreckliche Leere stand darin. Das Mädchen schaute nicht die Gegend draußen vorm Fenster an. Monika schaute nirgendwo hin. „Niemand will falsche Kinder haben." Ihre Stimme wurde immer leiser. „Wir sind keine richtigen Kinder. Wir sind zusammengebaut. Man hat uns aus irgendwelchen Teilen zusammengepfuscht. Die oberste Leitende hat es gesagt. Wir sind keine echten Menschen. Wir sind nichts wert."

Eine einzelne Träne quoll aus ihrem rechten Auge und rann ihre Wange hinunter.

„Uns will keiner haben", wiederholte sie. „Wir sind ganz allein auf der Welt."

Diemut zog es das Herz zusammen. Sie klammerte sich an Julians Hand und schaute zu ihm auf. „Heiko und Bianka", wollte sie sagen, aber sie brachte keinen Ton heraus. Ihre Kehle war wie zugeschnürt.

Er verstand sie trotzdem und nickte. Ja, sie würden den kleinen Heiko und die stille, ängstliche Bianka als Kinder annehmen. Wenigstens diese beiden sollten richtige Eltern bekommen.

Diemut nahm eine Bewegung am Rand ihres Sehfeldes wahr. King Kong stand in der Tür zum Büro der Direktorin, wo die Verwaltung von 16C untergebracht war. Hatte der Mann die ganze Zeit dort gestanden? Hatte er die Worte Monikas mitangehört?

Ein Ruck ging durch Olivers massigen Körper. Dann stapfte er mit seinem typischen Gang quer durch den Raum. An der Tür der Aula blieb er stehen. Er schaute hinein, dann blickte er auf seine Armbanduhr. Ein missmutiges Grunzen kam aus seiner Kehle hervor.

„Wo sind die alle? Wieso kommt keiner?“

Diemut sah Agnes auf ihn zugehen. Sonst sauste das Mädchen immer eilig auf den Mann zu. Aber diesmal schlich sie zaghaft über den spiegelblank gebohnerten Parkettboden. Ganz langsam näherte sie sich dem Soldaten. Mit kleinen Trippelschrittchen schob sie sich näher und näher an King Kong heran. Sie bewegte sich, als hätte sie Angst, ein bösartiges Raubtier aufzuscheuchen. Sie blieb ein Stückchen hinter ihm stehen.

Ihr rechter Arm kam hoch, er kroch an ihrem Körper hinauf. Dann überwand ihr kleines Händchen die freie Strecke durch die Luft, die sie von King Kongs linker Hand trennte. Vorsichtig fasste das Mädchen nach der Hand des Mannes. Es hielt sich nur an Olivers kleinem Finger fest.

King Kong zeigte keine Reaktion. Er starrte weiter in die leere Aula. Plötzlich setzte er sich in Bewegung. Agnes gab einen feinen Laut von sich, einen Laut voller Angst und Verlassenheit.

Er lässt sie stehen!, dachte Diemut. Oh nein! Er lässt sie stehen!

Im selben Moment schloss sich King Kongs Pranke um das kleine Händchen von Agnes und er zerrte das Mädchen mit sich. Er stapfte in die Aula. Er machte kurze Schritte, sodass Agnes mithalten konnte. Das Gesicht des Mannes zeigte keinerlei Regungen. Es wirkte wie aus Stein gemeißelt. Aber seine Pratze hielt die Hand von Agnes fest wie ein Schraubstock.

Plötzlich stand Monika vor den beiden. Sie sagte kein Wort. Sie schaute nur aus großen Augen zu King Kong auf. Der blieb stehen. Schweigend starrte er zurück.

Dann bedeutete er Monika mit einem Kopfnicken, in die Aula vorauszugehen. Er stapfte zum nächstbesten Tisch und baute sich mit den beiden Kindern davor auf.

„Leutnant Oliver Hoffmann, Cleanerkommandant 16C", rasselte er herunter. Er nannte seine Ziviladresse und seine Personalnummer.

„Adoption von Agnes Gebel, geboren am 04. 04. 2009 und Monika Fell, geboren am 18. 06. 2005." Er nannte die Klonnummern und Personalnummern der beiden Kinder.

„Zeugen: Diemut Becker, Julian Schwinn, Jan Habermann, Gertrud Lehnhard und Dagny Emser." King Kong rasselte weitere Nummern herunter. Der Mann am Computer kam kaum mit dem Eintippen in sein Formular nach.

Er kennt alles auswendig, dachte Diemut. Sie fühlte Verwunderung. King Kong wusste einfach alles. Er musste es längst auswendig gelernt haben.

Vielleicht wollte er warten, ob Agnes und Monika „richtige" Eltern bekommen?, überlegte sie. Aber als niemand aufkreuzte, hat er sie genommen.

Das war auch das Beste, fand sie. Die Mädchen hingen an dem Mann. Warum sollte er sie nicht bei sich aufnehmen? Er hatte genug Platz und Zeit.

„Sind Sie finanziell in der Lage, zwei Kinder zu versorgen?", fragte der Mann hinterm Computer.

King Kong gab ein Prusten von sich. „Reichen einhundertsechsundachtzig Millionen oder soll ich noch einen Nebenjob annehmen?" Diemut sah ihn grinsen. „Ich hab den Pot im Eurolotto geknackt. Direkt vor Kriegsbeginn." Oliver legte dem Mann Papiere vor: „Die Gewinnbescheinigung und der Kontoauszug."

Der Mann hinterm Computer zeigte sich beeindruckt. „Dann ist ja alles eine reine Formsache." Er stellte noch einige Fragen und trug alles in sein Computerformular ein.

Dann lächelte er Monika und Agnes an: „So, ihr beiden. Nun heißt ihr mit

Nachnamen Hoffmann und der Leutnant ist euer Vater. Gefällt euch das?"

Beide Mädchen nickten.

„Und wie!", rief Monika. Sie hängte sich an King Kong.

Diemut und Julian meldeten sich ebenfalls an. Sie wollten Bianka und den kleinen Heiko adoptieren. Jan und Gertrud hatten ebenfalls zwei Kinder gewählt.

Plötzlich kam Adrian Stelbrink in die Aula gelaufen. Er wedelte mit einem Papier: „Unsere Verwaltung! Wenn wir die nicht hätten! Ich habe nachgefragt, wo die zukünftigen Eltern bleiben. Dreimal dürft ihr raten, was ich zur Antwort bekam.

Der Hirni, dem wir am Telefon acht Uhr zehn durchgegeben haben, hat nur zehn verstanden und den Beginn der Veranstaltung für zehn Uhr angekündigt. Darum lässt sich niemand blicken. Die kommen erst in einer Stunde."

Oliver ging mit Agnes und Monika im Schlepptau zu Julian und Diemut: „Ihr habt ebenfalls Familienzuwachs, wie ich sehe." Er lächelte freundlich: „Bei uns im Süden wird es ihnen gefallen. Sie werden auf dem Land aufwachsen." Er blickte sich um: „Sagt mal, hat einer von euch Dagny gesehen?"

„Die ist weg", sagte Diemut. „Ganz früh heute Morgen."

„Weg?" King Kong wirkte überrumpelt. „Ich dachte, sie fährt erst morgen." Er blickte zu Boden: „So ist das also. Na ja."

Er drehte sich um und dampfte ab, Monika und Agnes im Schlepptau.

*

Dagny saß im Zug nach Norden. Kurz bevor er losfuhr, kam jemand aus der Unterführung gestürzt und schaffte es, in letzter Minute einzusteigen. Es war Eva Hercher. Sie kam durch das Großraumabteil und schleppte ihren Seesack auf dem Rücken. Als sie Dagny sah, trat sie zu ihr: „Was dagegen, wenn ich mich zu dir setze?"

Dagny schüttelte den Kopf. Sie war froh, Gesellschaft zu haben. Sie fühlte sich nicht wohl so ganz allein in der Fremde. Das Abteil war ansonsten völlig leer. Es war Sonntag und keine Arbeiter unterwegs. Dagny freute sich, ein bekanntes Gesicht zu sehen.

„Ich habe ein paar Tage frei", erzählte Eva. Sie warf den Seesack ins Gepäcknetz und ließ sich Dagny gegenüber in den Sitz fallen. „Ich fahre zu Verwandten. Endlich kann man sich gegenseitig besuchen ohne Visum, Zwangsumtausch und all den Quatsch. Und du? Auch auf Urlaubsreise?"

Dagny schüttelte den Kopf: „Ich gehe fort. Ich habe einen Platz in einer der neuen Kommunen gefunden. Es ist ein Hof an der Küste. Wir wollen Landwirtschaft mit Fischfang kombinieren."

Der Zug ruckte an. Langsam fuhr er zum Bahnhof hinaus.

„Das klingt nett", fand Eva. „Ich gehe vielleicht auch aufs Land. Ich mag keine Großstädte. Meine Verwandten wohnen in einer Kleinstadt im Norden. Ich habe Bürokauffrau gelernt. Wenn ich einen Job in diesem Beruf kriegen könnte, würde ich glatt auswandern. Im Süden habe ich niemanden mehr. Meine Eltern sind früh verstorben."

„Das tut mir leid", sagte Dagny.

Eva zuckte die Achseln: „Es ist halt so, da kann man nichts machen. Vielen in den Cleanereinheiten geht es wie mir. Wir wurden deswegen ausgewählt. Wer keine Familie hat, der kämpft härter. Dem ist der Tod egal." Sie beugte sich vor: „Aber dass du ausgerechnet nach Norden gehst, Dagny. Wir dachten, du gehst mit King Kong in den Süden."

„Ach, der." Dagny schaute zum Fenster hinaus. Draußen flogen Felder und Wiesen vorbei. „Der will doch nichts von mir wissen."

Eva zog die Brauen hoch: „Tatsächlich? Das ist mir neu. Hast du ihn gefragt?"

Dagny schaute sie mit einem schiefen Lächeln an: „Gefragt? Den Knurrhahn? Wenn man nicht aufpasst, beißt er einen."

„Quatsch! Der tut nur so", sagte Eva. „Der bläst sich auf und spielt den ganz Harten. Er will keinen an sich ranlassen." Eva ließ sich in die Sitzpolster sinken: „Aber er wird es müssen, damit er wieder ein Mensch wird." Sie schüttelte den Kopf.

Zu ihrer Bestürzung bemerkte Dagny, dass die Frau kurz davor stand, in Tränen auszubrechen.

„Gott!“ Eva schluckte. „Wir haben so viele umgebracht! Wir sind einfach losgezogen und haben ganz normale Menschen ermordet. Bei den Terrorteams ging es ja noch. Die haben Schulkinder in die Luft gesprengt oder mit Gas vergiftet. Die haben Gasgranaten auf Altersheime abgefeuert und Schienen gesprengt, wenn Züge darüber fuhren.

Solche Gestalten zu cleanen war okay. Man konnte verstehen, dass man die töten musste. Aber die anderen?! Du kannst dir nicht vorstellen, wie das ist, in eine Gasfabrik einzudringen und alle umzubringen. Dabei haben die überhaupt nichts getan. Sie haben lediglich die Arbeit gemacht, die man ihnen aufgetragen hat. Ich glaube nicht, dass auch nur ein Arbeiter freiwillig in einer Giftgasfabrik des Nordens gearbeitet hat.

Das waren Menschen wie du und ich, Mütter von Kindern, Familienväter. Euer Staat hat sie verpflichtet, in Produktionsstätten für chemische Kampfstoffe zu arbeiten.

Dann sind wir Cleanerkommandos gekommen und haben sie alle ausgelöscht. Wir haben im Akkord Menschen getötet, Tag für Tag. Pro Kopf bis zu dreißig oder vierzig Tote am Tag.

Irgendwann macht es dich total fertig. Du hörst auf, zu zählen.

Man stumpft ab. Man wird wie eine Maschine. Man zieht los und tötet. Vielleicht ist das gerade das Schlimmste: dieses völlige Abstumpfen. Man wird geradezu entmenscht.“

Eva seufzte tief: „Es braucht eine Menge seelischer Arbeit, um davon loszukommen. Man muss mühselig lernen, wieder Gefühle zuzulassen und anderen Menschen zu vertrauen und wieder Menschen zu lieben. Das ist nicht leicht.

Darum ist Oliver so hart. Er hat Angst, Schwäche zu zeigen. Denn dann, so denkt er, könne man ihn fertigmachen. Der ist immer noch im Krieg. Es wäre gut, wenn ihm jemand sagen würde, dass es vorbei ist und er loslassen kann.“

Der Zug fuhr jetzt mit voller Geschwindigkeit.

„Dieses Dampfland", fuhr Eva fort. „Das wird seine Rettung. Er muss wieder menschliche Züge entwickeln, um das zu managen. Aber allein wird es für ihn schwer." Sie schaute zu Dagny hinüber: „Ehrlich gesagt, dachten wir alle, dass du …"

„Ich?" Dagny machte eine hilflose Geste. „Für Oliver existierte ich doch überhaupt nicht. Der beachtet mich nicht."

„Wie bitte?" Eva war ehrlich erstaunt. „Das sieht doch ein Blinder mit verbundenen Augen, dass er auf dich steht. Mensch, der ist in dich verschossen! Wir wissen es alle."

Dagny schüttelte den Kopf: „Nein. Nein, Eva. Das kann nicht sein. Er … er beachtet mich nicht. Er spricht nicht mit mir. Er …"

Eva stand auf. Sie kam zu Dagny herüber und setzte sich neben sie: „Er steht auf dich, Dagny!"

„Aber wieso redet er dann nie mit mir?", fragte Dagny. Sie klang wie ein trotziges Schulmädchen.

„Warum wohl?" Eva legte den Arm um sie und drückte sie kameradschaftlich: „Weil er schüchtern ist."

Dagny riss die Augen auf: „Schüchtern? King Kong und schüchtern?"

„Aber sicher." Eva nickte. „Er ist ein Großmaul wie alle Kerle. Den Rand aufreißen kann er. Aber tief in seiner Seele ist er ein ganz Stiller. Der geht nicht so leicht aus sich raus. An dem Abend, als wir rund ums Lagerfeuer saßen, hatte er einen zu viel getrunken. Wenn sie angesoffen sind, trauen sich die Kerle. Aber danach hat er kaum mehr getrunken. Er musste ja die ganze Sache leiten. Das kam ihm zupass. So konnte er dir ausweichen. Er hat sich hinter dem Dienst versteckt."

Eva drückte Dagny noch fester: „Weißt du, manchmal muss man den Männern zeigen, wo es langgeht. Sie maulen dann zwar, aber sie lassen es sich gefallen, weil sie von selber nicht den Hintern hochbekommen hätten.

Männer drücken sich gerne und sie haben Angst, sich zu binden. Sie bilden sich ein, dadurch ihre Freiheit zu verlieren. Was denn für eine Freiheit? Abends allein vor der Glotze hocken und Bier saufen? Mehr bedeutet diese Freiheit nämlich nicht. Freiheit macht einsam."

Eva tätschelte Dagnys Hand: „Du musst ihm Daumenschrauben anlegen, ihn in die Ecke drängen. Dann muss er Farbe bekennen."

„Daumenschrauben?!" Dagnys Entsetzen war beinahe körperlich zu spüren.

„Komm schon!" Eva drückte sie. Sie versuchte, Dagny ein wenig zu zerquetschen. „Du bist immer so fürchterlich lieb. Das ist gar nicht gut. Manchmal muss man ein bisschen ein Luder sein und gewisse ... Taktiken anwenden. Nenn es Kriegslist. Du bist immer nett und ehrlich zu allen. Hey, versteh mich nicht falsch. Ich mag das. Ich meine das nicht böse, im Gegenteil. Bei dir braucht man keine Angst zu haben, dass du einen anlügst oder versuchst, einen abzulinken oder hintenrum fertigzumachen.

Aber es gibt Momente in Leben, da muss man ein wenig bissiger sein. Mehr Chuzpe, meine Liebe! Du musst dich trauen! Stell dich vor ihn und verlang eine ehrliche Antwort. Wenn er dir nicht ausweichen kann, muss er die Wahrheit sagen."

„Und wenn er sagt, er will nichts von mir?", piepste Dagny.

„Dann weißt du wenigstens Bescheid. Alles besser, als sich rumzuquälen. Aber diese Antwort wird er dir nicht geben, glaub mir, Dagny. Er mag dich. Sogar sehr, das merkt man. Er kann es nur nicht gut zeigen."

Dagny fuhr auf: „Ich ... wo ...?" Sie schaute sich im Waggon um.

„Dreh jetzt bloß nicht durch", rief Eva. „Lass die Finger von der Notbremse, sonst stehst du mitten auf freier Plene und kommst nicht vom Fleck. In einer Viertelstunde halten wir im nächsten Bahnhof. Du brauchst dich nur auf dem Gleis gegenüber in den Zug nach Süden zu setzen."

Dagny ließ sich in den Sitz fallen: „Ja. Okay. Mach ich. Ja." Sie fasste Eva bei den Händen: „Danke!"

„Wofür?" Eva lächelte. „Ich habe doch gar nichts getan. Ich habe nur die Wahrheit gesagt."

*

King Kong tappte breitbeinig durch Haus Webenheim. Inzwischen waren etliche Besucher eingetroffen und nicht wenige Kinder hatten Adoptiveltern bekommen. Die Verwaltungsfuzzis, die man geschickt hatte, machten ihren Job hervorragend. Oliver musste nichts tun. Das gefiel ihm. Er war es satt, den großen Zampano zu spielen. Und er war es satt, den Besatzer zu machen.

Alles, was er wollte, war, nach Hause zu gehen und mit seinen beiden Kindern wieder ein Menschenleben anzufangen. Auch wenn es nicht so gelaufen war, wie er es sich vorgestellt hatte, nicht ganz.

Das machte ihn reizbar. Seine Leute spürten das und gingen ihm aus dem Weg. Nur Monika und Agnes ließen sich nicht von seiner Brummigkeit abschrecken. Sie folgten ihm wie treue Hündchen und löcherten ihn mit Fragen.

Sie wollten alles über ihr zukünftiges Zuhause wissen. War das neue Bauernhaus wirklich so groß? Und der Garten? Die Felder? Gab es da wirklich Dampfwalzen? Hatte ihr neuer Vater tatsächlich eine eigene Eisenbahn? Mit echten Lokomotiven und Waggons, in denen Schulkinder mitfahren konnten?

Das Schönste war, fanden die Mädchen, dass einige ihrer Schulkameraden aus Haus Webenheim mitkommen würden in den Süden. Sie würden in der Fremde bekannte Gesichter um sich haben.

Die beiden Mädchen lachten fröhlich. King Kong schaute knurrig.

Agnes hängte sich an seine Hand: „Warum tust du so böse gucken?“

Oliver starrte vor sich hin. „Weil ich ein Blödmann bin“, brummte er. „Verdammt! Warum habe ich das Maul nicht aufbekommen? Jetzt ist der Zug abgefahren - im wahrsten Sinn des Wortes.“

Sie kamen um die Hausecke. Gerade gingen ein Mann und eine Frau mit dem kleinen Jonas zu ihrem Auto.

„Der hat jetzt auch eine Mama und einen Papa“, sagte Agnes. Sie schaute zu Monika hin: „Wir haben nur einen Papa.“ Dann lächelte sie zu Oliver hoch: „Aber das macht nichts. Wir haben einen tollen Papa gekriegt.“

Plötzlich hängte sie sich an King Kongs Bein und umarmte ihn mit all ihrer Kraft.

„Ich habe dich lieb", sagte sie.

Oliver ging in die Hocke und umarmte die Kleine: „Ich habe dich auch lieb, Agnes."

Sie schaute ihn mit ihrem einzelnen Auge an. Irgendwie ließ das ihren Blick noch intensiver wirken. Oliver wurde ganz anders dabei. „Vielleicht findest du ja im Süden eine Frau, die wo für Moni und mich eine Mama wird, gell?"

Oliver schluckte. „Ja", sagte er dann. Mehr brachte er nicht heraus. Er erhob sich und wäre beinahe mit jemandem zusammengestoßen.

Sie stand vor ihm, die blauen Augen blitzten unter ihrem nachtschwarzen Haarschopf hervor. Sie ließ ihren Seesack achtlos fallen.

„Dagny!" King Kong schaute dümmlich aus der Wäsche. „Ich dachte, du bist weggefahren."

„Jetzt bin ich wieder da", sagte sie. „Hast du was dagegen?"

„Was? Wieso? Warum? Warum sollte ich was … dagegen haben", er verhaspelte sich. „Ich meine ja nur … du bist weggefahren … und jetzt bist du wieder hier …"

Dagny machte einen Schritt auf ihn zu. Oliver wollte zurückweichen, aber Monika und Agnes hatten ihn von beiden Seiten eingequetscht. Sie hörten aufmerksam zu. Ihre Ohren wurden so groß wie Salatblätter.

Dagny atmete hektisch. Sie schluckte. Aber ihre Augen ließen die von Oliver nicht einen Augenblick los.

„Sag es!", verlangte sie. „Sag es mir! Ich bin extra deswegen zurückgekommen."

„Ich …" King Kongs Stimme klang wie ein abgewürgter Automotor. Die Ohren von Agnes und Monika nahmen die Ausmaße von Kohlblättern an. Sie wuchsen mit jeder Sekunde. Sie schauten von Oliver zu Dagny und wieder zurück. Ihren flinken Augen entging nichts, auch wenn Agnes nur noch eines hatte.

„Ich bin froh, dass du zurückgekommen bist", sagte Oliver. „Wirklich froh." Er legte eine kurze Pause ein. Es war, als müsse er erneut Anlauf nehmen. „Als du gesagt hast, dass du gehst, hat mir das nicht gefallen."

„Nicht gefallen?", fragte sie. Ihre Augen ließen ihn nicht los.

„Überhaupt nicht gefallen", bestätigte King Kong. „Weil … ich wollte … irgendwie wusste ich nicht, wie ich es anpacken sollte … weil ich … im Krieg … die ganzen Morde … ich bin ein Killer. Ich habe Hunderte und Aberhunderte Menschenleben ausgelöscht. Daran beißt die Maus keinen Faden ab. Und so einer wie ich … der … den will keine, dachte ich."

Dagny schaute ihn still an. Sie sagte kein Wort.

„Dabei wollte ich …", fuhr King Kong fort. Er sprach seltsam langsam, als müsse er jedes einzelne Wort erst herstellen, bevor er es laut aussprechen konnte. „Mein Dampfland … ich mach das. Weißt du ja. Und ich hätte mir … also, ich wünschte mir …" Er holte Luft, ließ volle drei Sekunden verstreichen.

„Allein ist das nicht schön." Jetzt war seine Stimme leiser, doch die Worte kamen schneller. „Allein ist das Letzte. Ich wollte nie allein sein. Als meine Eltern starben, war das die Hölle für mich. Ich habe fast keine Verwandten. Ist eben so. Ich bin das Alleinsein gewohnt."

Er verzog das Gesicht: „Aber das muss mir ja nicht gefallen. Als ich dich … gleich zu Anfang … du hast etwas in mir aufgelöst, Dagny. Kann nicht genau sagen, was es war. Deine Art halt …"

Die Ohren von Monika und Agnes konnten es jetzt problemlos mit Elefantenohren aufnehmen.

„Ich mochte dich vom ersten Augenblick an", sagte King Kong. „Und daran hat sich nichts geändert. Höchstens, dass ich dich im Laufe der Tage immer mehr mochte. Aber ich dachte, eine wie du will nichts mit einem Kriegsverbrecher zu tun haben."

„Oliver." Nur dieses eine Wort.

„Ich möchte, dass du mit in den Süden kommst, Dagny", sagte er. „Ich würde mich wirklich freuen. Wenn wir … ich denke, irgendwie können wir es schaffen. Gemeinsam."

Oliver schaute Dagny an: „Möchtest du?"

Sie nickte wortlos.

Er ging zu ihr und schloss sie in die Arme.

Monika und Agnes standen dabei und gafften hingerissen.

„Jetzt tun wir doch noch eine Mama kriegen“, bemerkte Agnes altklug.

„Ja“, sagte Monika und legte ihr den Arm um die Schultern. „Und auch noch Dagny. Eine bessere konnten wir nicht bekommen. Sie ist die Beste.“

Oliver und Dagny küssten sich.

*

Sie fuhren mit dem frisch erstandenen Sentinel Dampflaster durch King Kongs Dampfland.

Vorne saßen Julian und Oliver in der Fahrerkabine. Sie hatten Julians und Diemuts Adoptivsohn Heiko bei sich, der eifrig dabei war, mit einer kleinen Schaufel neue Kohlen in den Boiler zu schaufeln. Sein Gesicht war fast so schwarz wie seine Haare.

Auf der Ladefläche saßen Diemut, Dagny, Agnes, Monika und Bianka. Sie sangen lauthals Lieder, die sie in Haus Webenheim gelernt hatten. Damit sie die Fahrt in dem schlecht gefederten Waggon gut überstanden, hatten Julian und King Kong auf der Ladefläche gepolsterte Sitze installiert, die an zwei Schienen rechts und links an der Ladefläche festgemacht waren.

Der Sentinel fauchte und stampfte. Oben aus seinem Schornstein quoll eine Rauchwolke und unten sprühte im Zweitakt Dampf aus seinem Zwillingstriebwerk, das über eine mächtige Kette die Hinterräder antrieb.

Julian steuerte das urige Vehikel, das sie von britischen Freunden gekauft hatten. King Kong ließ ihn fahren. Ihm war klar, dass er den Jungen nicht mal mit einer Beißzange vom Steuerrad wegbekommen hätte.

Die ersten Dampffahrzeuge waren inzwischen in Oliver Hoffmanns Land eingetroffen. Es gab eine große Traction Engine, die problemlos drei oder vier Frachtwagen hinter sich herziehen konnte, zwei etwas kleinere Dampftraktoren und vier Dampflaster, zwei Sentinel und zwei Foden.

Olivers Eisenbahnstrecke wurde zurzeit instand gesetzt. Danach sollten erst einmal Lokomotiven und Waggonmaterial von deutschen Museumsbahnvereinen auf den Schienen fahren. Aber Oliver plante, eigene Lokomotiven und Wagen anzuschaffen, auch Güterwaggons.

Sie kamen über die höher liegende Straße an zwei großen Ploughing Engines vorbei, riesigen Kolossen, die rechts und links eines ausgedehnten Feldes standen und es pflügten. Dabei zogen sie abwechselnd einen einachsigen Kipp-Pflug mit sechs Scharen auf jeder Seite an einem Stahlkabel hin und her. Das Kabel wurde unterm Kessel der Pflügedampfmaschinen aufgerollt. Eine Maschine zog den Pflug auf sich zu, während die andere Seil nachgab. Der Pflug wurde von einem Mann geführt, der auf einem Sitz über dem Pflug saß.

Diemut hatte den Arm um Bianka gelegt. Das kleine Mädchen sang mit. Endlich legte Bianka ihre anfängliche Schüchternheit ab, wenn sie auch immer noch ein wenig verängstigt war. Sie hatte angefangen, den kleinen Heiko zu bemuttern, und ging dabei immer mehr aus sich heraus.

Sie lebten zu viert in einem kleinen Holzhäuschen, das sie aus einem Bausatz aufgebaut hatten. Es hatte einen Wohnraum und zwei kleine Schlafräume und hinterm Haus ein Häuschen mit einem Herzen in der Tür.

In dem Holzhaus würden sie den Winter verbringen, aber King Kong hatte versprochen, dass sie im nächsten Winter in ihrem eigenen Haus wohnen würden. Um das Bausatzhäuschen winterfest zu machen, hatten sie und Julian mit der Hilfe ihrer Kameraden außen auf die Holzwände Vierkantbalken aufgeschraubt und dort drauf zusätzliche Holzbretter genagelt. Dadurch wurde das Haus doppelwandig und es war gut isoliert.

Drinnen stand ein holzgefeuerter Küchenofen, der zugleich als Heizung diente.

Sie hatten damit angefangen, das Land hinter ihrem Häuschen umzugraben. Der Frost würde die Erde aufbrechen und im Frühjahr würden sie einsäen.

King Kong hatte in einem Ziegelwerk riesige Mengen rote Ziegel geordert und der Masse wegen einen guten Preis aushandeln können. Damit wollten sie und ihre Freunde ihre Häuser bauen.

Diemut freute sich auf das Leben im eigenen Haus. Sie war überglücklich, dass ihr Traum vom Leben auf dem Land wahr wurde; umso mehr, als sie nun doch in einem Land leben würden, das dem Altland stark ähnelte. Besonders freute sie, dass viele aus Haus Webenheim mit auf King Kongs Land gekommen waren, nicht nur Jan und Gertrud.

Gertrud wollte sich zur Tierärztin ausbilden lassen. Keine schlechte Idee in einer Gegend, in der außer altertümlichen Dampfmaschinen auch Pferde zum Pflügen eingesetzt wurden und jede noch so kleine Hofstelle Tiere hielt.

Frau Schwarz hatte einen langen Brief geschrieben. In Haus Webenheim ging es allen gut. Viele der jüngeren Kinder hatten Adoptiveltern gefunden. Alle anderen blieben mit den Jugendlichen im Internat. Weil es finanziell zu aufwendig war, alle ehemaligen Klonaufzuchtschulen weiter zu unterhalten, hatte man gut die Hälfte geschlossen und die anderen zusammengelegt.

Bei Haus Webenheim verlief eine alte Bahnstrecke. Die wurde gerade vermessen und begutachtet. Eventuell sollte es Zuschüsse von Bund und Land geben, um sie zu reaktivieren. Mit etwas Glück würde sich schon in wenigen Jahren eine Strecke aus Straße und Schiene bis Altland bilden.

Altland erhielt Zuschüsse, weil es Jobs schaffte und den Tourismus in der ansonsten strukturarmen Gegend ankurbelte. Das Museumsländle würde erweitert werden. Am Südende sollte sich die Bahnstrecke gabeln und in verschiedene Landesteile führen.

Diemut war rundum zufrieden. Noch nie hatte sie sich so glücklich und frei gefühlt. Sie sah ihr zukünftiges Leben in glühenden Farben vor ihrem inneren Auge. Sie würde als freier Mensch auf einer kleinen Hofstelle leben inmitten von Natur und lieben Menschen.

Julian und Jan planten, eine Werkstatt zu eröffnen. Sie wollten Reparaturen aller Art anbieten und Dinge selbst herstellen. Jan hatte im Internet eine Adresse aufgetan, bei der man kleine Maschinen bestellen konnte, die über Riemenscheiben angetrieben wurden. Er plante, Dinge aus Blech herzustellen wie Teller, Tassen und Milchkannen.

Julian hatte sein handwerkliches Geschickt bereits unter Beweis gestellt. Er hatte einen antiken Webstuhl repariert und wieder in Gang gebracht und im Vintagedorf in der Nähe von Oliver Hoffmanns Hauptsitz einen alten britischen Lister-Dieselmotor geflickt.

Heute waren sie mit dem zischenden und fauchenden Sentinel-Laster unterwegs zum nördlichen Ende von King Kongs Land. Sie wollten sich dort mit den Irvings treffen. Es gab viel zu besprechen.

King Kong hatte mächtig Land hinzugekauft und er hielt Ausschau nach weiteren Ländereien - auch jenseits der Grenzen seines persönlichen Besitzes.

„Am Anfang wird unser Dampfland ein Flickenteppich sein", pflegte er zu sagen, „aber die Lücken werden sich füllen. Es gibt viele Menschen, die so leben möchten wie wir."

Die gab es in der Tat. Übers Internet bewarben sich immer mehr Leute jeden Alters für eine Hofstelle oder einen kleinen Betrieb im Dampfland. Müller und Weber wollten ansässig werden, Bäcker, die auf alte Weise Brot buken. Käsereien sollten entstehen.

Es gab Leute, die davon träumten, eine kleine Dorfpension für reisende Gäste zu eröffnen oder eine Gastwirtschaft an der Landstraße. Es gab sogar Ärzte, die ihre Praxis im Ländle öffnen wollten und die statt im Auto mit dem Zweispänner zu ihren Patienten fahren würden.

Weiter im Norden gab es eine Straße, die nur zwanzig Kilometer lang war, von der aber gleich fünf Nebenstraßen abzweigten, die in neu entstehende „Dampfdörfer" führten.

Diemut war fasziniert, die Entstehung einer ganzen Welt im Internet mitverfolgen zu können. Es gab sogar zwei Magazine, die sich nur um das entstehende Dampfland kümmerten. Eins erschien vierzehntäglich, das andere monatlich.

Es ist ein Traum, dachte Diemut. Ein Traum wird wahr.

Noch immer konnte sie es kaum fassen. Sie fühlte sich wie die Figur in einem Roman.

Vorne im Führerhaus saß Oliver Hoffmann neben Julian, der den Sentinel mit sicherer Hand über die Landstraße steuerte. Heiko füllte emsig Kohlen nach und er hielt ein Auge auf die Wasserstandsanzeige. Eine halbe Stunde zuvor hatten sie auf einer Brücke angehalten und Wasser mittels eines Schlauchs aus einem Bach gepumpt.

Der Sentinel funktionierte auf einfachste Weise mit Feuer und Wasser. Sonst brauchte es nichts, vom Schmieröl mal abgesehen.

Oliver war zufrieden wie lange nicht. Der Krieg war aus und er rückte jeden Tag ein Stück weiter weg. Ganz würden ihn seine grässlichen Erinnerungen nie verlassen, das war ihm klar, aber er kam zurecht, nicht zuletzt, weil er Dagny hatte. Sie hatten sich eng zusammengeschlossen. Oliver betrachtete ihre Liebe als ein Wunder.

Dann waren da noch Agnes und Monika, die ihre kleine Familie erst vollständig machten, und natürlich all die anderen Leute, speziell die aus Haus Webenheim. Viele waren Oliver in den Süden gefolgt. Es tat Oliver gut, diese Menschen um sich zu haben. Nahe bei seinem eigenen Hof entstand ein kleines Dorf direkt an der alten Bahnstrecke.

Vorläufig hausten die Neuankömmlinge in hölzernen Bausatzhäusern, die sie mittels Wandverdopplung winterfest gemacht hatten, aber es wurde bereits fleißig geplant und erste Baugruben waren bereits ausgehoben. Im folgenden Jahr sollten die Holzhäuser durch Ziegelhäuser ersetzt werden.

Jan sprach davon, einige vielleicht mit Stroh zu decken.

Keine schlechte Idee, fand Oliver. Überhaupt gefiel ihm alles. Von überallher kamen Leute und wollten teilhaben an seinem großen Traum. Er hätte nicht gedacht, dass es so viele werden würden.

In ganz Deutschland meldeten sich Menschen, die leben wollten wie im Altland im Norden. Die große Straße quer durch Deutschland würde bald Wirklichkeit werden.

Oliver warf einen Blick über die Schulter. Durch die Heckscheibe im Führerhaus sah er Diemut und die anderen auf der Ladefläche sitzen. Sie sangen Lieder.

Oliver konnte die Klonmenschen gut leiden. Okay, sie waren etwas simpel gestrickt, beinahe kindlich naiv, aber dafür konnten sie nichts. Man hatte sie so aufgezogen. Sie würden bald aufholen, dessen war er sich sicher.

Als die Leute, die die Organspenden in Deutschland verwalteten, auf sie zugekommen waren und sich dabei ein wenig aufdringlich benommen hatten, hatten die Klone jedenfalls ausgesprochen erwachsen und lebenserfahren reagiert und die Geier erst mal abgewimmelt. So nicht, meine Herren!

King Kong grinste in sich hinein.

Sowieso benahmen sich seine neuen Freunde durchaus erwachsen. Er mochte Diemut und Julian und er wunderte sich jeden Tag, wie die beiden, die doch selbst noch halbe Kinder waren, mit ihren angenommenen Kindern umgingen.

Sie kümmerten sich liebevoll um den kleinen quirligen Heiko und um Bianka. Das Mädchen kam allmählich aus seinem Schneckenhaus heraus und verbrachte nicht mehr halbe Tage damit, so zu tun, als sei sie ausgestopft. Natürlich würde sie nie ein derart aktives Kind wie Heiko werden.

Oliver hatte die grausige Narbe an der Seite des Mädchens gesehen. Mit nur einem Lungenflügel war man nicht in der Lage zu wilden Spielen, die viel Sauerstoff in den Muskeln brauchten.

Wäre es nach Oliver gegangen, hätte man die geraubten Organe aus den Empfängern wieder herausgeschnitten und den unfreiwilligen Spendern zurückgegeben.

Aber mich fragt ja keiner, dachte er. Ist vielleicht auch besser so. Leute wie ich sollten in der Versenkung verschwinden. Der Krieg ist aus. Man löst Probleme nicht mehr mit Gewalt.

Jemand klopfte von hinten gegen das Führerhaus.

„Fahrt doch mal ein bisschen schneller!“, rief Dagny von der Ladefläche. „Sonst kommen wir heute nicht mehr an die Grenze.“ Sie und Diemut lachten.

Oliver fühlte ein warmes Ziehen im Herzen. Er mochte Dagny, wie er noch nie zuvor einen Menschen gemocht hatte. Sie war so erfrischend offen und lieb. Agnes und Monika liebten sie wie eine richtige Mutter.

Sie hatten zu zweit die Kinderzimmer im Haus tapeziert und sie dann eingerichtet. Dabei war Dagny auf die Idee gekommen, vielleicht selbst einmal zu probieren, Möbel zu machen. Sie sprühte vor Begeisterung und steckte Oliver damit an. Sie hatten im Schuppen hinterm Haus eine kleine Schreinerwerkstatt eingerichtet und angefangen, Tische und Stühle zu machen. Eine Woche zuvor hatten sie sich an ihren ersten Schrank herangetraut. Möbel machen war toll, fanden sie.

Die Straße endete auf einem großen Platz mit Kopfsteinpflaster. Julian betätigte die Dampfpfeife, als er die Dampflokomobile und die Dampfwalze auf dem Platz erblickte.

Die Irvings kamen aus der kleinen Holzhütte, die man für Leute errichtet hatte, die an die Grenze von Olivers Dampfland kamen. Noch existierte keine richtige Herberge. Einige Kilometer weiter nördlich gab es eine alte Pension, die seit zehn Jahren leer stand. Bis dorthin wollte Oliver seine Straße weitertreiben und die Pension in eine Herberge für Reisende verwandeln.

Geld war mehr als genug da. Er bekam so viele Zinsen auf seinen gigantischen Lotteriegewinn, dass er das Vermögen praktisch kaum antasten musste.

Heute waren sie gekommen, um die beiden Traction Engines und die Dampfwalze abzuholen, die die Irvings in Großbritannien für sie besorgt hatten, nebst zwei Steinbrechern. Sie wollten ja Straßen und Wege wie anno dazumal anlegen. Dazu brauchten sie gebrochene Steine als Unterlage.

In England gab es mehrere kleine Firmen, die nicht nur Modelle der Dampfmaschinen in unterschiedlichen Größen bauten, sondern, wenn es sein musste, auch Eins zu eins Modelle herstellen konnten. Oliver hatte mehrere Maschinen bestellt.

Bis zum Land der Irvings musste man zurzeit noch normale Straßen benutzen und Oliver hatte die Genehmigung dafür eingeholt, mit Dampf auf Nebenstraßen fahren zu dürfen, aber sie hofften, die bestehende Lücke bald zu schließen.

„Hello, Folks", rief John Irving. Er und seine Frau Maria begrüßten die Ankömmlinge. „Wo sind die anderen Piloten? So wenige Leute können die neuen Engines nicht zu Olivers Hof fahren. Es mussen immer zwei Leute zusammen auf ein und dasselbe Maschine sein."

„Die kommen noch", versprach Oliver. „In spätestens einer Stunde sind sie da."

Maria kam zu ihnen: „Wir haben einen Eintopf auf dem Ofen in der Hütte stehen. Stärkt euch erst mal."

Die Kinder der Irvings fielen über die deutschen Kinder her. Die Irvings hatten zwei Kinder: den siebenjährigen William, der meistens Big Bill oder einfach Billy genannt wurde, und die neunjährige Emily, die entweder Emm gerufen wurde oder Twisty, weil sie so quirlig war.

In einem Kauderwelsch aus Englisch und Deutsch teilten sich die Kinder die neuesten Neuigkeiten mit. Es war eine ausgesprochen lautstarke Angelegenheit.

Die Erwachsenen spazierten zu den neuen Maschinen hinüber. Am Ende des Platzes stand ein Schild. „Willkommen im Dampfland", „Welcome at Steamland" stand in zwei Sprachen darauf.

King Kong und Julian begutachteten zuerst die neue Dampfwalze und die Steinbrecher.

„Die können wir gut brauchen", sagte Julian zu John Irving. „Ich freue mich schon darauf, damit unsere Wege herzurichten."

„Ich haben ein Uberraschung für euch", sagte John in seinem drolligen Akzent. „Die Lucke wird geschlossen werden schon bald. Ich konnte kaufen die Land von deutschlander Staat." Er lachte Oliver an: „Wir können bauen die fehlende Steamrailroad zwischen unsere zwei Eisenbahnen."

„Das ist mal eine gute Nachricht", sagte Oliver. Er freute sich mächtig. Das ließ sich ja prima an. „Dann lohnt es sich, die alte Pension weiter nördlich wieder herzurichten."

„Man kann dort eine kleine Village anlegen", sagte John. „Ein kleiner Dorf. Gibt es viele Leute, die interessiert sein wollen, wie in gut old time zu leben. Vielen Menschen lieben das Landsleben."

„Ja", sagte Oliver. „In der Tat. Ich hätte nicht gedacht, dass so viele Menschen sich für solch ein Leben interessieren."

Dagny trat neben ihn und schmiegte sich in seinen Arm: „Es ist ein Leben für Menschen, ein Leben ohne Hetze und Stress. Wer sollte das nicht lieben? Ich glaube, viele Menschen träumen von einem solch einfachen Leben."

„Wir konnten auch eine Straßenverbindung bekommen", sagte Maria Irving. „Es ist ein ziemliches Zickzack, aber es geht voran. Es gibt mehrere alte Höfe, die wir kaufen konnten, und mehr Interessenten als Wohnplätze. Wir werden bald Weber im Land haben und Färber und Schafhirten und Schuster und Kunsthandwerker. Es gibt so vieles, was man machen kann, um seinen Lebensunterhalt zu verdienen. Einer will eine Eselzucht aufmachen. Ein Pferdegestüt wäre auch nicht zu verachten. Wir werden Zugtiere brauchen.

In Großbritannien geht es ebenfalls ordentlich vorwärts. STEAMWAY I ist inzwischen sechsundfünfzig Meilen lang." Maria strahlte übers ganze Gesicht: „Ist es nicht wunderbar, dass so viele Menschen an unserem großen Traum teilhaben wollen?"

Die Kinder kamen angestürmt.

„Dagny, guck mal!", rief Monika. „Twisty hat eine deutsche Freundin, die lebt auch schon im Dampfland und ihre Eltern halten Milchkühe und Hühner auf dem Hof und die Freundin von Twisty heißt Katrin, und die macht Schlüsselbretter. Schau!" Sie hielt Dagny ein Schlüsselbrett aus Holz hin: „Das wird mit der Laubsäge gemacht."

Aus dünnem Sperrholz war eine ulkig aussehende Eule gefertigt, die leicht schielend in die Welt schaute. Unten an dem Brett gab es Haken für Schlüssel.

„Das mache ich zu Hause auch!" Monika platzte schier vor Begeisterung und Vorfreude. „Ich kann auch Kühe aussägen oder Hühner oder Schäfchen. Auf dem Markt kaufen es dann die Leute und ich verdiene mein eigenes Taschengeld."

Bianka trat neben Monika: „Man könnte auch andere Bauernhoftiere oder Waldtiere sägen und malen."

Die Kinder begannen zu diskutieren, welche Tiere sie aussägen wollten. Sie waren mit Begeisterung bei der Sache.

*

Diemut fasste Julian bei der Hand: „Komm, Septemberian."

Er lächelte, als er den alten Kindheitsnamen hörte, und folgte ihr. Hand in Hand spazierten sie über den Platz. Sie gingen an den Dampfmaschinen vorbei und bogen in den Feldweg ein, der weiter nach Norden führte. Dort sollte bald eine echte Straße entstehen.

„Wir sind frei", sagte Diemut. „Wirklich frei. Manchmal kann ich es noch immer nicht fassen. Sieh doch, die Straße. Wenn wir wollen, können wir ihr folgen. Niemand wird uns hindern."

Julian legte den Arm um ihre Schultern: „Wie wäre es, wenn wir nächstes Jahr im Frühling mit den Kindern auf große Wanderung gehen? Wir packen das Nötigste zusammen und laufen einfach los, quer durchs Dampfland von Oliver und den Irvings.

Mit dem Zug können wir zu den anderen Dampfinseln in Deutschland reisen und sie bewandern."

Diemut schmiegte sich an ihn: „Julian, das wäre großartig! Schon als Kind habe ich davon geträumt! Ich wollte einfach immer weiter wandern. Tagelang. Wochenlang. Auf immer. Wenn Haus Webenheim die große Wanderung machte, war ich das glücklichste Mädchen auf der ganzen Welt." Sie seufzte vor Behagen. „Wir könnten Frau Schwarz besuchen gehen. Ach, Julian!"

Er grinste ihr zu: „Aber wir müssen unbedingt daran denken, die drehenden Teile einzucremen."

Sie lachten aus vollem Hals. Sie kriegten sich gar nicht mehr ein.

Diemut verging vor Glück. Sie drängte sich eng an Julian: „Diesmal sind wir wirklich frei. Niemand bestimmt über uns und keiner kann uns etwas antun. Wir brauchen keine Angst zu haben." Sie blieb stehen und umarmte ihn.

„Wir sind frei. Wir können selbst über unser Leben entscheiden. Aber das Wichtigste ist: Wir sind zusammen, du und ich." Sie küsste ihn: „Ich will immer mit dir zusammen sein, Julian. Versprich mir, dass wir immer zusammen sein werden."

„Wir werden immer zusammen sein", versprach Julian. Er küsste sie. „Für immer, Diemut.

Für immer."

ENDE

Printed in Poland
by Amazon Fulfillment
Poland Sp. z o.o., Wrocław

18367380R00129